FRENTE INTERNA

ESQUADRÃO SEVER
LIVRO 4

A.R. KNIGHT

UM

VOLTA AO LAR

Aurora tinha esquecido um botão, de novo. O homem de pé à sua frente na área de passageiros, um espaço amplo e vazio normalmente reservado para carga em cargueiros como este, riu da expressão azeda que Aurora nunca aprendera a esconder. Ela recebia críticas como a maioria das pessoas recebe socos no estômago, e ser pega pelo mesmo cara três vezes durante uma viagem de duas semanas... Aurora queria bater em alguma coisa, mas o cargueiro nem sequer tinha simuladores.

— Não se preocupe — disse Deepak, lançando um sorriso que dissipou a raiva dela. — Tenho certeza que você vai descontar em mim quando chegarmos à ação de verdade.

— Pode apostar — respondeu Aurora, ajeitando o botão rebelde. — Obrigada por me avisar.

Eles, junto com as outras centenas de recrutas a bordo do cargueiro, estavam prestes a atracar em sua nova nave-mãe, seu lar na DefenseCorp, a maior contratante de mercenários da galáxia e, na verdade, a maior força militar existente. Aurora descobriu isso da pior maneira quando seu emprego de segurança em uma estação espacial foi substituído por tropas da DC, mas quando foi protestar nos novos escritórios, o gerente lá a alistou e a enviou para fora em vez disso.

Deepak vinha de um contexto mais rígido, um regime de formação completo que o preparou para desempenhar um papel mais administrativo na *Nautilus*. Saltando direto para a patente de oficial, o que significava que, assim que pusessem os pés a bordo da nave-mãe, Aurora teria que vigiar seus insultos.

— Você está animada? — perguntou Deepak enquanto os displays ao redor da área de passageiros mudavam para mostrar o processo de atracação, uma contagem regressiva até que as grandes portas da baía se abrissem e suas novas vidas começassem. Algum porta-voz oficial da DC fazia um discurso sobre suas novas vidas que ninguém parecia estar ouvindo. — Eu, pelo menos, estou pronto para uma comida melhor.

— Estou pronta para sair e fazer alguma coisa — respondeu Aurora. — Nunca passei tanto tempo presa em uma nave estelar antes.

— Acho que teremos que nos acostumar — disse Deepak. — Pelo que entendo, esta nave será nosso novo lar.

— Para você — Aurora apontou para a patente no peito de Deepak. — Se eu ficar nesta nave por muito tempo, então não estou conseguindo o que vim buscar.

— Que seria?

— Grana, Deepak — disse Aurora, e o homem riu. — Você acha que estou fazendo isso pela minha saúde?

— Suponho, então, que possamos esperar que conseguir um não signifique perder o outro.

A contagem regressiva chegou a zero, as portas da baía marcando a ocasião com um silvo ao se abrirem. A multidão se moveu em direção às saídas, e os primeiros gritos dos líderes de esquadrão chamando seus recrutas ecoaram ácima. Aurora ouviu seu nome, ergueu a mão em despedida para Deepak, que respondeu com um aceno, e a mais nova recruta do Esquadrão Sever desapareceu na aventura.

Aurora desceu a rampa para dentro da *Nautilus* pelo que poderia ter sido a centésima, a milésima vez. Os pisos polidos e brilhantes, ocasionalmente marcados pelo asteroide que compunha grande parte da estrutura da *Nautilus*, pareciam os mesmos de sempre. As luzes excessivamente brilhantes a fizeram piscar como sempre faziam.

As armas apontadas para seu rosto? Essas eram novidade.

Um esquadrão completo, usando armaduras potentes em várias cores e configurações, empunhando armas pesadas, aguardava Aurora descer a rampa. Os outros quatro membros do Sever a seguiram, espalhando-se atrás de Aurora quando ela atingiu o chão e suportando, como ela, uma inspeção minuciosa em busca de armas escondidas.

Os soldados não encontraram nenhuma, porque Aurora se certificara de que seu esquadrão não tentaria nada estúpido.

A conversa não tinha sido agradável. Enquanto Eponi guiava sua recém-roubada nave, a *Prisa*, para longe do planeta de rocha negra Wexer e em direção à *Nautilus*, todos acharam que deveriam estar prontos para uma luta. Sai queria trazer sua katana, Gregor seu martelo, e Rovo seja lá o que fosse aquela coisa de foice dele. Eponi só queria ficar na *Prisa*, onde poderia usar seus lasers contra qualquer um que lhe lançasse um olhar feio.

Que eles estavam entrando em uma situação ruim era óbvio para todos, mas a alternativa era pior. A Defense-Corp, Deepak e a *Nautilus* deixaram claro que perseguiriam o Sever até onde eles fugissem, e embora Aurora não tivesse desejo de voltar para o seio da gigante corporação, ela não queria passar seus dias sendo perseguida por lutadores fortemente armados.

— Nós aceitamos este acordo — Aurora havia dito com a *Prisa* se aproximando, — jogamos pelas regras desta última vez, e estaremos livres. Vocês acham que conseguem fazer isso?

— Duvido — resmungou Gregor em resposta, — mas posso tentar.

Acenos de concordância de todos depois disso, e a relutante cooperação tinha os cinco parados dentro de sua antiga sede, desarmados e à mercê de uma organização que, menos de um dia atrás, tinha queimado parte de uma cidade para encontrar o Sever.

— Estou feliz que vocês tenham tomado a decisão certa — disse Deepak, entrando na baía assim que seu esquadrão de inspeção deu o sinal de liberação. — Claramente, não nos separamos nos melhores termos, mas do meu ponto de vista, o Esquadrão Sever ainda merece respeito por tudo que vocês fizeram pela DefenseCorp.

O almirante da *Nautilus* não parecia muito diferente de quando Aurora o conheceu naquele cargueiro. Missões contínuas haviam adicionado cicatrizes a Aurora, tanto mentais quanto físicas, enquanto o tempo de Deepak se mostrava nas linhas grisalhas espalhadas por seu cabelo escuro, nas olheiras abaixo de seus olhos e em uma marcante, profunda ruga ao longo de sua bochecha esquerda.

O uniforme do homem, no vermelho carmesim da DefenseCorp, tinha cada botão perfeitamente colocado.

— Todo esse respeito não nos trouxe muita coisa — respondeu Aurora, muito consciente de que ela e Sever estavam vestidos com uma mistura caótica de roupas civis saqueadas dos antigos donos da *Prisa*.

— Trará, se eu puder fazer algo a respeito — disse Deepak, então ele lançou um olhar para além de Aurora, para os outros. — Aurora e eu vamos acertar os termos do acordo. Enquanto isso, o resto de vocês está livre para ir ao refeitório ou ao intendente para recuperar suas coisas. Se nossa conversa prosseguir como ambos esperamos, vocês estarão de volta à sua nave em breve.

Separar a capitã de sua tripulação. Aurora não estava muito surpresa, mas se Deepak tivesse más intenções, dividir Sever seria um bom primeiro passo. Por outro lado, se Deepak quisesse matá-los, a *Nautilus* poderia ter destruído a *Prisa* assim que Eponi trouxe a nave para perto.

Calma, Aurora. Nem todo movimento precisa ter uma emboscada no final.

Aurora olhou de relance para seu esquadrão. — Vocês ouviram o almirante. Deem um tempo. Comam alguma coisa. Quando sairmos desta nave, pode demorar um pouco até termos outra chance de esticar as pernas.

— Tem certeza de que quer ir sozinha? — ofereceu Sai, com as mãos soltas, os olhos atentos para ver se Aurora sinalizaria alguma dica melhor.

Exceto que não havia nada para sinalizar. Aurora tinha que confiar em Deepak aqui, confiar que trabalhar com a Defense-Corp para encontrar Kaia manteria Sever vivo e seguro.

— Ficarei bem — disse Aurora. — Deepak está com muito medo para me ameaçar.

— É bem verdade — concordou Deepak.

Ao gesto de Deepak, Aurora se posicionou ao lado dele enquanto deixavam o hangar. A *Nautilus* era construída como um cubo dentro de uma esfera, com três níveis principais, cada um com três corredores que atravessavam todo o comprimento, conectados por numerosos corredores menores, salas maiores e elevadores verticais. Membros da tripulação, tropas ativas e robôs se espalhavam por toda a nave, cuidando da manutenção, preparação para missões e do caos geral a bordo de um grande cruzador como este.

Depois de dias passados em Wexer, respirando poeira e sentindo sua constante brisa fresca, Aurora não se importava com o ar reciclado, purificado quase ao nada. O zumbido e o ronco da grande nave, uma vibração que persistia em seus nervos, parecia mais um lar do que a terra imóvel sobre a qual haviam dormido. Até mesmo os anúncios no alto-falante chamando esta ou aquela pessoa, esquadrão ou especialidade para este ou aquele local soavam como um ruído de fundo amanteigado, sons reconfortantes para a alma.

Saindo do hangar para um dos corredores principais, Aurora e Deepak viraram à esquerda, dirigindo-se à proa da *Nautilus* e, presumivelmente, à sua ponte. Deepak teria salas lá que poderiam usar para uma discussão privada. Os outros membros de Sever viraram à direita, desaparecendo na multidão.

— Isso correu bastante bem, eu acho — disse Deepak enquanto caminhavam. — Ninguém começou nenhuma briga. Quase melhor que seus retornos normais pós-missão.

— Somos durões, Deepak, mas não suicidas — respondeu Aurora.

— E, no entanto, vocês desertaram. Um ato equivalente ao suicídio.

— Você e eu sabemos que a DefenseCorp não se importa com desertores. Não o suficiente para persegui-los com uma nave como a *Nautilus*, de qualquer forma.

— A maioria dos desertores não se envolve em teias perigosas antes de fugir.

Aurora olhou para Deepak enquanto o homem falava. O almirante mantinha os olhos à frente, com um rosto impassível, mas a frustração pairava nas palavras enquanto flutuavam no ar. Deepak havia enviado Sever para a missão em Dynas, aquela que começou tudo isso, sem nenhuma informação sobre o que realmente havia no planeta pantanoso, sobre a cidade escondida e seus experimentos menos que legais.

E sem nenhum aviso de que a própria DefenseCorp tinha interesse em manter Dynas em segredo.

— Você não sabia — Aurora repetiu o que Deepak havia lhe dito antes da *Prisa* atracar. — Você disse que não sabia, e nos enviou para Dynas, e agora está bravo com o que encontramos?

— Não estou bravo com você, Aurora — respondeu Deepak. — Nunca estive. Você me conhece. Estou sempre do lado dos meus soldados. Quando a chamada chegou, o comprador e o pedido, eu deveria ter verificado. Teria feito isso também, exceto que o nível era menor. Uma extração de uma única pessoa? Em um planeta vazio?

— Parecia que alguém tinha se deixado ficar.

Eles chegaram ao banco de elevadores da proa da *Nautilus* e pegaram um dos contêineres de doze pessoas para levá-los para cima. Deepak entrou primeiro, Aurora seguiu, e vários outros entraram atrás deles. Alguns soldados, conversando sobre seu turno prestes a começar, e mais dois, vestindo uniformes sem patente vermelho-escuro e preto com os olhos enterrados em seus braceletes.

— Recebi uma mensagem do alto escalão pouco depois de vocês pousarem no planeta — disse Deepak. — No início, a ordem era simples. Eu tinha que pedir para vocês se retirarem. Quando expliquei que vocês não podiam fazer isso-

— Porque você só nos deu um ônibus espacial de descida.

— Uma coisa normal para Sever! Suas missões na verdade têm *melhores* resultados quando não dou a vocês uma nave real para defender. — Deepak levantou uma mão, como se para se acalmar. — Quando expliquei que não podia tirá-los do planeta, nem mesmo alcançá-los, foi quando as coisas ficaram difíceis.

— Para você.

Aurora não tentou esconder o sarcasmo: Deepak estava lidando com algumas mensagens picantes enquanto Sever lutava por sua vida em uma missão que havia ido muito além de qualquer escopo esperado. Difícil conciliar essas duas coisas.

— Certo, não espero nenhuma simpatia — disse Deepak.

— Ótimo.

Deepak riu, uma risada amarga que fez Aurora recuar um passo. O almirante sempre tinha sido mais feliz, confiante. Não era do tipo que deixava as coisas o afetarem, mas a pessoa que Aurora via diante dela agora não tinha aquele mesmo brilho despreocupado.

— Estou feliz em ver que toda essa fuga não mudou você — disse Deepak. — Porque mudou a mim, Aurora. Pela primeira vez sinto que estou sendo vigiado. Todo esse acordo? O que estou oferecendo a você? Tudo que posso dizer é que você deveria aceitá-lo.

— Não sou só eu — respondeu Aurora enquanto o elevador se acomodava no nível superior, as portas se abrindo. — Sever tem que decidir junto. Nós tomamos essa decisão quando nos separamos de você.

Os soldados conversando saíram primeiro, entrando no corredor sem pensar duas vezes. Os outros dois, ainda com os olhos em seus braceletes em modo de navegação silenciosa, não se moveram. Deepak colocou uma mão no ombro de Aurora, deu um leve empurrão para que eles saíssem. Aurora se livrou do gesto enquanto Deepak acenou para o outro lado, para uma seção trancada dedicada ao pessoal de alta prioridade.

— Então você vai querer que eles digam sim — disse Deepak. — Sei que ameaças não significam muito para você, mas isso não é mais só sobre você. Nem só sobre Sever também.

— Mal posso esperar para ouvir sobre quem é, então — disse Aurora enquanto eles se desviavam da multidão para o outro lado.

Deepak encostou seu crachá na fechadura, que piscou em azul e se abriu. Além dela, um corredor mais estreito exibia salas em ambos os lados, e novamente Deepak usou sua mão para guiar Aurora para a mais próxima à direita.

Como salas, esta mantinha o básico: uma longa mesa oval com oito cadeiras ao seu redor. A parede dos fundos da sala funcionava como uma grande tela, e uma única luz prateada e comprida no teto garantia que Aurora pudesse ver tudo perfeitamente. O que significava que ela tinha uma visão clara do único outro ocupante da sala, um homem no uniforme carmesim de Deepak, mas coberto com mais insígnias do que Aurora já havia visto. Insígnias que ela parou de se importar quando ele se virou para olhá-la.

Aurora já tinha visto aquele rosto antes em um lugar, cintilando no halo cinzento reservado para comunicações de vídeo de longo alcance. Aquele rosto havia ameaçado suas vidas, tinha dito em termos inequívocos o que esperava por

Sever se eles não dessem à DefenseCorp tudo o que sabiam sobre Dynas.

Exceto que, ao contrário de Deepak, a única recompensa por confessar seria uma morte rápida.

— Aurora — disse Deepak quando ela parou. — Sente-se. Por favor.

Atrás dela, mais duas pessoas se infiltraram no corredor, aglomerando-se na porta. Os observadores de pulseira do elevador. Aurora tinha Deepak ao seu lado, dois capangas atrás dela e o rosto salgado e plástico à frente.

Nem tudo precisava terminar em uma emboscada.

Certo.

DOIS

A VIAGEM

A bordo da nave de Anaskya, depois de Dynas, Sai decidiu dizer adeus ao *Nautilus* para sempre. Na hora, embriagado pela fuga e pelas emoções que vinham com a vitória sobre um vírus que deveria tê-lo transformado em lodo, Sai não pensou muito no que havia deixado para trás. No que o aguardava nos depósitos do Intendente.

Depois que o trio de Sever deixou o hangar, eles se separaram novamente no próximo cruzamento. Gregor declarou que precisava encher o estômago, e Rovo ecoou o sentimento, enquanto Eponi ficou para trás para garantir que o *Prisa* estivesse pronto para uma jornada mais longa. Isso deixou Sai seguindo em direção à popa do *Nautilus* e à seção dedicada aos suprimentos da enorme nave.

Embora você pudesse caminhar lentamente pelo *Nautilus*, esteiras rolantes aumentavam a velocidade para aqueles dispostos a deslizar entre o pessoal ocioso. Sai, sentindo olhares por toda parte devido às roupas surradas que havia pegado dos antigos donos do *Prisa*, aproveitou a oportunidade para consolidar sua aparência incomum praticamente correndo pelas esteiras.

A velocidade era ao mesmo tempo desnecessária e absolutamente necessária: de volta a Wexer e antes disso, Sai havia desistido da chance de ver sua família, de realmente receber um vídeo com os rostos de seus filhos, o sorriso paciente de sua esposa. Tais coisas não se transferiam facilmente através do cosmos, muito menos quando o alvo ficava se movendo. Sai havia conseguido enviar mensagens para eles, direcionadas através de redes de satélites que abrangiam a galáxia, que usariam truques da física para chegar em casa não muito tarde.

Qualquer resposta enviada para ele não chegaria a lugar nenhum, porque Sai não estava parado.

O *Nautilus* havia sido a última estação permanente de Sai, e nos pertences agora mantidos pelo Intendente, as gravações salvas de Sai estariam esperando. Ele poderia acessar vídeos de aniversários, peças escolares, amigos e feriados. Todos transmitidos para o *Nautilus*.

— Posso colocá-los em um drive de estímulo? — Sai perguntou quando chegou ao Intendente, uma grande seção situada sobre os motores.

Com seu nome espalhado pela longa entrada em grandes letras vermelhas, o Intendente dividia seu espaço entre janelas onde o pessoal do *Nautilus* poderia solicitar para dar ou pegar seus próprios itens, ou requisitar suprimentos gerais. Robôs ficavam a postos em cada janela, exigindo os formulários e permissões adequados para qualquer interação.

A DefenseCorp há muito tempo assumiu que qualquer posição que pudesse ser corrompida, trapaceada ou de outra forma comprometida deveria ser entregue a máquinas sem mente, embora Sai tivesse ouvido que esses robôs esguios podiam ser reprogramados por qualquer pessoa com tempo e esforço suficientes.

Este, certamente, parecia lento. A enorme lente da câmera no centro do robô, uma peça em forma de haste que se abria naqueles braços magros no topo, misturando-se a uma base com rodas na parte inferior, piscou um vermelho irritado na direção de Sai após um longo minuto considerando o número de identificação que Sai havia fornecido.

— Desculpe, essas gravações agora são classificadas — disse o robô. — Você não tem autorização para acessar pertences de criminosos.

— Pertences de criminosos?

— Correto — disse o robô. — O número de identificação que você forneceu pertence a um indivíduo acusado de desertar da DefenseCorp. Enquanto essa acusação estiver pendente, não podemos liberar nenhum item para aqueles sem a devida autorização.

Sai encarou a máquina. Desejou que ela fizesse uma escolha diferente. Quando isso falhou, e o soldado entediado na fila atrás de Sai perguntou se ele iria se mexer ainda neste século, Sai se afastou e tentou elaborar uma estratégia diferente.

Deepak havia deliberadamente dito para verificar com o Intendente, mas Sai, e presumivelmente todos os outros em Sever, ainda estava rotulado como criminoso. Então, ou Deepak não sabia que eles estavam bloqueados, ou ele queria esfregar o status de Sever em suas caras.

— Ei — disse uma voz atrás de Sai, e ele se virou para ver uma das supervisoras humanas do Intendente, vestindo o carmesim da DefenseCorp com um distintivo QM branco brilhante no peito. Ela parecia estar no *Nautilus* há algum tempo e não estava seguindo rigorosamente o regime de exercícios recomendado. Não gorda, mas flexível, como se seus ossos não conseguissem sustentar seu corpo. — O que você está fazendo aqui?

Sai não havia feito muitas viagens ao Intendente enquanto estivera no *Nautilus* - Sever tendia a receber o que precisava entre as missões devido ao seu status de perigosos e mortais - então ele não reconheceu a mulher, não entendeu sua pergunta.

— Tentando recuperar meus próprios vídeos — disse Sai. — Aparentemente o sistema acha que sou um criminoso.

A mulher assentiu. — Porque você é.

Tá, sua babaca.

— Ótimo, obrigado por esclarecer isso — disse Sai. — Você veio até aqui só para me dizer isso, ou tinha algum objetivo?

— Bom saber que você tem algum espírito — disse a mulher. — Você vai precisar disso, se Deepak estiver certo. — Ela lançou um olhar por cima do ombro de Sai. — Não se vire agora, mas fique de olhos abertos e você vai notar algumas pessoas novas no *Nautilus*. Não posso dizer muito sobre isso aqui, mas posso te dar isto.

A mulher estendeu a mão e, a princípio, Sai pensou que ela queria um aperto de mão, mas então ela o puxou para um abraço apertado, dizendo em voz alta que achava que ele tinha se perdido na última missão. Sai gradualmente aceitou a ideia e retribuiu o aperto, sentindo um pequeno objeto encontrar seu caminho no bolso de sua calça enquanto ela se afastava.

— O que foi isso? — Sai disse, baixinho.

A mulher sorriu daquela maneira doce que as pessoas do atendimento ao cliente têm quando terminaram de lidar com você. — Espero que você tenha mais sorte para limpar seu nome, Sai. Ótimo te ver de novo.

Sai queria, poderia ter estendido a mão para agarrar a mulher e segurá-la para um interrogatório mais rigoroso, mas suas palavras, seu tom diziam que seria uma má ideia. Em vez disso, forçando-se a não olhar para trás, Sai voltou a caminhar, desta vez atravessando o *Nautilus* e se dirigindo para os alojamentos.

O antigo quarto de Sai teria desaparecido, mas a *Nautilus* tinha aposentos para convidados. Ele sentiu o dispositivo em seu bolso, o pequeno retângulo. Pontas afiadas. Um drive de armazenamento. Agora ele só precisava de alguma forma de reproduzi-lo, e todos os quartos de hóspedes na *Nautilus* tinham um terminal.

Mas, e Sai teve bastante tempo na esteira rolante para ponderar sobre isso, que diabos era aquilo?

Deepak faz uma alusão sutil para ir buscar coisas do Intendente e agora Sai está andando por aí com um drive contendo sabe-se lá o quê? A mulher fez parecer que Deepak havia planejado tudo isso, o que levantava a questão... por quê? Não era essa a nave de Deepak?

Sai se lembrou do comentário da mulher sobre pessoas vestidas de forma estranha a bordo e dedicou seu tempo de caminhada a olhares abrangentes pelos corredores. Os uniformes carmesim da DefenseCorp pareciam universais, todos levemente modificados para indicar a classificação e designação de cada pessoa. Misturados estavam pessoas vestidas como Sai em roupas civis, vendedores e especialistas na nave para missões.

Ninguém parecia estranho à primeira vista. Ninguém estava encostado na parede, falando em um bracelete e observando Sai como um espião.

Sai tentou entrar no jogo: Mesmo se Deepak quisesse passar uma mensagem secreta para Sai ou quem quer que fosse de Sever que visitasse o Intendente primeiro, por que recorrer a Sever em primeiro lugar? Deepak tinha uma nave inteira cheia de tropas leais que poderia usar.

Se Sai, ou qualquer um de Sever, ainda tivesse seus próprios braceletes, ele teria chamado Aurora ou Gregor e perguntado o que eles achavam. Sem os dispositivos, Sai teve que guardar o segredo para si mesmo enquanto se dirigia aos alojamentos.

E tudo o que ele queria era ver sua esposa e filhos.

Os alojamentos seguiam o design do asteroide que compunha a *Nautilus*, construídos no núcleo rochoso com uma malha entre mineral e metal. No nível médio da *Nautilus*, perto do refeitório principal, os alojamentos tinham espaço suficiente para os cinquenta mil soldados estacionados na *Nautilus*, com o triplo disso espalhado ao redor e abaixo para convidados e equipe de apoio.

Vindo da popa, a entrada de Sai listava os quartos mais próximos acessíveis pelas portas duplas mais próximas ao lado do corredor central. O grande corredor funcionava como a artéria da *Nautilus*, e as poucas concessões que Deepak permitia para decoração estavam penduradas aqui: fotos de esquadrões destacando membros, pôsteres e adesivos de missões e campanhas, as frequentes palavras-em-um-fundo bombeando slogans otimistas.

De fora, a propaganda esmagadora poderia parecer quase risível, como se a DefenseCorp quisesse transformar seu pessoal em uma massa homogênea que pensasse apenas em termos de objetivos cumpridos e contratos completados. Para Sai, todo esse espírito o trazia de volta, puxava pelo senso que ele estivera sentindo falta nas semanas desde que Sever se separou e fugiu.

Ele havia trocado sua família real pela versão diferente, mas muito real à sua maneira, da DefenseCorp. Agora, bem, agora Sai tinha Sever, e apenas Sever. Se seu quinteto se encaixaria tão bem, Sai não podia ter certeza.

Os alojamentos exigiam um ID escaneado para entrar,

algo que Sai havia esquecido até estar na frente das portas, procurando por um bracelete que não tinha. O hábito atacou novamente.

— Precisa de ajuda? — disse um homem mais jovem, aproximando-se de Sai. Ele usava um uniforme carmesim como os outros, embora com algumas listras pretas nas laterais que Sai não reconheceu. — Todo mundo esquece seus braceletes às vezes. Eu fiz isso na semana passada.

Esqueciam seus braceletes? Sai nunca tirava o seu. Literalmente nunca, nem mesmo no chuveiro. Mas pessoas diferentes tinham ideias diferentes.

— Sim — disse Sai. — Estou tentando chegar a um quarto de hóspedes. Acabei de chegar e ainda não organizei tudo.

— As coisas estão uma bagunça agora — o homem assentiu, escaneando seu bracelete nas portas dos alojamentos, que se abriram rapidamente. — Muitos recém-chegados na nave.

— Ouvi falar — disse Sai. — Você sabe por quê?

O homem balançou a cabeça. — Acho que a Defense-Corp está mudando as coisas de novo. Você sabe para onde ir?

— Sim, já estive aqui antes — disse Sai. — Obrigado pela ajuda.

Sai começou a caminhar pelo corredor mais fino e vazio dos alojamentos, onde as luzes se intercalavam com rocha cinza e marrom para dar ao conjunto um apelo mais natural. Ele parou quando o homem entrou caminhando com ele.

— Você vai por aqui? — Sai perguntou.

— Sim, preciso fazer uma parada também — disse o homem. — Como eu estava dizendo, costumo esquecer as coisas.

— Acontece.

Os dois continuaram por mais alguns minutos, o homem bombardeando Sai com perguntas sobre onde ele estivera, o que estava fazendo na *Nautilus*. Sai inventou desculpas com a verdade, falando sobre sua experiência militar anterior, que costumava trabalhar para a DefenseCorp nesta mesma nave antes de partir para contratos mais privados.

A curva para os aposentos dos convidados, um conjunto de quartos agrupados em direção ao lado direito da *Nautilus*, apareceu e Sai se dirigiu para lá, apenas para o homem segui-lo novamente.

— Lembrei que você precisará de outro escaneamento para entrar em um dos quartos — disse o homem, mantendo aquele sorriso leve sempre presente.

— Sério? — disse Sai. — Parece que aumentaram a segurança. Nunca precisava de um depois de passar pelas portas dos alojamentos.

— Como eu disse, muitas mudanças.

Exceto que quando chegaram aos aposentos dos convidados, Sai não viu nenhum scanner trancado nas portas. Os quartos exibiam os nomes de quem quer que estivesse hospedado lá - definidos pelo terminal dentro dos próprios quartos - e podiam vincular suas fechaduras ao bracelete do hóspede, mas qualquer quarto aberto estava, bem, aberto.

Sai parou na frente de um scanner de brilho verde, pronto para entrar, mas o homem o havia seguido até ali. Ficou perto agora, observando.

— Então, quando você vai fazer seu movimento? — disse Sai. — Porque seu tempo está acabando.

— Está? — o homem respondeu. — Eu esperava que você entrasse primeiro. Manter as coisas um pouco mais silenciosas.

Sai deu de ombros, tocou o scanner verde que fez a porta se abrir com um zunido.

— Então, você está com quem? — disse Sai, olhando para o homem. — Alguém caçando desertores?

— Não importa — o homem respondeu, mantendo aquele olhar sanguíneo. — Você estará morto demais para se importar.

— Pensei que seus chefes nos quisessem vivos?

— Apenas alguns de vocês. — O homem acenou para o quarto de hóspedes. — Vamos entrar?

INSPETORES

A bandeja de Gregor estava repleta de alimentos fabricados, todos produzidos pela combinação de proteínas nos bancos de alimentos do *Nautilus*. Após colocar a bandeja sobre a mesa fria de metal, pintada com ondas azuis em uma concessão à inspiração do *Nautilus*, Gregor encarou seu banquete, observando como a refeição sólida e real diante dele obliterava as últimas semanas consumindo calorias em pó.

O refeitório também borbulhava com conversas constantes. O grande espaço, no nível mais baixo do *Nautilus*, podia acomodar milhares de pessoas em sua disposição de vários andares e oferecia diversas criações a qualquer momento para que os tripulantes pudessem desfrutar. A sala ampla, assim como a mesa, ressaltava o ambiente aquático, com caminhos preferenciais pintados com peixes estranhos e seções delimitadas por desenhos de corais de outros mundos.

Pelo que Gregor ouvira, o chef principal do *Nautilus* na inauguração da nave declarara que não serviria em um refeitório tão desprovido de espírito. Precisando de algo para manter as tropas ocupadas durante a rota para seu primeiro contrato, os esquadrões da DefenseCorp passaram seu tempo transformando o refeitório em um lugar diferente de qualquer outro na nave, em qualquer nave.

Apesar de toda a sua rudeza, Gregor pode ter deixado seus lábios se curvarem quando viu o lugar.

— Você vai comer isso? — disse Rovo, sentando-se à sua frente. — Ou a generosidade daquela moça simpática vai ser desperdiçada?

— Vou comer — disse Gregor. — Eu aprecio minhas refeições.

Antes que Gregor pudesse dar uma mordida, a mulher simpática a quem Rovo se referiu colocou sua própria bandeja ao lado do homem grande, ocupando um lugar no banco comprido quase encostando nele. Ela estava atrás deles na fila e se ofereceu para pagar por Gregor e Rovo quando perceberam que, sem pulseiras e suas contas da DefenseCorp, não podiam realmente comprar a comida que haviam escolhido.

— Eu também — disse a mulher, sua constituição e atitude sugerindo tempos difíceis passados na Defense-Corp. Ela também vestia o clássico vermelho carmesim da empresa, embora as listras pretas nas laterais indicassem uma divisão que Gregor não reconhecia. — Nunca se sabe quando a próxima refeição vai chegar, ou o que você terá que fazer para consegui-la.

— Como pedir caridade a um estranho — disse Rovo. — Obrigado novamente.

— Somos todos da DefenseCorp aqui — disse a mulher. — Não é problema.

Gregor assentiu e todos começaram com uma ou duas ou sete mordidas. A comida era tão boa e sólida quanto Gregor se lembrava, embora as mordidas tivessem aquele toque sem sabor que vinha com a proteína produzida em laboratório. Como se, a cada mastigada, Gregor fosse um pouco mais além da cortina para ver o vazio no coração de sua comida.

— Não sei de onde vocês dois vêm — disse a mulher enquanto a mastigação continuava —, mas gosto de saber com quem estou compartilhando a mesa. Meu nome é Zaydi e, embora já faça muito tempo, sou de Papoula Nove.

Os olhos de Gregor brilharam ao ouvir esse nome. Não Zaydi, com o qual não poderia se importar menos, mas Papoula Nove. As Papoulas e alguns outros setores com nomes similares haviam ganhado reputação por sua perfeição. Múltiplos planetas em faixas habitáveis, vida em todo lugar. Aqueles com recursos, apoiados pela DefenseCorp, haviam tomado os setores para si. Qualquer pessoa nascida naqueles planetas não tinha motivo para comer em um refeitório da DefenseCorp.

— Sou Rovo — disse o novato, cobrindo o silêncio de Gregor. — E, bem, não sou realmente de nenhum lugar importante. Você disse Papoula Nove?

Rovo, que falante suave.

Zaydi deu um sorriso que dizia que ela já havia respondido essa pergunta mil vezes.

— Vocês estão se perguntando por que não estou comendo com o almirante e dizendo a ele como eu gostaria de comprar sua nave?

— Francamente, sim?

— Porque eu não gostava de lá — Zaydi cruzou os braços, apoiando os cotovelos na mesa. — Querem ouvir um segredo? — Aquele sorrisinho se alargou. — As Papoulas são onde a galáxia escondeu todas as suas pessoas terríveis.

Zaydi, tendo aberto a porta, continuou enquanto Rovo e Gregor devoravam suas refeições. Ela contou histórias sobre essa e aquela pessoa terrível, relatos que soavam muito parecidos com os mundos corruptos que Gregor havia usado para conseguir uma posição na Sever. Que surpresa nenhuma descobrir que mais um setor sofria de problemas humanos.

— Então, o que vocês dois vão fazer depois disso? — perguntou Zaydi no silêncio relativo após sua última história. — Grandes planos para o primeiro dia de vocês no *Nautilus*?

— Basicamente, esperando nossa capitã decidir se vivemos ou morremos — disse Rovo, e Gregor grunhiu em concordância.

— Como ela vai fazer isso?

Gregor parou, com a colher a meio caminho da boca. Rovo começou a responder à pergunta de Zaydi, e Gregor retomou a refeição, disfarçando a pausa. Nem Gregor nem Rovo haviam mencionado seu papel na Sever, nem mencionado Aurora, mas Zaydi não pareceu surpresa com as palavras de Rovo.

O homem grande deu uma olhada mais atenta na direção de Zaydi enquanto Rovo terminava uma descrição vaga sobre por que eles estavam ali, uma possível missão para encontrar alguém que seria perigoso. Gregor tinha que dar crédito ao novato: o homem podia inventar bastante na hora, enquanto Gregor preferiria balançar a cabeça e não dizer nada.

— Qual é a sua unidade? — disse Gregor, as linhas pretas no uniforme de Zaydi se recusando a ser esquecidas.

— Minha unidade? — perguntou Zaydi.

— Seu esquadrão.

— Ah — Zaydi olhou para o próprio uniforme, como se o descobrisse pela primeira vez. — Sou de uma equipe de inspeção, fazendo uma visita ao *Nautilus* para garantir que tudo esteja em ordem.

— E está? — perguntou Rovo. — O *Nautilus*?

Zaydi suspirou.

— Honestamente? Há alguns problemas. — Ela olhou entre os dois. — Posso confiar em vocês, certo? Nada de compartilhar?

Gregor queria dizer que não, Zaydi acabara de conhecê-los. Ela não deveria confiar neles com nenhum segredo, pequeno, grande ou intermediário.

— Não temos ninguém para contar — disse Rovo.

— Bem, aparentemente alguém tem trabalhado na armaria aqui — disse Zaydi. — Estão montando novos trajes que vão contra nossas políticas. — Zaydi tocou os lábios, chegando a uma descoberta. — Vocês usam armaduras potencializadas, certo? Em suas missões?

— Usamos sim. — Rovo parecia um cãozinho de colo, todo atento à pergunta de Zaydi.

— Então talvez possam me ajudar — disse Zaydi. — Ninguém na minha equipe trabalha com armas pesadas, e precisamos decidir se as modificações são perigosas demais. Você disse que é novo aqui, certo? Então poderá manter uma mente aberta?

— Não trabalhamos para Deepak — respondeu Rovo. — Adoraria ajudar você.

Gregor sentiu um leve toque em seu tornozelo. Na frente. Gregor moveu o cotovelo, derrubando sua faca da mesa no chão, onde ela quicou com um tinido agudo. Ele se abaixou para pegá-la, lançou um olhar na direção de Rovo enquanto Zaydi dava mais detalhes sobre a questão da armadura, e percebeu a mão direita de Rovo pairando embaixo, fazendo sinais.

Rovo ainda não dominava completamente os sinais de

mão de Sever, mas conseguiu transmitir a ideia bem o suficiente. O novato lideraria, Gregor deveria seguir.

Liderar para onde, seguir como? Isso permanecia um mistério.

Pelo menos parecia que Rovo entendia que algo sobre Zaydi não estava certo.

— Vocês têm tempo agora? — perguntou Zaydi ao final de sua descrição. — Não deve demorar muito.

— Temos? — Rovo perguntou a Gregor. — Não acho que o capitão queria que voltássemos para a nave até mais tarde.

Gregor deu de ombros. Como todo o esquadrão tinha perdido seus bracelets, Aurora havia voltado à idade da pedra e definido um horário pós-jantar para todos voltarem à *Prisa*. A *Nautilus* tinha relógios em telas por toda parte, então acompanhar o tempo não era um problema, e agora eles ainda tinham horas para queimar.

— Aí está sua resposta — disse Rovo para Zaydi. — Mostre o caminho.

Zaydi os levou do refeitório em direção à proa, evitando os elevadores para mantê-los no nível mais baixo da *Nautilus*. Gregor não havia passado muito tempo fora do refeitório aqui embaixo, já que os espaços eram mais dedicados à engenharia, armazenamento de carga e análise.

Poucos martelos e menos alvos para esmagar do que nos outros níveis.

O refeitório dividia ao meio o corredor central do nível inferior, e ao sair do salão eles voltaram para o que, um ou dois níveis acima, teria sido uma seção lotada. O corredor em direção à proa deveria estar repleto de robôs e soldados correndo de um lado para o outro. Mensagens deveriam estar sendo transmitidas no alto.

Em vez disso, sair do refeitório através de pesadas portas

duplas - Gregor notou que estas eram blindadas contra explosões, diferentemente das outras saídas do refeitório - trouxe o trio para um corredor silencioso. As laterais aqui, em vez de exibir pôsteres motivacionais e lemas da Defense-Corp, estavam cobertas de diretrizes de segurança, lembretes sobre requisitos de formulários e advertências em vermelho intenso de que o trabalho poderia colocar em risco toda a nave.

— Parece um lugar divertido — disse Rovo enquanto caminhavam. Sem esteiras rolantes acelerando as coisas por aqui, talvez devido às multidões, talvez devido ao perigo. — Você já veio aqui atrás, Gregor?

— Uma vez — disse Gregor. — Há muito tempo, para pegar meu martelo.

— Martelo? — perguntou Zaydi, com curiosidade genuína na pergunta.

— Minha arma favorita — respondeu Gregor. — A maioria prefere rifles. Eu os acho fáceis demais.

— Entendo... — disse Zaydi, claramente não entendendo. Em vez disso, ela apontou para uma porta amarela, com um scanner de identificação. — Aqui está o laboratório que estamos usando.

A etiqueta sobre a porta indicava o que havia além como *Armas Três*. Mais adiante no corredor, então, estariam *Armas Um* e *Armas Dois*. Este último havia sido onde Gregor ganhou seu martelo, comprado com a maior parte do dinheiro da DefenseCorp na conta de Gregor na época, e valeu muito a pena.

— Lembrem-se — disse Zaydi. — Nem uma palavra sobre o que vocês virem aqui dentro.

A porta se abriu com um silvo revelando... outra porta com um corredor curto e sem características entre elas. Um espaço de controle, destinado a impedir que qualquer um que espiasse visse o interior. O trio se amontoou no espaço, Zaydi passou seu ID na segunda porta e, com um bipe, o caminho de volta se fechou e o caminho à frente se abriu.

Armas 3 não era muito maior que o espaço de reunião central da *Prisa* ou a sala de estar no módulo onde Gregor morava no cometa. Não que precisasse ser: o teto estava repleto de braços mecânicos e outros dispositivos, todos encaixados em suportes que podiam ser liberados pelo enorme centro de controle oposto à porta.

O meio da sala abrigava a estrela. Enquanto o piso externo refletia o prateado polido visto por toda a *Nautilus*, um círculo de aço pintado de amarelo forte ocupava o centro do palco. Essa tinta amarela apresentava arranhões e queimaduras de testes há muito concluídos.

Embora, dado o enorme traje de armadura potencializada repousando naquele círculo, talvez estivesse pronto para recomeçar.

Gregor já havia usado sua cota desses trajes, tinha destruído inimigos em abundância com seus braços e pernas carregados cineticamente, seus coldres para uma centena de armas diferentes. Os trajes mais antigos, no entanto, haviam sido projetados com o movimento em mente, dando ao corpo uma casca que se moveria de acordo com as demandas de seu dono.

Este parecia mais um tanque que envolveria o usuário e o transformaria em uma máquina de morte de movimento lento. Braços e pernas se projetavam do denso metal carmesim, mas ao redor dos membros havia vários outros, bem, membros. A maioria estava vazia, acessórios esperando por um dono empreendedor que decidisse quais implementos mortais queria levar hoje. Alguns pareciam configurados para *Armas* 3, segurando um rifle tubular, uma bola com espinhos conectada a um lançador estreito, e um portando uma grande caixa com uma cruz branca nas costas do traje.

— É grande, não é? — disse Rovo, e Gregor grunhiu em concordância.

— Não é? — disse Zaydi. — Ficamos um pouco surpresos em encontrá-lo aqui. Seu Deepak tem um senso de aventura, certamente.

Não eram as palavras que Gregor usaria para descrever um homem que se escondia das linhas de frente e enviava esquadrões para fazer o trabalho, mas tudo bem.

— O que você queria que fizéssemos? — perguntou Gregor.

Zaydi foi mais para dentro da sala, chegando até o painel de controle e começou a digitar, — Veja, vocês dois disseram que usam armaduras potencializadas. Eu não usei. Então não tenho certeza se isso está funcionando ou não.

Algo que Zaydi fez teve efeito, e a armadura potencializada acendeu. Juntas em todo o corpo se soltaram, fazendo a frente da armadura se abrir e afastar. Pronta para seu próximo usuário.

— Você quer que entremos nela? — disse Rovo.

— Um de vocês — respondeu Zaydi. — A menos que achem que ambos cabem.

— Armadura potencializada é individual — disse Gregor. — Rovo, esta aqui serviria para mim.

— Fique à vontade. — Rovo esfregou os próprios ombros. — Estou bem em ficar fora da armadura potencializada por um tempo. Más lembranças.

— Ah é? — perguntou Zaydi, voltando para ficar ao lado de Rovo enquanto Gregor se movia em direção ao traje.

— Um prédio caiu sobre ele — Gregor resmungou. — Azar dos grandes.

Aproximando-se da armadura, Gregor posicionou seu

rosto perto da viseira e permaneceu imóvel. A armadura potencializada detectou sua postura, e uma leve luz azul disparou de dentro do traje enquanto media o tamanho e a forma de Gregor. As armaduras grandes não podiam se transformar completamente, mas ao apertar e afrouxar vários parafusos e tiras, podiam atingir o máximo de conforto possível.

A luz piscou verde e Gregor deu um passo à frente. Conforme seus pés entravam nas botas, as costas da armadura se fecharam, selando Gregor dentro do traje. Silvos e cliques ecoaram ao redor enquanto a armadura se ajustava ao tamanho de Gregor.

A viseira ligou, transformando o que era um nada negro em uma visão clara do centro de controle. Palavras amarelas piscando no canto superior esquerdo indicavam que a armadura estava em modo de teste. Sem armas habilitadas, então Gregor não poderia sair por aí destruindo a nave porque teve um dia ruim.

Rovo e Zaydi entraram no campo de visão, esta última voltando para o centro de controle. Rovo acenou para o rosto de Gregor, e Gregor acenou de volta, a mão lenta e pesada. Quem quer que estivesse projetando esse traje teria que ajustar essas configurações, porque ter que erguer o braço só para acenar se tornaria cansativo rapidamente.

— Como é aí dentro? — disse Rovo. — Parece o futuro?

O futuro? Gregor começou a dizer que parecia um protótipo quando o modo de teste piscando em sua viseira mudou para um *BLOQUEIO* vermelho intenso. Não era um modo que Gregor tinha usado antes, mas o treinamento antigo lhe dizia seu propósito: impedir que o traje fizesse algo estúpido enquanto você fazia alterações.

Através da viseira, Gregor viu Zaydi se afastar do centro de controle, seu movimento respondendo quem poderia ter colocado a armadura em bloqueio. A suspeita que Gregor sentira no refeitório explodiu em perigo iminente.

Zaydi não se movia mais como uma inspetora frívola. Ela tinha a postura confiante de uma profissional, cumprindo sua missão.

— Está me ouvindo, amigo? — disse Rovo, inclinando-se na direção de Gregor e rindo. — Sei que você está aí dentro!

Gregor tentou se mover. Falou as palavras-chave que deveriam ter acionado uma liberação de emergência do traje. Nada funcionou. Se os braços estavam pesados enquanto o traje estava ligado, no modo de bloqueio e sem qualquer assistência, eles estavam imóveis.

Rovo bateu com a mão na viseira da armadura. Atrás dele, Zaydi alcançou seu uniforme, assumiu uma expressão dura e determinada, e sacou uma pequena pistola.

Gregor ouviu seus próprios gritos.

O novato não ouviu.

QUATRO

DEMONSTRAÇÃO E APRESENTAÇÃO

Sever pensou que tinham voltado para casa quando a *Prisa* pousou na *Nautilus*, mas Eponi entendia a realidade: a *Prisa* era agora o verdadeiro lar do esquadrão. Roubada, sim, mas ainda assim, seu lar.

E Eponi não poderia estar mais feliz com isso.

Desde que corria de kart, Eponi não se via pilotando uma nave tão rápida e ágil. Com um corpo de três pontas e sua cabine afunilada no centro, a *Prisa* mantinha as coisas esbeltas. Duas torres de artilharia pontilhavam ambas as pontas laterais, controláveis por quem ocupasse os assentos de artilharia nessas extremidades. Um canhão laser retrátil e um lançador de mísseis pesados ficavam sob a cabine, caso a própria Eponi quisesse ficar atrevida.

Neste momento, porém, Eponi estava na popa da *Prisa*, a parte traseira larga se estendendo por essas pontas. Os aposentos da tripulação da nave, apertados para meia dúzia de pessoas, ficavam acima de Eponi, enquanto sua localização atual, os bancos de motores, se expandiam abaixo. A *Prisa* usava propulsores em cluster, aninhando uma centena de pequenos jatos em grupos ao longo de suas costas. O que parecia um pesadelo, e era muito caro, dava ao piloto um controle preciso sobre para onde mirar e quão rápido voar.

— Nunca me senti assim em relação a uma nave antes — disse Eponi, passando o dedo ao longo do console que delineava, em tons felizes de verde, o estado impecável da *Prisa*. — Você e eu, nós vamos nos dar muito bem.

Pelo menos, Eponi esperava que sim. Dado que Sever aparentemente era procurado pela corporação mais poderosa da galáxia, e eles tinham acabado de pousar em um dos cruzadores pesados da DefenseCorp, sair com a *Prisa* ainda intacta estava longe de ser garantido.

Um som brilhante interrompeu esses pensamentos, ecoando pela *Prisa* e se repetindo a cada poucos segundos enquanto Eponi subia dos motores de volta à cabine. Talvez alguém de Sever tivesse voltado mais cedo, achando a *Nautilus* não exatamente como lembravam.

Em vez disso, Eponi viu uma única pessoa esperando abaixo, segurando seu bracelete para mostrar que eram eles que estavam pingando a *Prisa*. O homem robusto usava um uniforme formal da DefenseCorp, carmesim com algumas novas listras pretas nas laterais que davam ao traje um visual de corrida. Não era uma má adição.

— Olá? — perguntou Eponi, acomodando-se na cadeira da cabine.

Por reflexo, ela observou os níveis de energia da *Prisa*. Os escudos e as armas não estavam ativos, mas poderiam ser ligados num piscar de olhos. Os motores poderiam impulsionar a nave para o espaço logo depois. A *Nautilus*, como parte das negociações de Aurora - e por insistência de Eponi - havia deixado as portas do hangar abertas. O escudo magnético da nave manteria o ar, as pessoas e tudo o mais longe de serem sugados para o vácuo de qualquer maneira, e

Eponi não tinha nenhum desejo de ficar presa em uma nave com pessoas tentando matá-la.

— Oi, oi — o homem riu, exibindo um sorriso desarmante enquanto acenava. — Espero que não se importe de eu dizer, mas nunca vi uma nave tão bonita quanto esta. Onde você a encontrou?

Eponi recostou-se na cadeira, olhando para o homem. Ela tinha trabalhado na *Nautilus* tempo suficiente para saber que as pessoas não simplesmente vagavam por hangares aleatórios e conversavam com pilotos. A Defense-Corp mantinha você ocupado, e esse cara estava em seu uniforme, então certamente não estava de folga.

— Tivemos sorte — Eponi decidiu jogar na neutralidade. Ver o que podia tirar do homem. — Obrigada pelo elogio.

— Muita sorte, eu diria — O homem se inclinou para frente, como se estivesse examinando o trem de pouso dianteiro da *Prisa*. — Você está dando tours?

Hah, de jeito nenhum.

— Desculpe, ela está fechada para visitantes.

— É mesmo? — O homem fez o gesto mais exagerado de balançar a cabeça, seu corpo inteiro meio que girando com o movimento. Eponi teve a impressão de que ele não era capaz de ficar parado. — Que pena. Talvez você pudesse me explicar então? Ou pelo menos me deixar conhecer o piloto sortudo o suficiente para chamar esta nave de lar?

Eponi tocou no programa de comunicações da *Prisa*, fazendo-o aparecer em um painel à sua esquerda antes de se lembrar que Sever não tinha mais nenhum maldito bracelete. Ela queria ligar para Aurora ou Sai, avisar que havia uma praga incomodando a nave deles.

— Olha, cara — disse Eponi, tentando pensar em uma tática diferente. — Agradeço o interesse, mas acabamos de pousar aqui. Estou ocupada cuidando da minha nave. Talvez volte mais tarde?

O cara desabou em uma careta, cruzou os braços e olhou para o chão do hangar. Mas não foi embora. Eponi voltou ao seu painel de comunicações. Decidiu tentar a central da *Nautilus*.

— Ei, *Nautilus*, aqui é a *Prisa*, no hangar — Eponi olhou para o grande número preto pintado na parede dos fundos do hangar. — Sete. Estou procurando o Almirante Deepak, e na verdade, alguém que está com ele. Minha capitã, Aurora? Pode me ajudar?

O comunicador crepitou: — *Prisa*, o Almirante Deepak está indisponível no momento. Não estamos familiarizados com a sua capitã. Há mais alguém que possamos contatar?

— Talvez? — Eponi olhou de volta para fora, mas o homem tinha desaparecido. Ela se concentrou nas portas de saída do hangar, fechadas e silenciosas. Não havia como ele ter saído tão rápido. — Pode mandar alguma segurança aqui? Tem alguém bisbilhotando por aqui que eu não gosto.

O comunicador crepitou novamente: — Claro, enviaremos alguns para aí.

— Obrigada — disse Eponi, e cortou a linha.

Digitando rapidamente, Eponi trocou os painéis de comunicações e status dos sistemas para as câmeras que envolviam a *Prisa*. Equipamento padrão para qualquer nave hoje em dia para dar uma visão total do exterior. A vista frontal mostrava o longo nariz da *Prisa* perfurando o topo do quadro, e nada abaixo. Ambos os lados revelavam paredes imaculadas da baía, vazias exceto pelos equipamentos padrão de reparo e carregamento.

A parte de trás mostrava estática. Eponi ligou e desligou a câmera. Ainda estática.

Câmeras podiam apresentar defeitos.

Claro.

Eponi voltou-se para a última vista, bem embaixo da barriga da nave. O homem estava lá, segurando o que parecia ser uma pequena pistola. Ele franziu os olhos para a câmera, mirou e atirou. Outra tela preta.

— *Nautilus* — disse Eponi, acionando o comunicador novamente. — Cadê aquela força de segurança? Esse cara está destruindo minhas câmeras, e vou cobrar vocês por cada uma delas.

— Desculpe, parece que a equipe que estava indo na sua direção foi redirecionada — respondeu a oficial de comunicações, soando como se não acreditasse muito no que via. — Eu vou, ahn, entrar em contato.

— Faça isso.

Eponi encerrou a chamada, levantou-se e foi até o armário de armazenamento atrás da cabine. Ao abri-lo, revelou-se um rifle, uma pistola e a estranha arma em forma de foice de Rovo que ele havia ganhado em Wexer e insistia em manter por perto. Enquanto Eponi puxava o rifle e verificava a bateria para não ficar só cuspindo fumaça, a *Prisa* emitiu um tipo diferente de alarme.

— Agora você percebe — disse Eponi, passando o rifle pelo ombro e prendendo a pistola com seu coldre. — Da próxima vez, me avise quando o cara destruir a primeira câmera, que tal?

Havia duas maneiras de sair da *Prisa*, uma rampa central longa e um elevador mais rápido adjacente à cabine, destinado, Eponi supôs, a levar a tripulação diretamente para onde precisavam ir caso fosse necessária uma fuga rápida. Fuga, no entanto, não era a única opção.

— Ei — disse Eponi, de volta à cabine e transmitindo pelo alto-falante da nave. — Vou baixar a rampa, e então podemos conversar, ok?

Ela não esperou que o desgraçado respondesse. Eponi ordenou que a rampa descesse, depois foi para o elevador. Esperou até que a *Prisa* zumbisse enquanto a rampa começava sua descida, contou rapidamente até três, então apertou o botão de descida do elevador. Enquanto a plataforma descia, Eponi ergueu o rifle e o apontou diretamente para as costas do homem vestido de vermelho.

— Ah, não esperava duas saídas? — disse Eponi enquanto a plataforma se estabilizava no chão da baía e o homem, ainda de frente para a rampa, erguia as mãos agora vazias. — Mantenha-as assim e comece a falar. Quem diabos é você e o que está fazendo com minha nave? Se responder bem rápido, direi a Deepak para matá-lo mais depressa.

Novamente o homem fez aquele movimento de cabeça com todo o corpo, desta vez pontuando-o com um suspiro ondulante.

— Puxa — disse o homem. — Você não devia tornar isso tão difícil.

— Eu disse para ser todo enigmático? — rebateu Eponi. — Não, não disse. Fale claro.

— Vocês são traidores, e não podemos permitir isso.

— Errado, amigão, somos desertores. Grande diferença. Mas quem é esse "nós" de quem você está falando? É uma situação de "nós" real? — Eponi já tinha encontrado muitos pilotos de kart presunçosos que adotavam um jeito de falar arrogante com seus troféus. Nada era melhor do que tirar o hardware brilhante dos motoristas pomposos. — Ou você tem amigos, por mais difícil que seja para mim acreditar?

— Amigos em abundância, receio. Más notícias para você, senhorita, não importa o que você esteja planejando fazer com esse rifle aí.

Eponi revirou os olhos. — Me chame de senhorita mais uma vez.

— Posso fazer isso, senhorita.

Certo. O cara queria levar um tiro? O cara ia levar um tiro. Eponi inclinou sua mira ligeiramente fora da zona letal, pôs a mão no gatilho, quando, atrás dela, as portas da doca se abriram subitamente. Segurando o rifle com a mão direita, seu peso facilitado pela gravidade limitada da *Nautilus*, Eponi abriu sua postura, sacando a pistola com a esquerda e apontando-a para as portas abertas.

Alguns poderiam chamar de paranoia reagir a um som repentino com uma arma em punho, mas o medidor de merda de Eponi havia atingido o máximo, e ela não estava mais brincando.

Três pessoas passaram pela porta, carregando rifles e os coletes de segurança comuns ao pessoal da *Nautilus*. O alívio que deveria ter acalmado o temperamento quente de Eponi congelou quando ela notou, sob aqueles coletes, os mesmos uniformes vermelho e preto do destruidor de câmeras. Mais do que isso, os malditos coletes nem estavam vestidos corretamente, com as tiras penduradas soltas e os tamanhos todos errados.

Como se tivessem nocauteado uma força de segurança real e vestido seus equipamentos.

— Fiquem onde estão — disse Eponi, e o trio parou, embora não baixassem seus rifles. — Estou tendo uma vibração bem feia agora, mas se um de vocês quiser explicar o que está acontecendo, eu posso não agir com base nessa vibração e atirar em todos vocês.

— Os relatórios diziam que você seria violenta — disse o destruidor de câmeras. — Que pena, realmente. Gostaria de ver esta nave, sabe.

Eponi desviou os olhos entre os dois lados, sabendo que não podia manter o foco em ambos os grupos. Quanto mais tempo esse impasse durasse, alguém cometeria um erro, e Eponi não podia se dar ao luxo de ser esse alguém.

— Não posso discordar dos relatórios — disse Eponi, e puxou os gatilhos.

O tiro do rifle acertou em cheio, queimando o destruidor de câmeras e fazendo-o uivar no chão da baía. O tiro da pistola errou o alvo quando o trio se dispersou, levantando seus rifles e procurando cobertura na baía vazia. Eponi não esperou, batendo no botão de subida do elevador com as costas da mão.

A *Prisa* obedeceu, sugando Eponi para cima antes que qualquer fogo de resposta chegasse até ela. Assim que o elevador se encaixou no lugar, Eponi deu dois passos largos para dentro da cabine e bateu no botão para levantar a rampa. Ouviu seu rangido enquanto voltava os painéis da *Prisa* para aquelas câmeras, xingando ao ver um vazio negro onde o destruidor de câmeras deveria estar.

A rampa se fechou com um clique. Eponi se virou, erguendo o rifle e a pistola, e não viu nada, ninguém da cabine até o espaço central da nave. Ela soltou uma respiração há muito contida bem devagar, então deu uma olhada pela frente da nave.

Dois homens arrastavam o destruidor de câmeras pelo chão, deixando um rastro de sangue em direção às portas da baía.

Dois homens.

Um som metálico ecoou pela *Prisa*, reverberando por seu interior silencioso. Depois outro.

Passos.

CINCO

GOLPE RUIM

A viseira da armadura energizada não mostrava muito do lado de fora, mas Rovo captou os olhos de Gregor, e isso bastou. Os globos oculares do homenzarrão estavam estreitados, irritados e focados atrás de Rovo. Somando isso à estranheza geral de Zaydi, Rovo virou-se, agachando-se e se movendo para o lado ao mesmo tempo.

Zaydi atirou, o tiro da pistola raspando o lado de Rovo e enviando uma queimadura sibilante pelos seus nervos, seguida rapidamente pelo cheiro de queimado de suas roupas agora arruinadas. Zaydi não parecia satisfeita com o seu erro e mirou em Rovo para o segundo tiro.

Então Rovo partiu para o ataque.

Armas 3 não tinha muito espaço para seus experimentos, e o traje gigante de Gregor atualmente ocupava a maior parte desse espaço. Zaydi tinha três metros entre o centro de controle da sala e a armadura, distância que Rovo fechou com um salto lateral.

Mas Zaydi teve tempo suficiente para disparar um segundo tiro, este acertando Rovo no peito. Uma onda quente somou-se à ardência do primeiro laser, os pulmões de Rovo sentindo como se estivessem prestes a derreter. Lasers, no entanto, não fazem nada para deter o impulso, e o de Rovo o levou adiante, direto para Zaydi.

Eles atingiram o chão em uma luta silenciosa, Rovo tentando tirar a pistola enquanto Zaydi tentava mirar um terceiro tiro. A mulher tinha habilidade, mas Rovo tinha desespero. Zaydi conseguiu curvar o pulso mesmo enquanto Rovo o segurava, alinhando a pistola para um tiro fatal na cabeça de Rovo. Rovo, por sua vez, usou a cabeça para desferir uma forte pancada na própria cabeça de Zaydi, acertando-a com um golpe que deixou a visão de Rovo embaçada e o corpo de Zaydi flácido.

— Tá, isso foi péssimo — Rovo sibilou, sua respiração assobiando pela garganta e desaparecendo em uma dor ardente.

Primeiro o mais importante: Rovo arrancou a pistola das mãos de Zaydi. Ele poderia tê-la explodido ali mesmo, e cara, como ele queria, mas Rovo tinha visto relatórios de inteligência demais cruzarem sua antiga mesa para ignorar o valor que um refém poderia ter. Em vez disso, ele se levantou, olhando em direção ao centro de controle.

Conforme Rovo se endireitava, sua visão distorceu novamente, desta vez ficando embaçada. Seus braços e pernas pareciam estranhos, como se tivesse dormido com pedras em todos os membros. Um passo em direção ao console borrado parecia como tropeçar através de outro mundo, e Rovo vagamente percebeu que isso era o que acontecia quando um laser queimava seu caminho através de suas entranhas.

Ele nunca tinha sido realmente baleado antes. Não assim. Não sem armadura energizada ou um colete ou algo para amortecer o golpe.

Acabou que ser atingido por um laser não era uma coisa boa.

Um segundo passo trêmulo enviou Rovo em uma queda cambaleante em direção ao console, suas mãos largando a pistola para se apoiar na borda do console enquanto Rovo se plantava em sua base. Uma respiração quente depois e Rovo se ergueu novamente, optando por ignorar a mancha vermelho-escura onde havia batido no console.

Felizmente, a DefenseCorp não tornava seus sistemas tão complicados. *Armas* 3 oferecia um menu de opções simples, e Rovo desbloqueou o traje de Gregor com um único toque de botão. Atrás dele, chiados e silvos soaram enquanto o traje mais uma vez respondia aos comandos de Gregor.

Braços agarraram os ombros de Rovo e o jogaram de volta do console para o chão. Zaydi, agora segurando uma pequena faca que devia ter puxado de algum lugar, foi para uma estocada em direção ao coração de Rovo.

O novato rolou, abraçando a agonia, usando a adrenalina. A estocada de Zaydi, visando ser o golpe de misericórdia no dia de um homem moribundo, foi lenta e errou, a faca raspando no chão. Levantando a perna, Rovo chutou Zaydi de volta contra o console de controle. Ela bateu na coisa metálica e quadrada, sacudiu a cabeça e xingou.

— Você não deveria ser tão difícil de matar — disse Zaydi, avançando de volta para Rovo, faca segura com ambas as mãos.

— Desculpe decepcionar — disse Rovo, pegando o ataque mergulhador com suas mãos envolvendo os pulsos de Zaydi.

Zaydi tinha peso, impulso e a força constantemente drenada de Rovo ao seu lado. A faca desceu, sua ponta mirando a garganta de Rovo. Um alvo que acertaria, e Rovo sentiu um pânico estranho ao perceber que não havia nada que ele pudesse fazer a respeito.

Mas ele não precisou. Duas enormes mãos de metal surgiram, esmagando os ombros de Zaydi e puxando-a para longe de Rovo. Ela gritou, se contorceu tentando escapar, e falhou quando Gregor ergueu a agente sobre sua cabeça e a jogou direto no console de controle. As telas se estilhaçaram, soltaram faíscas quando Zaydi colidiu e rolou para longe do computador.

— Belo arremesso — Rovo encostou a cabeça no chão frio. — Timing perfeito.

Atrás dele, o traje estalou quando Gregor saiu, e o rosto do homenzarrão preencheu a visão de Rovo por um único momento preocupado.

— Golpe ruim — disse Gregor.

— Aham.

Rovo, usando os braços, tentou se sentar. Viu Zaydi deitada no chão, sem se mover. Gregor correu para o outro lado do traje. Por um segundo, Rovo se perguntou se o homem o havia abandonado. Então se lembrou: o kit médico, claro. O bom e velho Gregor, cuidando do novato afinal.

— Vazio! — Gregor praguejou, então voltou ao redor da armadura energizada, olhou para Rovo com tanta preocupação quanto o novato já tinha visto nos olhos do homem. — A enfermaria não está longe. Você consegue andar?

— Olha pra mim — disse Rovo, sorrindo apesar de si mesmo. — O que você acha?

— Certo — disse Gregor. — Segure suas tripas.

— O quê?

Gregor agachou-se, deslizou suas mãos sob as pernas e costas de Rovo, então ergueu o novato. Rovo conseguiu evitar gritar com a dor repentina, reduzindo o barulho a um suspiro sibilante. Lágrimas inundaram seus olhos sem aviso. Calor se acumulou ao redor de seu peito, aninhado nos braços de Gregor.

Ele não precisava perguntar o que era.

Armas 3, como a maioria das salas na *Nautilus*, exigia um crachá para entrar, mas não para sair. Eles entraram na pequena sala, Gregor virando-se de lado para caber com sua carga, e então se apressaram para o corredor.

Rovo observava esses eventos com um distanciamento entorpecente. Ele sabia, objetivamente, que a razão pela qual não sentia mais tanta dor constante era devido ao choque. Seu corpo estava fazendo o que precisava para manter Rovo vivo, ou pelo menos se sentindo assim. Sua mente? Ah, sua mente girava.

O inconsciente o puxava, mas Rovo o afastava. Focou-se, em vez disso, em Zaydi. No uniforme da mulher, sua aparição aparentemente aleatória na fila do refeitório. Ela estivera tão pronta para pagar pelas refeições deles, tão pronta para sentar-se com eles e ter uma conversa, como se não tivesse outros amigos almoçando na nave.

E a informação sobre Aurora? Saber que a capitã deles era uma mulher?

Tudo isso levando à tentativa de assassinato.

Por que matar Rovo e, presumivelmente, Gregor? De volta a Wexer, em sua breve sessão de cativeiro, a mensagem em vídeo daquele oficial, quem quer que fosse, implicava que a DefenseCorp queria Sever vivo para um interrogatório. Aparentemente essa posição havia mudado, e aparentemente a *Nautilus* não era o tratado de paz que Aurora pensava.

Mais importante ainda...

— Temos que avisar os outros — Rovo grasnou, empurrando-se de volta à consciência plena.

— Primeiro vou conseguir ajuda para você — disse Gregor entre respirações enquanto corria pelo corredor. — Estamos quase lá.

Por cima do ombro de Gregor, Rovo distinguiu uma forma branca e vermelha pairando. Um robô médico, acionado quando alguém na *Nautilus* notou Gregor carregando a forma ferida de Rovo. O robô, um oval de um metro de comprimento, era repleto de pequenos compartimentos. Cada um deles carregado com suprimentos de emergência, as coisas que poderiam manter Rovo, talvez, vivo até que cuidados melhores chegassem.

— O robô — disse Rovo, tentando levantar um braço para apontar e descobrindo-se sem forças. Como se os fios ligando seu cérebro aos seus músculos tivessem se desgastado, deixando apenas uma pressão fraca. — Ele não pode ajudar?

— Muito lento — respondeu Gregor. — Fique quieto agora.

A enfermaria da *Nautilus* tinha espaço para cem pacientes. Rovo não havia passado tempo lá, mas ele entendeu que a maior parte de Sever tinha desfrutado de seus confins brilhantes após uma de suas missões. Disposta em anéis descendentes, com pacientes mais críticos em salas mais espaçosas em direção ao centro, toda a enfermaria permitia que os provedores humanos no meio acompanhassem e operassem os robôs que faziam a maior parte do cuidado real.

Escura com iluminação localizada para permitir que os pacientes dormissem, a enfermaria se assemelhava a uma nebulosa neon, a rampa que Gregor descia brilhando em roxo claro. Salas pontilhavam seus níveis com paredes uniformemente espaçadas, cada uma emitindo uma suave aura externa para a condição de seu paciente. A baixa população significava que salas verdes e azuis brilhavam entre trechos vazios e escuros.

No ar ao redor e acima deles, robôs médicos como o que seguia Gregor deslizavam de sala em sala. Comida, medicamentos e atualizações de diagnóstico eram entregues através das pequenas coisas, e ocasionalmente a voz de um médico podia ser ouvida vindo dos alto-falantes de um robô, realizando uma alta remota. Apenas no centro de alta intensidade da enfermaria, qualquer ação real acontecia.

Quando Rovo passou por lá em sua primeira semana de visita à nave, ele achou a enfermaria um lugar calmo e higienizado onde a competência mecanizada colocava as tropas da DefenseCorp de volta à ação antes que elas tivessem qualquer direito de estar lá.

Agora, enquanto Gregor descia os degraus com Rovo em seus braços, toda aquela calma desapareceu. Robôs e humanos liberaram uma sala para Gregor deixar Rovo em uma cama, o homem grande mal o colocando antes que médicos mascarados o afastassem.

Luzes brilhantes se chocaram sobre ele enquanto novas picadas encontravam seu caminho além dos nervos entorpecidos pelo choque de Rovo. Bipes soaram, longos e agudos misturados com curtos e abafados. Rovo sentiu gosto de ferro, cheirou algo pegajoso e doce.

— Rovo? — A voz de Gregor cortou a conversa médica. — Vou avisar os outros. Volto logo.

Rovo tentou dizer que ouviu o homem grande, mas então um médico colocou uma máscara de oxigênio sobre seu rosto e ele não pôde dizer mais nada. Nem conseguia imaginar outra coisa para dizer, enquanto os medicamentos começavam a fazer efeito.

A dor não sumiu tanto quanto recuou para uma pequena bolha, lá na borda absoluta, enquanto Rovo flutuava. Seus olhos embaçaram novamente, mas ele distinguiu um robô pairando sobre ele, seus muitos pequenos membros metálicos pendurando uma bolsa de soro. Quase fofo, o negócio. Sever deveria ter um na *Prisa*, considerando quantas vezes eles provavelmente levariam tiros.

A *Prisa*. Eponi daria um sermão interminável em Rovo por isso. Ela sempre dizia a ele para ficar alerta, para ficar de olho em alguém fazendo algo estúpido. Aqui ele sabia que Zaydi tinha algo estranho acontecendo, e ainda assim ele virou as costas para a mulher.

Erro de novato.

SEIS

REVIRAVOLTA

Mesmo com o ar-condicionado do simulador, Aurora saiu da sala de treinamento coberta de suor, com os detalhes preto e branco do uniforme Sever úmidos, o cabelo grudado no rosto junto com um sorriso afiado. Seu grupo de meia dúzia saiu na frente na escaramuça com o time A de Sever através de uma combinação de inteligência, ordens rápidas e o próprio tiro duplo salvador de Aurora em algumas baterias esquecidas perto da base inimiga.

Ninguém a chamou de novata depois disso.

— Tenho que dizer, estou impressionado — disse Deepak quando Aurora saiu da sala de treinamento. Seu esquadrão seguiu em frente, alguns olhando de volta na direção de Aurora, mas ela os dispensou com um aceno. Ela os via todos os dias, o dia todo. — Você é esperta.

— Você parece surpreso? — disse Aurora, cruzando os braços enquanto estavam no corredor movimentado.

— Eu, uh-

— Estou só brincando com você. — Aurora abriu um sorriso, observando o uniforme sempre impecável de Deepak. — Você não deveria estar fazendo algo importante?

Resgatado de suas próprias palavras, Deepak corou, chegando a algo próximo do relaxamento, embora o homem não conseguisse parar de dobrar e desdobrar as mãos. — Hora do intervalo. Vi seu esquadrão na programação, pensei em dar uma passada. Você tem planos para o almoço?

— Estou bem nojenta agora.

— Então eu diria que, entre nós dois, estamos no ponto certo — retrucou Deepak.

Era difícil resistir àqueles olhos brilhantes, gastar a adrenalina da vitória compartilhando uma refeição com alguém divertido. Eles riram durante aquele almoço, e o próximo, e o seguinte, até que o *Nautilus* chegasse ao seu destino e as missões começassem a surgir.

Com dois guardas atrás dela, um mentiroso em Deepak ao seu lado e um inimigo misterioso apontando para uma cadeira, Aurora jogou a única carta que podia: ela sentou.

Com o tom definido, o movimento em direção à cadeira veio ao mesmo tempo rápido e lento. Aurora examinou a sala com olhos diferentes dos que a vira pela primeira vez, procurando agora por armas, posturas, possíveis saídas ou oportunidades.

Primeiro, Deepak. Ele parecia perturbado, quase em pânico. Nada parecido com alguém que acabara de atrair a presa para sua armadilha. Seu uniforme, engomado e perfeito, não tinha folga ou coldres para carregar armas. Aurora não se lembrava do almirante ser muito lutador, mas sua atitude suada e nervosa sugeria que ele poderia ser tanto prisioneiro ali quanto Aurora.

Os guardas atrás dela, capturados em seu campo de visão enquanto Aurora caminhava até sua cadeira, puxava-a e sentava, mantinham um tipo diferente de casualidade. Uma confiança insípida em sua inevitável vitória. Isso, pelo menos, Aurora tinha visto repetidas vezes nos rostos de suas futuras vítimas. Todos acreditavam que eram vencedores até perderem.

Esses dois carregavam pistolas, as armas penduradas em cintos na cintura. Mantinham os olhos fixos em Aurora, mas um deixou seu olhar vagar para o bracelete enquanto o outro coçava o nariz. Dificilmente robôs, então. Relaxados com seu poder.

Fáceis de surpreender.

O oficial à sua frente, seu uniforme carmesim desprovido de medalhas e patentes além das listras pretas correndo pelos lados - assim como os guardas - estampava um sorriso acolhedor em seu rosto largo e liso. Ele mantinha as mãos entrelaçadas, mas Aurora notou a pressão branca na pele. Nervoso também, embora talvez de uma maneira diferente de Deepak.

O que estava em jogo aqui repousava sobre seus ombros, e alguém não ficaria muito feliz se ele falhasse.

— Estou sentada — disse Aurora. — O que você quer?

— Não — respondeu o oficial. — A questão é quem. Quem nós queremos?

A mensagem na cela em Dynas preencheu quaisquer lacunas. O oficial queria qualquer um que soubesse sobre Kaia, a garotinha que, até onde Aurora sabia, era a única sobrevivente viva do vírus adaptável de Helix.

— Você já os tem — disse Aurora. — Nós. Sever.

— Errado — disse o oficial. — Isso não é tudo.

— O quê, você quer os dois guardas? Lani, a agente da DefenseCorp que voou conosco para fora do mundo? — disse Aurora. — Não sabemos onde eles estão.

— Isso era tudo? — disse o oficial. — Ninguém mais?

Aurora poderia ter sido evasiva com a informação, mas ela não estava jogando um jogo complicado aqui. Ela não tinha uma arma, estava em menor número e em desvantagem, e não tinha nada a esconder. Se dar ao homem o que ele queria a deixaria sair desta sala e tiraria seu esquadrão vivo desta nave, bem, ela lhe diria tudo.

— Anaskya. Kashmal, o pai de Kaia. É realmente isso. — Aurora recostou-se na cadeira dura, lançou um olhar fulminante para Deepak para ter certeza de que ele entendeu que ela não o perdoaria por não mencionar esta pequena emboscada. — Parece que você pode ser um homem paranoico, então deixe-me dizer que não estamos no negócio de fazer amigos.

O homem, pelo menos, riu disso. — Não, vocês não estão. Tivemos problemas para encontrar alguém nesta nave além de Deepak que sequer se importasse que seu esquadrão desertou. É bem difícil fazer um perfil de pessoas quando ninguém sabe quem elas são.

Aurora não disse nada. Não havia nada a dizer.

O sorriso do oficial tremeu no silêncio. Deepak, ocupando a cadeira ao lado de Aurora, olhou para o próprio colo como uma criança prestes a ser repreendida.

— Sabe por que a DefenseCorp não persegue muitos desertores? — disse o oficial, desunindo as mãos entrelaçadas e colocando-as sobre a mesa, como se estivesse prestes a revelar uma surpresa. — Porque a maioria não vale nada. Os poucos que valem, descobrimos que uma recompensa doce o suficiente nos dá o que procuramos.

— Ninguém se importa tanto assim conosco — disse Aurora. — Quem se importa, não saberia onde estamos.

Sai e Rovo tinham famílias. Eles haviam enviado mensagens por Wexer, mas alguns dias não seriam tempo suficiente para que esses feixes chegassem à metade do caminho de casa.

— Isso é verdade. Lani, no entanto, se importa muito consigo mesma — disse o oficial. — Ela não queria morrer, e não queria voltar para Dynas. Em vez disso, ela nos entregou vocês.

A raiva veio fácil, Aurora a matou mais facilmente ainda. Lani comprou sua vida ajudando Rovo a sobreviver à fuga de Dynas, entregando a armadura de poder de Aurora. Sever poderia ter lançado a agente da DefenseCorp no espaço, mas eles jogaram certo.

Se algum dia visse Lani novamente, Aurora puxaria o gatilho. Esse pensamento foi suficiente para manter qualquer expressão fora de seu rosto, e mais uma vez o sorriso do oficial tremeu, desaparecendo quando Aurora não lhe deu a satisfação.

— Nada te surpreende — disse o oficial. — Suponho que seja um sinal de que treinamos bem nossos soldados.

— Ele treinou — disse Aurora, acenando para Deepak. — Você não.

— Ele? — O oficial riu novamente, um som irritante e estridente que Aurora atribuiu às óbvias operações faciais do homem. — Ele faz o que mandam, assim como você fará. Lani mencionou a garota, essa tal de Kaia. Você sabe onde ela está.

— Não sei.

O oficial levantou um dedo. Ambos os oficiais sacaram suas pistolas, mirando em Aurora.

— De acordo com Lani, você sabe — disse o oficial. — E Lani tem acertado tudo até agora.

— Nós os deixamos em Wexer — respondeu Aurora. — Eles pegaram um transporte para algum lugar. Não é problema meu.

— É sim seu problema, porque eu estou tornando isso seu problema. Ou você me dá uma solução, ou eles vão apagá-la agora, assim como estou apagando todos os seus colegas neste exato momento.

Espera. O quê?

Quase todos da Sever haviam deixado a *Prisa* após a introdução de Deepak. Aurora podia vê-los se separando. Podia ver mais agentes como esses dois rastreando-os, um por um. Em desvantagem numérica, atacados de surpresa no único lugar que Sever consideraria seguro?

— Diga isso de novo — disse Aurora.

— Você me diz onde Kaia está, talvez eu cancele as missões — disse o oficial, agora, finalmente, tendo sua chance de se gabar. — Mas se apresse, porque seu tempo está acabando.

Ele estava blefando? Ele pararia esses ataques, mesmo se Aurora soubesse onde encontrar Kaia?

Ela realmente queria passar mais um minuto ouvindo esse cara?

A *Nautilus* mantinha, através de sua massa e campos magnéticos, gravidade suficiente para manter os pés no chão, para manter a maioria das coisas funcionando como a natureza pretendia. Tente pressionar contra isso, no entanto, e você se encontraria saltando para o teto.

— Deepak — disse Aurora —, estou cansada disso. Você não está?

Quando o oficial abriu a boca, provavelmente para cuspir alguma ameaça ou outra, Aurora virou a mesa.

A grande coisa de falso granito foi direto para cima e por cima enquanto Aurora a empurrava, esmagando o oficial e jogando-o contra a parede atrás. Deepak entendeu a tática de Aurora e provou que não estava jogando o jogo do oficial ao colocar seu corpo entre os dois guardas e Aurora, fazendo com que seus tiros rápidos chiassem no chão da sala.

— Desculpe — disse Aurora, empurrando Deepak contra o guarda da esquerda, então agachando-se enquanto o da direita mirava outro tiro que passou por cima de sua cabeça.

A baixa gravidade ajudou novamente quando Aurora saltou de sua posição agachada, um movimento que teria lhe rendido um pequeno salto na maioria dos planetas, mas que, na *Nautilus*, a lançou como um foguete contra o peito do guarda da direita. Enquanto Aurora empurrava o guarda de volta para a porta, ela olhou e agarrou a mão que segurava a pistola com sua própria mão esquerda.

O outro guarda empurrou Deepak para o chão, abrindo caminho para seu próprio tiro, apenas para descobrir seu companheiro, cortesia do rápido agarre de Aurora, atirando nele. Aurora pressionou o gatilho mais duas vezes enquanto acertava uma cotovelada no estômago de sua vítima, obtendo grunhidos que se misturaram muito bem com os gritos do guarda atingido três vezes.

O quarto disparo silenciou os gritos.

Aurora, imobilizando o outro guarda, pressionou o pé no chão na intersecção da porta com o piso. Torcendo o ombro, usando a cintura, Aurora virou o guarda por cima dela, puxando a pistola livre com o movimento e enviando o guarda ao chão. O homem atingiu o solo com um ofego enquanto o ar deixava seus pulmões, os olhos se arregalando ao ver sua própria pistola apontada diretamente para seus olhos.

— Mexa-se de novo — disse Aurora —, eu te desafio.

O guarda ficou bem quieto.

— Homem esperto — continuou Aurora. — Deepak, se importa de ver se nosso amigo ainda está vivo lá embaixo?

O almirante, após pegar a pistola do guarda abatido, hesitou antes de limpar a mesa. Lançou a Aurora um olhar que dizia que aqui estava um momento feito para erros.

— Não atire nele — advertiu Deepak.

— Mas eu realmente quero.

— Eu sei, mas Renard é o único que pode nos tirar dessa vivos.

Um nome finalmente, mas não um que Aurora reconhecesse. Não um executivo ou oficial público da DefenseCorp, embora Aurora não estudasse exatamente as fileiras da enorme empresa. Tanto faz. Nomes não importavam, ações contavam mais.

Aurora inclinou a cabeça, — Tenho certeza que ele é quem está tentando nos matar, Deepak.

— Há uma história maior aqui — contra-argumentou Deepak. — Apenas, não o frite. Não ainda.

Aurora acenou com a pistola em direção à mesa, — Quanto mais você me fizer esperar, mais provável é que eu comece a queimar buracos nela e ver o que acontece.

Isso, pelo menos, colocou Deepak em ação. O homem passou por cima do guarda rendido e puxou a mesa para trás. Renard, tão arrogante um momento antes, tinha uma mão sobre o nariz tentando parar o sangramento, enquanto a outra segurava sua própria arma pequena como um peixe se debatendo. Até Deepak estremeceu com a visão.

Aurora adotou sua melhor impressão de tubarão.

— Largue — disse Aurora, mantendo sua pistola apontada para o guarda caído — ou seu amigo aqui leva um tiro no coração.

Ela achava que as chances eram iguais de Renard se importar com o guarda, mas Aurora se preocupava mais com a possibilidade de o guarda tentar algo se a morte desaparecesse de seu futuro imediato do que com o oficial conseguir um bom tiro com sua arma molenga.

— Vocês são todos brutos — rosnou Renard, seu tempero arrogante desvanecendo rapidamente em uma mistura chorosa. — Como se a violência pudesse resolver todos os seus problemas.

— Parece que ela os criou — disse Aurora. — Bem que poderia acabar com eles também. Você estava dizendo que meus amigos podem estar em perigo? Seria bom elaborar, antes que eu te derreta e tente a sorte.

— Aurora — advertiu Deepak, e Aurora queria muito enviar algumas respostas irritadas ao almirante, mas manteve seu foco em Renard.

Por que diabos Deepak estava defendendo esse oficial? O que Deepak sabia que não estava compartilhando?

— Você quer salvar seus amigos? — disse Renard, largando sua arma lateral. — Ótimo. Me leve até a ponte e eu transmitirei a mensagem codificada. Por toda a nave, eles vão parar. Seus amigos sobreviverão.

— Você não pode fazer isso daqui? — disse Aurora, então olhou para Deepak. — Ele não pode fazer isso daqui?

— O *Nautilus* não permite que você transmita para toda a nave de qualquer lugar. — Deepak, sem pedir permissão a Aurora, ajudou Renard a se levantar. Pelo menos o almirante manteve sua pistola pronta. — Isso seria um caos. A ponte é o lugar mais próximo que podemos usar.

Tudo bem. Fatos eram fatos, e Aurora não lutaria mais contra isso.

— E quanto a esse cara? — disse Aurora, acenando para o guarda que tinha feito um ótimo trabalho em obedecer sua ordem de não se mover. — E seu amigo tostado?

Deepak ofereceu uma solução decente. Os três deixaram a sala de conferências, com Deepak usando sua segurança de almirante para trancar a sala atrás deles enquanto enviava um alerta de segurança para resolver a situação.

— Mantenha sua arma no coldre — Deepak disse a

Aurora enquanto saíam da sala. — Se alguém te vir andando com uma pistola em punho, vai haver problemas.

— Porque já não há problemas.

Renard riu, uma coisa fraca. — Para você? Está apenas começando.

Aurora revirou os olhos para Deepak. — Tem certeza de que não podemos simplesmente atirar nele?

— Aurora — Deepak suspirou —, se você matar este homem, não haverá nada que eu possa fazer para mantê-la viva. Para me manter vivo.

E o rosto duro de Aurora escorregou com as palavras de Deepak, não pelo que ele disse - qualquer missão colocava as vidas dos Sever em risco, isso não era muito diferente - mas por como ele falou, como ele parecia.

Apesar de ter Renard desarmado, ensanguentado e sob sua custódia, Deepak parecia muito, muito assustado.

LUTA DE FACAS

A conversa civilizada durou até que a porta dos aposentos dos convidados deslizou e fechou atrás deles. Uma cama de tamanho normal estava à direita da porta, com um pequeno nicho de escritório coberto por um monitor escuro logo depois. À esquerda de Sai, um armário estreito permanecia fechado. O cinza dominava.

A *Nautilus* não era um hotel de luxo. Era, no entanto, um bom lugar para uma luta.

Com o clique da porta, o jovem que havia seguido Sai todo esse caminho deslizou uma faca curta e fina de um bolso em sua manga. Sai recuou enquanto o homem avançava, o assassino tomando seu tempo para garantir que Sai não tivesse para onde se mover.

Por trás do uniforme carmesim, o homem parecia em forma. Seu cabelo estava um pouco mais crespo do que o esperado para um regular da DefenseCorp, mas as listras pretas que corriam pelas laterais agora pareciam significar algo além de um soldado raso. Certamente nenhum recruta comum carregaria uma lâmina fina como esta.

Mais ominoso, o sorriso do homem permanecia leve e

fixo. Seus olhos brilhantes. Como se matar Sai fosse o evento principal do seu dia.

Bem, o homem ficaria desapontado.

O ataque veio com um espasmo, uma estocada direta no pescoço de Sai que teria acabado com tudo em um golpe. Teria, exceto que os olhos do homem o traíram, desviando-se do rosto de Sai pouco antes do golpe, verificando o alvo, a mira, a velocidade.

Sai desviou-se para o lado em uma investida de ombro, sentindo a lâmina arranhar seu pescoço. O impacto de Sai foi mais forte, empurrando o homem para fora de seus pés. Enquanto ele caía, Sai agarrou o pulso do homem que segurava a faca e torceu, sentindo os tendões se esticarem e vendo a lâmina cair no chão. Com o pé, Sai pisou na lâmina, prendendo-a.

Uma dor atravessou o estômago de Sai, e ele olhou para baixo para ver o homem recuando para outro golpe, a mão esquerda do homem achatada como uma flecha.

Não vai acontecer.

Sai ergueu-se com força, chicoteando o braço que segurava e enviando o homem girando para o teto do quarto, cortesia da gravidade leve da *Nautilus*. De costas, o homem grunhiu ao se chocar, sua cabeça ricocheteando para trás enquanto Sai soltava a mão cativa para selar o impulso do movimento. Quando o assassino caiu, um pouco mais devagar do que Sai veria em mundos mais densos, ele não tinha como controlar sua descida. Nenhuma maneira de fazer qualquer coisa além de cair em linha reta. Direto em sua própria faca.

O assassino havia errado o pescoço de Sai.

Sai não errou.

Ele sentou-se na cama. Olhou para o vermelho úmido em sua mão, depois o limpou no uniforme do homem morto.

O carmesim não combinava exatamente com o sangue, mas era próximo o suficiente. Sai sentiu seu batimento cardíaco desacelerar, sua respiração voltar a um ritmo normal. A luta havia sido tão rápida que a adrenalina veio correndo depois que acabou, disparando enquanto Sai tentava encontrar o próximo passo a dar.

De todos os lugares da galáxia, por anos, a *Nautilus* havia sido segura. Ninguém ousaria atacar um cruzador da DefenseCorp, e mesmo que assassinatos ou jogos sombrios varressem o mundo civilizado, o Esquadrão Sever nunca teve a posição para justificar um alvo em suas costas.

Até agora, aparentemente.

O bracelete do homem não oferecia nenhuma pista. Sua tela havia escurecido, e não importava o que Sai fizesse, a coisa não acordava. Às vezes, os mais fanáticos amarravam seus braceletes a suas assinaturas biológicas, apagando a máquina se seu dono morresse. Talvez isso tivesse acontecido, ou o bracelete se trancou. De qualquer forma, Sai não obteria respostas ali.

O pequeno drive no bolso de Sai, no entanto, oferecia uma chance melhor. Sai poderia conectá-lo diretamente ao monitor, mas ficar em um quarto com um corpo parecia uma má ideia. Alguém entraria, seja para usar o quarto ou para limpá-lo, e ver Sai usando um computador em vez de pedir ajuda poderia gerar uma má reação.

— Obrigado pela ajuda — disse Sai ao cadáver enquanto se levantava.

Uma espiada de volta ao corredor dos quartos de hóspedes confirmou que estava vazio, então Sai atravessou o corredor e desceu um quarto, deixando o corpo trancado atrás dele. Uma surpresa desagradável para alguém.

Sai fez uma careta. Uma surpresa desagradável? Era assim que Sai pensava sobre corpos atualmente? Ele realmente havia visto tantas mortes que elas escorriam de sua consciência como água escorrendo da lâmina de sua katana?

No meio de uma missão, equipado com inimigos ao redor, aliados para resgatar e objetivos para cumprir, Sai podia se voltar para essas distrações e continuar. Empurrar até o fim e então para o próximo antes de colocar o que tinha feito e visto no contexto mental adequado. Mesmo naquelas semanas pós-Dynas, caçando um destino entre as estrelas, Sai e Sever haviam passado o tempo juntos conversando, rindo, sobrevivendo.

De pé no quarto de hóspedes, imaculado e sem personalidade, Sai percebeu que estava realmente sozinho pela primeira vez em muito tempo.

Ele vacilou.

Dúvidas cravaram no silêncio, dizendo a Sai que suas escolhas o haviam alcançado. Que todo o seu plano — aceitar o papel mais bem pago de Sever para garantir o sustento de sua família — não estava mais funcionando, não quando ele havia deixado para trás o pagamento por morte da DefenseCorp e o equipamento melhor para evitar essa morte em primeiro lugar.

Aqui estava ele apunhalando assassinos, considerado um criminoso por um inimigo poderoso, e sentado sozinho com um drive contendo sabe-se lá o quê.

Sai enfiou a mão no bolso e tirou o pequeno objeto. Deepak queria que ele, ou pelo menos alguém em Sever, o encontrasse. Passou o dedo pela superfície plástica do drive, seus olhos voltando-se para o monitor desligado.

Ele não podia ir embora agora. Essas escolhas já foram feitas. Mas se Sai conseguisse sair dessa?

Pegaria todo o dinheiro que pudesse de suas contas e voltaria para sua família. Veria quanto tempo poderia recuperar, se algum.

O monitor funcionou bem com o drive e exibiu seu conteúdo. Arquivo após arquivo se espalhou, dezenas deles. Sai imaginou que alguém tinha despejado tudo o que podia ali. Os nomes dos arquivos em si não ofereciam pistas: todos crípticos, séries aleatórias de letras e números que falavam de um código que Sai não tinha tempo para decifrar.

Clicando em alguns aleatoriamente, Sai ficou olhando fixamente. O primeiro mostrava equações, uma série de fórmulas que levavam ao que parecia ser uma configuração de componentes, como o que Sai esperaria ver se construísse um novo explosivo. O próximo exibia plantas de um estranho traje novo, codinome *Casparian*. Diferente da maioria das armaduras potencializadas, o traje parecia pequeno. Leve.

O último mostrava uma hierarquia. Sai reconheceu o rosto, um dos dois no topo. O oficial do vídeo lá em Wexer. A outra, uma mulher de cabelos escuros que Sai não reconheceu. Abaixo deles, meia dúzia na segunda linha. Não havia nenhum título, nenhum layout oficial da DefenseCorp.

Seja lá o que fosse essa organização, ela existia fora dos canais padrão.

Ele arrancou o drive. Colocou-o de volta no bolso. Sai poderia ter continuado navegando pelos arquivos, e o faria, mas um lugar mais seguro para fazer isso seria de volta na *Prisa*, onde poderia se certificar de que nenhum outro assassino estaria esperando por ele.

Ou qualquer outra pessoa.

O assassino havia seguido Sai desde o Intendente, mas ele não estava procurando especificamente por Sai. Pelo menos, não parecia. Sai tinha sido o alvo porque Sai tinha aparecido onde o alvo estaria. Se alguém o estivesse caçando, as chances eram boas de que poderia haver mais.

A mulher havia dito para ter cuidado.

Se Sai tinha corrido em direção ao Intendente, ele tomou seu maldito tempo voltando para a *Prisa*. Atento aos uniformes carmesim com aquelas listras pretas, Sai pegou as esteiras rolantes devagar e ficou de olho. O *Nautilus* e sua comoção contínua que tinha sido tão agradável na chegada agora tinha um aspecto diferente, que gritava um inimigo oculto em cada som, cada ação.

Será que aquela chamada para atendimento médico a um evento crítico na enfermaria era um acidente ou um ato intencional? E quanto ao anúncio logo depois pedindo uma verificação de segurança não muito longe da doca de atracação da *Prisa*?

E o especial do jantar piscando em todos os monitores? Será que almôndegas eram um sinal codificado para um motim?

Sai balançou a cabeça, riu, e atraiu alguns olhares curiosos. Não havia como os assassinos estarem usando os cardápios para se comunicar. Havia pessoas perigosas no *Nautilus*, mas talvez elas só quisessem acabar com Sever como desertores. Nada além de um plano para trazer a tripulação de volta para onde a DefenseCorp pudesse atirar neles.

Não havia necessidade de uma vasta conspiração.

Exceto que a doca de atracação da *Prisa* tinha sangue no chão. Cheirava a roupas carbonizadas e carne queimada. Sai ficou na porta e viu uma nave que tinha suas rampas levantadas. Que, a julgar pelos pedaços de vidro no chão ao redor da nave, tinha levado alguns tiros de alguma coisa.

— Eponi? — Sai chamou, entrando na doca e deixando a porta se fechar atrás dele. — Você está aí?

Sai podia ver a cabine da *Prisa* do chão, seu para-brisa

mostrando que não havia ninguém naqueles assentos. Talvez Eponi tivesse saído. Talvez ela tivesse sido levada.

Correndo para a escora da frente, Sai levantou um pequeno painel escondido que revelou um teclado numérico quadrado. A maioria das naves tinha isso, códigos de entrada de emergência para entrar se você perdesse seu bracelete. Sai digitou o código, que Eponi tinha configurado para a frequência da banda do esquadrão de Sever. O painel tocou e a rampa da nave desceu.

Sai desejou ter procurado armas no assassino e as pegado. O corpo e sua morte bagunçada o tinham tirado do sério. Agora ele olhava para a rampa estriada e se perguntava se estava correndo direto para outra luta.

Bem, ele não iria embora sem sua espada. Não para voltar para o maldito *Nautilus*.

Sai subiu furtivamente a rampa, pisando no metal devagar. Qualquer um prestando atenção na nave teria sentido a rampa descendo, mas isso não significava que tinham que saber exatamente onde Sai estava, exatamente quão rápido ele se movia.

No topo da rampa, Sai entrou na câmara central da *Prisa*. O espaço retangular não era enorme, mas os sofás eram agradáveis. Vê-los fez sua pele coçar por causa das queimaduras que ele tinha sofrido em Wexer, algumas que ainda não tinham cicatrizado completamente, mesmo com o creme de ação rápida espalhado sobre elas. O negócio fazia milagres, iria-

Outro homem de uniforme carmesim caiu dos aposentos da tripulação acima, aterrissando em posição na frente de Sai com seu rifle sacado, mirado e pronto para atirar.

Então o homem explodiu.

Sai se jogou no chão enquanto tiros de laser atravessavam os restos do homem, queimando-os. Alguns disparos perdidos atingiram o interior da *Prisa*, manchando a cor cobre limpa. De pé atrás do homem, de costas para a cabine e segurando seu rifle alto, estava Eponi.

— Ei — disse Eponi enquanto Sai olhava para ela do chão. — E aí?

— Acho que estamos com problemas — disse Sai, antes de se lembrar que tinha abaixado a rampa. Apressando-se, Sai bateu no botão para começar a levantá-la novamente. — E, ótimo tiro.

— Ajuda quando eles estão parados — disse Eponi. — Ele deve ter pensado que você era eu. Então, obrigada por isso.

— Eu faço o que posso. — Sai se abaixou, pegou o rifle do homem. — Você também causou a bagunça lá fora?

Eponi abriu um sorriso, — Eles tentaram levar minha nave. Não vai acontecer.

— É, bem, eles tentaram me matar no *Nautilus*, então acho que não é a nave que eles querem — disse Sai. — Você ouviu alguma coisa dos outros?

— Nem um pio.

— Certo — Sai pendurou o rifle do homem morto no ombro e entrou na *Prisa*, indo em direção ao seu armário. — Melhor nos prepararmos então.

— Para ir resgatar nossos amigos de um monte de assassinos estranhos?

— Com certeza.

OITO

A ÚNICA REGRA

Gregor não deu nem dez passos da cama de Rovo antes que um dos robôs bloqueasse seu caminho para cima e para fora dos anéis descendentes da ala médica. O robô, uma máquina secretária, abordou Gregor com perguntas sobre o nome de Rovo, idade e vários hábitos pessoais, que Gregor respondeu com um balanço de cabeça, um dar de ombros ou um *Não sei* após o outro.

— Procure nos registros — Gregor finalmente disse quando o robô começou a perguntar sobre o histórico médico de Rovo. — Eu dei o ID dele para vocês.

Rovo tinha que ter um histórico médico com a Defense-Corp. Tinha que ter. Você não chegava da contratação a um esquadrão como o Sever sem um arranhão. Por um segundo, enquanto o robô considerava sua declaração, Gregor se perguntou se ainda mantinha o recorde da *Nautilus* de mais visitas à enfermaria sem morrer.

Deepak havia dado a Gregor uma medalha improvisada com os dizeres "Melhoras" para a ocasião. Ela estava no traje de energia perdido em Wexer. Exceto por seu martelo, as posses de Gregor tendiam a queimar ou serem explodidas.

— Registro localizado, obrigado — o robô chiou, e Gregor suprimiu um suspiro diante do resultado óbvio. — Como devemos contatá-lo sobre a condição dele?

Outro momento de hesitação. Sem pulseira, sem alojamento privado na *Nautilus*.

— Há uma nave, a *Prisa*. Estarei lá.

— Registrado. Tenha um bom dia!

Enquanto o robô se afastava zumbindo, Gregor se dirigiu às escadas. Ele olhou uma última vez na direção de Rovo, o corpo do novato escondido pelos limites de seu quarto. Médicos e robôs cirurgiões continuavam a entrar e sair, o vermelho em suas luvas fazendo a carranca de Gregor se aprofundar.

Estes eram os melhores dos melhores. O ferimento de Rovo parecia ruim – lasers nos pulmões tendiam a ser complicados – mas se alguma equipe pudesse tirar o novato da beira da morte, seria esta.

E eles teriam mais vítimas para tratar se Gregor não enviasse logo um aviso ao Sever.

Gregor chegou ao saguão, passando por outra maca que entrava. Um lençol cobria um corpo. Gregor vislumbrou uma perna, o uniforme carmesim, a listra preta.

— Onde vocês encontraram esse? — Gregor perguntou enquanto eles levavam o corpo para a ala médica.

— Alojamentos dos convidados — respondeu um dos carregadores.

— Sozinho?

— Se você quer saber, vá procurar a segurança. — O carregador respondeu e continuou andando, o carrinho desaparecendo pela rampa da ala médica.

Não compensava aceitar coincidências. Não nesta nave, não agora. Se outro corpo com listra preta aparecesse, então Gregor teria que assumir que alguém mais do

Sever havia sido atacado. E, pelo que ele tinha visto, vencido.

Bem feito. Servia bem para quem quer que tivesse enviado esses bastardos.

O saguão não parecia se importar. A extremidade da ala médica, abaixo da ponte e acima do centro de armas que Gregor acabara de deixar para trás, tinha tráfego de pessoas indo para salas de treinamento na área e pouco mais. Esquadrões, frouxamente formados, entravam correndo em centros designados para exercícios físicos ou simuladores, enquanto oficiais conversavam do lado de fora, alguns assistindo aos eventos em telas de visualização projetadas para mostrar o que acontecia lá dentro.

O público está sempre assistindo. Outro slogan da DefenseCorp martelado pela prática.

Outra coisa martelada? Quando as luzes mudam, pare e escute.

A iluminação branca suave do saguão piscou, mudando para um azul claro. Gregor, por hábito, parou sua caminhada – correr parecia provável atrair a atenção errada – como todos os outros no corredor. Azul não era uma cor perigosa como vermelho ou amarelo, mas significava uma mensagem da ponte, algo para prestar atenção.

— Aqui fala o seu almirante — a voz de Deepak soou pesada pelos alto-falantes, como se ele estivesse anunciando a morte de um amigo próximo. — Como muitos de vocês sabem, a *Nautilus* viu muitos recém-chegados na última semana. Nosso itinerário foi alterado. Agora, também mudou nosso papel dentro da DefenseCorp. Para facilitar essa transição, estamos pedindo que todas as tropas ativas retornem aos seus alojamentos e aguardem novas ordens. Para o resto de vocês, continuem normalmente e esperem mais detalhes em breve.

As luzes azuis voltaram ao branco, a mudança acompanhada por gritos altos enquanto os oficiais comandantes ordenavam que seus soldados saíssem das salas de treinamento e entrassem em filas de corrida em direção aos seus alojamentos. Gregor se viu preso enquanto o saguão se enchia de soldados assalariados cumprindo a ordem de Deepak.

Uma ordem estranha e suspeita. A ordem esvaziaria os corredores da *Nautilus* de soldados armados, aqueles que poderiam conhecer o Sever, que poderiam ajudar ao ver alguém sendo atacado. Ou, por outro lado, poderia ser uma convocação direta antes de uma grande mudança na forma como a nave organizava suas forças.

Gregor, tendo acabado de sobreviver a um ataque surpresa, escolheu a proposição mais perigosa. E com o saguão se esvaziando, ele—

Duas mãos, diferentes, pousaram em seus ombros por trás. Duas sensações de ardência atingiram sua cintura, disparando por seus nervos. Armas de choque, destinadas a espasmar seus músculos até que desistissem e deixassem Gregor flácido. Um ataque que deveria derrubar a maioria dos soldados em poucos segundos.

Gregor caiu no chão, observando as últimas tropas em retirada desaparecerem pelo saguão enquanto suas pálpebras tremiam, enquanto seus braços e pernas se debatiam no chão. Então, as mesmas mãos pousaram em Gregor novamente, virando-o. Duas pessoas, um Casparian e um homem, ambos vestidos com uniformes médicos da DefenseCorp, olharam para ele.

Outro ataque. Outra emboscada. Quantos inimigos o Sever tinha nesta nave? Esses dois não usavam os uniformes carmesim e preto, mas tinham o olhar de Zaydi: pessoas em uma missão, seguindo ordens nas quais acreditavam muito.

— Lute — disse o Casparian, seu corpo branco e esguio parecendo encolher e se reformar sob suas roupas, como uma nuvem presa em uma rede — e terminaremos o que Zaydi não pôde.

Os olhos do homem brilharam ao ouvir o nome de Zaydi, e ele se ajoelhou ao lado da cabeça de Gregor.

— Me dê um motivo, Gregor.

O Shocker tinha suas utilidades, mas os efeitos desapareciam rapidamente se a vítima tivesse força de vontade suficiente para resistir. Gregor se entregou aos tremores mesmo enquanto os pulsos diminuíam, mantendo seus braços em movimento e suas pernas se contorcendo o melhor que podia. Aurora sempre dizia que Gregor não era muito bom em furtividade, mas quando era necessário, Gregor sabia fingir de morto.

— Não o encoraje — disse o Casparian. — Vamos levá-lo para dentro antes que alguém volte.

Gregor manteve o olhar fixo no Casparian enquanto os dois tentavam levantá-lo. Os alienígenas tinham especialidades, nenhuma das quais se manifestava em combate aberto. Pelo que Gregor sabia, os Casparians na DefenseCorp desempenhavam papéis auxiliares, apoiando esquadrões ou trabalhando no braço clandestino da empresa.

O braço clandestino. Os agentes em Dynas. Gregor rememorou seu breve tempo com o trio de agentes naquele mundo pantanoso e caótico. Eles haviam ficado tão interessados na ideia de um vírus bem-sucedido. Tinham forçado Gregor a voar para mostrar a eles, e ficaram profundamente desapontados quando não deu certo.

Apenas um agente havia deixado Dynas com Sever. Lani, que disse não ter planos de voltar para a DefenseCorp quando a deixaram na estação comercial.

Mas os planos podiam mudar.

O Casparian e o homem tentaram levantar Gregor e falharam. Ele foi erguido alguns centímetros do chão antes que o Casparian soltasse seus pés e praguejasse.

— Ele é grande — admitiu o Casparian. — Vamos arrastá-lo.

Deepak havia dito que trocaria a liberdade de Sever pela localização de Kaia. Entregar o único exemplo vivo do vírus funcional. O próprio Deepak nunca havia demonstrado interesse em melhorias genéticas. Ele era um almirante que seguia as regras, cumprindo contratos a caminho de uma aposentadoria confortável em algum mundo resort.

Havia lacunas que Gregor não conseguia preencher. A mensagem de volta em Wexer sugeria que a DefenseCorp queria saber sobre qualquer pessoa com quem Sever tivesse falado sobre Kaia, sobre Dynas. Eles não obteriam essa informação matando Gregor, Rovo e os outros.

Algo havia mudado, e enquanto o Casparian e o homem arrastavam Gregor de volta para a enfermaria, Gregor tentava descobrir o quê.

Em vez de arrastar Gregor para o meio movimentado da enfermaria, os dois puxaram o homenzarrão para o lado, para um nível mais baixo destinado a recuperações mais longas. A maioria dos leitos ali não estava ocupada, um sinal de que a *Nautilus* não estava realizando muitas missões importantes. Os dois arrastaram Gregor passando por três leitos vazios, levando-o para bem longe da rampa principal, antes de puxá-lo para um quarto e largá-lo.

— Fique de olho nele — ordenou o Casparian. — Vou confirmar se podemos eliminá-lo.

— Entendido.

O homem sacou uma pistola e ficou na porta do quarto enquanto Gregor estava deitado no chão. Ele observava

Gregor, uma nuvem pairando sobre um rosto que oscilava entre dentes cerrados e um profundo franzir de testa.

— Você pode parar com a encenação — disse o homem. — Um cara do seu tamanho, o choque já deve ter passado.

— Você prendeu uma fera — respondeu Gregor, cedendo à ordem do homem e se sentando. — Será que consegue mantê-la enjaulada?

— Eu preferiria matá-la.

— Por causa de Zaydi?

Os olhos do homem se estreitaram.

— Ela não merecia o que você fez, mas não. É mais do que isso.

— Me conte?

Uma risada que pertencia aos perdidos saiu dos lábios do homem.

— Acho que não. Você estará morto em um minuto de qualquer forma.

— Então por que não explicar?

O homem quase, quase pareceu que começaria a falar. A boca se contorceu, passando do franzido para um pequeno sorriso, o olhar do vitorioso. O Casparian, no entanto, voltou naquele momento e estragou tudo. O rosto fantasmagórico fez uma careta na direção de Gregor.

— Sorte sua — disse o Casparian. — Seu comandante não sabe onde encontrar a garota. Não vamos matar nenhum deles ainda.

O homem praguejou. Gregor balançou a cabeça. Essas pessoas não eram apenas perigosas, eram idiotas. Quem mataria aqueles que sabiam o que você precisava saber?

— E você? — O homem perguntou a Gregor. — Você sabe onde a garota está?

— Talvez? — Gregor não fazia ideia, mas o homem

ainda estava com a pistola apontada para ele. — Por que eu deveria contar a vocês?

Os imbecis já haviam desperdiçado sua melhor ameaça. Ao mostrar que estavam prontos para matar Sever, qualquer vontade de revelar informações desapareceu. Eles matariam Gregor de qualquer maneira, então por que falar?

— Posso? — O homem perguntou ao Casparian, tirando os olhos de Gregor por um segundo crucial. — Diremos apenas que ele tentou escapar.

Gregor se encolheu e saltou em direção ao Casparian, movendo-se para o lado o suficiente para que o tiro da pistola do homem errasse por milímetros. Gregor não se preocupou em tentar uma técnica de imobilização ou algo elaborado. Ele simplesmente acertou o alienígena com força usando sua mão direita, levantando-se ao fazer isso. Com a gravidade da *Nautilus*, o Casparian voou para trás e para cima com a força do golpe, caindo no nível abaixo e aterrissando em outro quarto.

O homem se recuperou o suficiente para mirar sua pistola na direção de Gregor, justo no momento em que as paredes do quarto ficaram vermelhas. Um bipe alto soou, desviando a mira do homem o suficiente para que Gregor continuasse correndo após seu soco no Casparian. O botão de emergência cumpriu sua função, deixando o quarto em pânico total. Robôs enxamearam enquanto Gregor se dirigia ao corredor do nível, os anfitriões mecanizados voando, andando e rolando, bloqueando qualquer tiro que o agente pudesse dar nas costas de Gregor.

Gregor não era do tipo que fugia de uma luta, mas o homem tinha armas. Tinha posicionamento.

Chegar à rampa principal da enfermaria oferecia uma escolha. Gregor poderia voltar para o saguão, retomando a corrida em direção à *Prisa* e seu martelo. Fazendo isso, no entanto, deixaria Rovo sozinho no poço da enfermaria. A regra principal de Sever?

Não abandone seu companheiro de equipe.

Os agentes tinham armas, mas quando Gregor virou à direita na rampa e depois correu para outro nível, escondendo-se entre as camas, os robôs e os equipamentos pendurados, o homenzarrão sabia que tinha algo quase tão bom:

O elemento surpresa.

NOVE

PARA O RESGATE

Sangue salpicava o chão da nave. As paredes. Admitidamente, a bagunça veio pelas próprias mãos de Eponi, ao puxar o gatilho que transformou o intruso em uma gosma.

Ainda assim. Eponi tinha limpado esta nave há apenas alguns dias, antes do ataque a Wexer.

Todos tinham seus gatilhos. Alguns não gostavam de ser envergonhados. Outros não suportavam perder um jogo. Eponi não dava a mínima para sua aparência pessoal, mas sua nave?

— Eu sei que você vai me dizer que não podemos limpar isso agora — disse Eponi a Sai enquanto olhavam para a bagunça. — Mas posso limpar isso agora?

— Não.

— Droga.

Eles tinham ouvido a mensagem de Deepak enquanto Sai mostrava a ela o enigma da unidade. Eponi também não tinha entendido muito das três linhas, e a transmissão aérea expulsou o enigma de sua mente. Nenhum dos outros tinha voltado ainda, e Deepak limpando os corredores de qualquer parte neutra que pudesse ajudar em um ataque de um dos assassinos de listas pretas?

Sai liderou o caminho rampa abaixo, katana em punho e pronta enquanto Eponi erguia seu rifle para dar cobertura. Ao atingir o chão do compartimento, Eponi enviou a rampa de volta para cima, trancando a *Prisa*.

— Voltarei para você — sussurrou Eponi enquanto iam para a porta do compartimento.

— Ponte de comando primeiro — disse Sai. — Sabemos que Aurora está com Deepak, ou ele saberá onde ela está. Gregor e Rovo devem conseguir se virar.

— Você acha que o novato poderia lidar com essas pessoas?

— Acho que Gregor pode dar cobertura.

Justo, embora Gregor não tivesse seu martelo. Ele ainda lutaria, mesmo sem ele? Isso era mesmo uma pergunta?

Gregor lutaria com qualquer coisa que tivesse. Punhos, dentes, dedos dos pés. Se alguém pudesse sobreviver a um assassinato, seria ele.

Fora do compartimento, o corredor do cais de atracação tinha sua matriz de robôs habitual. A equipe não-militar continuava suas rondas, embora todos parassem ao ver Sai com sua katana em punho. A princípio, a pausa confundiu Eponi: soldados da DefenseCorp regularmente tinham armas visíveis na nave.

Ah. Os uniformes. Nem Eponi nem Sai usavam algum. Eles pareciam civis, cobertos de armas e Sai, pelo menos, tinha sangue por toda a roupa.

— Uh — disse Sai, seu aperto na katana vacilando sob os olhares.

— Ignorem-nos — anunciou Eponi. — Há uma ameaça à nave que estamos lidando sob as ordens de Deepak. Continuem.

Ela já tinha usado essa voz antes, falando com fãs após vitórias em corridas de kart. Injetando autoridade e um pouco de presunção para manter as pessoas ouvindo, confiando no que ela dizia. Só que desta vez, em vez de prometer vitórias futuras para sua equipe, ela esperava conseguir um passe livre carregando armas direto para a *Nautilus*.

— Mova-se — sussurrou Eponi para Sai. — E talvez guarde essa espada.

O demolidor fez como Eponi pediu, suas palavras perfurando seu véu paralisante. Sai foi e Eponi seguiu, movendo-se pelo corredor e passando pelos primeiros trabalhadores. Eponi encontrou olhares, emitiu acenos de solidariedade e, quando ninguém morreu, as equipes do cais voltaram ao trabalho.

— Estou impressionado — disse Sai enquanto continuavam, passando para uma esteira rolante além dos cais para acelerar as coisas. — Como você sabia que eles ouviriam você?

— Porque eu sou incrível, e eu sei disso.

— Certo...

Além dos cais, o corredor se suavizou em uma extensão mais vazia. As tropas ausentes deveriam ter preenchido esses corredores, destinados a salas de briefing e reuniões estratégicas para contratos atuais e futuros. Em vez disso, painéis ao lado de cada porta declaravam os espaços abertos e robôs de limpeza dominavam. No final do corredor, bancos de elevadores os levariam até a ponte de comando, ou para baixo até a enfermaria e o refeitório.

— Alguma ideia de quem são essas pessoas? — disse Sai enquanto iam. — Não tive muita chance de conversar com o meu.

— Vou adivinhar que são da DefenseCorp — respondeu

Eponi. — Além disso, que são uns idiotas. Eles atiraram nas câmeras da *Prisa*.

— E tentaram nos matar.

— Sim, isso também — Eponi franziu a testa. — Sabemos que eles estão usando uniformes oficiais. Eles estão na nave e podem circular. Acho que também dominaram um destacamento de segurança.

Isso ganhou um olhar de Sai, — Então eles não vão apenas nos machucar?

— Acho que eles não se importam.

— Indiscriminado. Isso não está em nossos livros.

Sai se referia aos regulamentos da DefenseCorp para esquadrões. Baixas desnecessárias, particularmente civis, deveriam ser evitadas a menos que, e era um grande a menos que, quaisquer acidentes apoiassem os objetivos da DefenseCorp. Se os inimigos consideravam justificável eliminar um destacamento de segurança era uma questão que Eponi não podia responder.

— Não temos mais livros, lembra? — disse Eponi. — Você só tem que viver com sua consciência.

— Talvez não por muito mais tempo.

O elevador empurrou a dupla até a ponte de comando, jogando-os em outro corredor. Quase vazio novamente, exceto pelos onipresentes robôs de limpeza em forma de disco correndo pelos pisos. Para essas máquinas, as pessoas desaparecidas devem ter sido uma grande oportunidade.

— Que bom que algo está gostando disso — murmurou Eponi enquanto viravam em direção à ponte de comando.

— O quê?

— Nada.

Se os níveis intermediários do *Nautilus* eram funcionais, mantidos simples para que as tropas e os trabalhadores da área de ancoragem pudessem se concentrar em seus trabalhos, e os níveis inferiores, como o refeitório e a enfermaria, adotavam algum caráter individual, a ponte e as instalações do nível superior desempenhavam seus papéis duplos como centros operacionais e vitrines.

Qualquer visitante importante passaria seu tempo aqui em cima - havia acomodações especiais para convidados importantes demais para serem empurrados para os alojamentos - então Deepak havia decorado as paredes com arte de verdade. Linhas coloridas entrelaçadas, uma combinação de vermelho, azul, creme e preto representando os principais ramos da DefenseCorp, percorriam o meio da parede por todo o corredor. Os principais nomes da DefenseCorp tinham suas fotos espalhadas de vez em quando, misturadas com navios cruciais do passado da empresa.

O entrelaçamento de cores chamou a atenção de Eponi. As quatro trabalhavam em conjunto. Vermelho, os esquadrões de serviço ativo da DefenseCorp, cumpriam contratos e realizavam as missões pesadas. O azul eram as forças estabilizadoras da DefenseCorp, um grupo no qual tanto Sai quanto Gregor haviam passado um tempo, assumindo contratos para manter mundos sob controle. O preto abrigava os agentes, o braço de espionagem da DefenseCorp, assumindo contratos mais sutis e ajudando a encontrar informações para grandes missões.

O creme continha todos os outros. Todo o pessoal de apoio nos alojamentos, os Intendentes, os cozinheiros.

— Olha isso — disse Eponi enquanto Sai ia em direção à ponte. — Vê algo interessante?

— As cores?

— Sim, as cores — respondeu Eponi. — Carmesim e preto. Eram os uniformes.

Sai olhou para as linhas. — Você está pensando que são agentes.

— Sempre soube que você era esperto.

— Eponi, claro que são agentes — Sai lançou-lhe um olhar de revirar os olhos. — Vamos lá. Quem mais conseguiria entrar no *Nautilus* e agir assim?

Sai começou a andar novamente e Eponi foi atrás dele.

— Espera, você sabia e não disse nada? — Eponi acelerou para alcançar Sai, que parecia querer compensar cada segundo perdido falando com mais uma passada longa.

— Achei que você tinha feito a conexão.

— Mas, lá embaixo, você...

— A questão é de quem são os agentes — disse Sai. — Quem está comandando esta operação?

— Ah. Da próxima vez, seja mais óbvio.

— Farei isso.

A ponte não respeitou a urgência deles. As grandes portas, com seus ângulos inclinados para baixo e para fora, permaneceram fechadas quando Sai e Eponi se aproximaram, luzes de segurança vermelhas declarando travas que nenhum membro do Sever poderia abrir.

Sai e Eponi encararam o obstáculo, esperando que alguém entrasse ou saísse. A ponte deveria estar uma colmeia, mesmo durante qualquer emergência que Deepak estivesse se referindo com seu anúncio no alto-falante. As pessoas deveriam estar correndo para dentro e para fora, carregando mensagens, equipamentos ou apenas a si mesmas de um lugar para outro. Em vez disso, nada se movia.

— Isso é estranho — disse Eponi. — Bem, tudo está estranho agora.

Sai ergueu a mão, tocou o cabo de sua katana. — Será que eu conseguiria cortar...

— Se você fizer isso, vou ficar bem longe daqui para que,

quando você for metralhado, eu possa dizer que não foi ideia minha.

Sai afastou a mão, assentindo. Tinha que haver outra maneira de entrar, alguma forma de abrir aquelas portas. O demolidor foi direto até elas, bateu algumas vezes com o punho. As reverberações metálicas ecoaram pelo corredor.

As luzes se apagaram novamente. Todo o branco desapareceu, deixando tudo escuro, exceto por quadrados reflexivos de emergência ao longo das bordas do corredor.

— Olha só o que você fez — disse Eponi.

Sai não teve chance de elaborar uma resposta. As luzes voltaram, mas mudaram para um vermelho profundo e quente. Se a ordem de Deepak havia preparado o *Nautilus* para um bloqueio, este era o seguimento natural: invasão.

— Sério, Sai, acho que já tínhamos problemas suficientes — disse Eponi, levantando seu rifle para posição de prontidão e dividindo segundos para olhar à esquerda, direita e para trás ao longo do corredor central. — Você tinha que provocar isso?

— Batendo na porta da ponte? — Sai sacou sua katana. — Você acha que eles são tão paranóicos assim?

— Alguém está assustado — respondeu Eponi. — Talvez você tenha causado o susto.

— Então talvez eu mereça.

Entrar em modo de invasão significava que aquelas mesmas tropas que haviam entrado em bloqueio receberiam novas ordens. Elas se reportariam a pontos críticos na nave para garantir que o *Nautilus* permanecesse sob controle da DefenseCorp. Um desses pontos, naturalmente, seria a ponte, onde duas pessoas armadas sem identificação, sem uniformes, atualmente estavam.

Sai inverteu o aperto na katana, então a mergulhou na porta. A lâmina atingiu o metal, faiscou e ricocheteou.

Aparentemente, a DefenseCorp colocou uma força real na barreira que protegia o espaço mais valioso do *Nautilus*.

— Isso não vai funcionar — disse Sai, olhando para sua katana como se a espada o tivesse decepcionado da maneira mais devastadora.

— Então corremos — disse Eponi. — Agora.

Ela não esperou por Sai, mas partiu direto pelo corredor central. Quanto mais rápido colocassem distância entre eles e a ponte, menos provável seria que fossem alvejados por um esquadrão de seus próprios aliados.

— E a Aurora? — disse Sai, correndo atrás dela enquanto passavam por salas administrativas trancadas. — Ela ainda está lá dentro!

— E vai continuar assim por mais um tempo — Eponi respondeu. — Não podemos ajudá-la se estivermos mortos.

Embora eles também não fossem ajudar sua capitã correndo. Precisavam de um objetivo, algo que pudesse ajudá-los a entrar na ponte.

— Poderíamos explodir a porta — disse Sai — se encontrássemos explosivos suficientes.

— Ah sim, faz todo sentido. — Eponi lançava olhares rápidos para as placas que passavam, marcando as zonas da nave com letras grandes. Eles estavam prestes a deixar a área administrativa da ponte e entrar nas residências VIP. — Bombas em naves espaciais. Pensei que você soubesse como isso funciona?

— Olha, confia em mim — disse Sai. — Posso preparar de um jeito que ficaremos bem.

— Esse tom me assusta.

— Deveria.

Se eles iam conseguir explosivos, havia apenas um lugar no *Nautilus* que os teria. O Intendente.

Eles pararam de correr nos elevadores centrais, Sai

batendo no botão de chamada enquanto Eponi mantinha sua vigilância. O saguão, no entanto, estava quieto. Os robôs teriam sido chamados de volta às suas estações de origem com um bloqueio, e quaisquer membros da equipe de elite deveriam ter voltado para posições protegidas. Soldados despachados dos quartéis poderiam demorar um pouco para se mobilizar.

— O botão de chamada não está funcionando — disse Sai. — Não tenho um bracelete, e os elevadores não são mais gratuitos. Temos que esperar por alguém.

— Podemos ter sorte — disse Eponi, ousando se permitir pensar que algo neste desastre poderia dar certo pela primeira vez.

Antes que um minuto se passasse, com Sai tentando pensar em outra maneira de chegar ao Intendente, o elevador tocou, as portas se abriram, e uma dúzia de soldados armados os encararam.

Adeus, sorte.

DEZ

TRATAMENTO PÓS-OPERATÓRIO

Remendo rápido. Se houvesse uma palavra que definisse a atitude da DefenseCorp em relação aos cuidados médicos, Rovo escolheria essa. Grampear a pessoa até que pudesse empunhar um rifle e mandá-la de volta. Ele havia lido os estudos e as análises em seu cargo anterior, e Rovo viu os dados brutos afirmando que a maioria dos soldados da DefenseCorp se aposentaria ou morreria antes que os efeitos acumulados de apressar alguém de volta à linha de frente tivessem algum impacto real.

Em outras palavras, usar e descartar.

No entanto, deitado sob uma anestesia leve enquanto robôs e médicos faziam seu trabalho, Rovo apreciava a rapidez com que os medicamentos eliminavam sua dor, os géis de cura removiam e substituíam a pele queimada, e os cirurgiões com seus lasers manuais excisavam e reconstruíam seus pulmões carbonizados.

— Você ficará mais fraco por cerca de uma semana. Eu recomendaria descanso durante esse período — explicou um dos médicos, sua voz chegando nublada e sonhadora à consciência de Rovo. — Até lá, seu corpo deve ter se recuperado.

Não cem por cento, entenda bem, e eu aconselharia fortemente contra levar outro golpe desprotegido nos seus órgãos respiratórios, mas você poderá voltar ao serviço de campo.

Rovo teria dito algo em resposta, teria reunido forças para agradecer aos cirurgiões por seus esforços, mas a conexão entre seu cérebro e sua boca havia desaparecido.

— Se você está tentando falar, não se preocupe. Você deve recuperar sua voz em breve. Vamos mantê-lo aqui pelo próximo dia para garantir que tudo esteja indo bem. Você estará de volta aos alojamentos amanhã, o que tenho certeza que está animado para ouvir — disse o cirurgião, Rovo captando as pontas de um sorriso nas bochechas do homem.

Alojamentos que não tinham espaço para Rovo. A equipe médica eventualmente descobriria quem ele era. Um possível criminoso merecia o mesmo tratamento que um soldado da DC em serviço ativo?

Essa questão persistiu enquanto os profissionais finalizavam, os membros humanos diminuindo até que apenas robôs pairavam sobre o corpo de Rovo. Eles terminaram de costurar Rovo e, quando a última verificação de sinais vitais voltou verde, a cama estremeceu quando um robô enfermeiro conectou sua maca ao seu link e o levou embora.

Toda a operação havia levado menos de trinta minutos do início ao fim. Com um simples estimulante, Rovo poderia ser lançado em combate agora, embora pudesse se arrepender mais tarde. Um procedimento eficiente destinado a manter os soldados recebendo e disparando raios laser o máximo possível.

O robô enfermeiro levou Rovo para o segundo nível, um andar abaixo do centro e dos pacientes mais críticos da enfermaria. O trajeto foi suave, sobrenaturalmente suave, como era qualquer coisa feita por robôs. Sem hesitações, sem perguntas, sem preocupações por parte do cuidador de

Rovo, nem mesmo quando um rosto que parecia ter passado por maus bocados no dia alcançou a cama.

— Me diga que você é Rovo — disse o homem, com a amargura que vem de quem foi injustiçado impregnando sua voz. O uniforme do homem, aquelas listras carmesim e pretas, davam razões para isso. — Não minta agora, porque sou bom em pegar mentirosos.

Rovo piscou. Sua garganta arranhava agora, e suas mãos e pernas formigavam com potencial nervoso, mas as chances eram de que o homem não soubesse disso. Se Rovo tivesse que escolher um lado do espectro da inteligência para o cara, ele se inclinaria para a ideia de que o homem havia sido recrutado por sua habilidade de dar socos.

— Isso vai servir — disse o homem — se você não consegue falar. Pisque. Uma vez para sim, duas para não.

Rovo piscou.

— Agora estamos progredindo — continuou o homem enquanto o robô enfermeiro encontrava o quarto de Rovo e o levava para dentro. — Escute com atenção agora, porque não vou querer repetir isso. Não tenho tempo.

Pequenas picadas pontuavam as palavras do homem enquanto o robô enfermeiro conectava vários IVs aos braços de Rovo. Monitores ao redor da sala se acenderam com números que Rovo não conseguia interpretar, mas os vários verdes, vermelhos e amarelos sugeriam que o novato não estava exatamente no auge da saúde.

Ainda.

— É o seguinte — o homem sentou-se na ponta da cama de Rovo, aninhando uma pistola em seu colo. — Ouvi dizer que você é quem pode ter a resposta que estamos procurando. Sabe do que estou falando?

Rovo piscou duas vezes.

— Imaginei que não soubesse. Vocês, soldados rasos,

nunca foram rápidos em perceber o que estava acontecendo debaixo dos seus narizes o tempo todo. — O homem gesticulou na direção de Rovo com sua pistola. — Sempre tão focados em lutar que perderam de vista pelo que realmente estavam lutando.

Rovo não piscou, não fez nada além de testar os nervos de seus dedos, seus dedos dos pés. O IV aquecia Rovo, mas as pontas formigantes lhe diziam que ele poderia se mover, poderia fazer algo se fosse necessário.

Embora Rovo realmente, realmente não quisesse levar outro tiro. Uma vez hoje já era o suficiente.

— Você está aqui porque precisamos saber algumas coisas — o homem adotou um tom de discurso, como se Rovo fosse um aluno e o homem um sábio professor. — Há uma garotinha que estamos procurando. Esqueci o nome dela agora, mas acredito que você saiba de quem estou falando.

Mentir ou não? Apesar de todas as palavras do homem, ele ainda soava maltratado. Parecia um pouco assim, agora que Rovo dava uma olhada melhor, apoiado na cabeceira inclinada da cama. Como se o homem tivesse levado um soco ou dois. Arriscar uma explosão frustrada não parecia valer a pena se o homem já tivesse a informação correta.

Rovo piscou uma vez.

— Bom homem, bom homem — o interrogador inclinou-se na direção de Rovo. — Entre você e eu, meu nome é Conyers. Achei justo, já que sei o seu. — Conyers coçou o nariz, olhou para fora da sala, para a escuridão banhada em neon da enfermaria. — A próxima parte desta sessão, e é a grande, é sobre o paradeiro da garota. Você sabe onde ela está?

Rovo piscou duas vezes.

Conyers assentiu. — Suspeitava disso. Eles mandaram

Zaydi atrás de vocês dois porque ela é uma apagadora, e não teriam feito isso se você tivesse deixado claro que sabia onde a garota estava. Infelizmente, isso significa que não estamos mais em bons termos.

O agente, assassino, Rovo não tinha certeza de como chamar Conyers, segurou a pistola verticalmente na frente do rosto e suspirou. Rovo tentou piscar uma vez. Depois duas. Conyers, no entanto, não estava olhando.

Conyers apontou a pistola para o rosto de Rovo em câmera lenta. Moveu um dedo para o gatilho.

Agora ou nunca.

Rovo tentou se mover, tentou explodir para cima da cama, e descobriu suas pernas balançando, seus braços capazes apenas de se contorcer o suficiente para arrancar uma risada de Conyers.

— Meu amigo, vai demorar mais que isso para você se recuperar — disse Conyers. — Mas não se preocupe, porque se eu errar, eles vão te remendar de novo. Melhor lugar para levar um tiro em toda a nave, bem aqui.

Novamente a pistola se nivelou, aquele cano negro encarando Rovo direto no rosto.

Com Zaydi, o ataque tinha sido rápido. Uma disputa instintiva pela sobrevivência que impediu qualquer introspecção real até depois. Nenhuma vida passando diante dos olhos de Rovo lá atrás, e aqui? Rovo não tinha tempo para isso.

Ele continuou tentando forçar seus músculos a se moverem, e os nervos respondiam, dizendo que estavam tentando com tudo que tinham, mas os músculos perdiam a motivação. Sem chance. Rovo fechou os olhos, inspirou mais um ar esterilizado e saboreou o cheiro de hospital enquanto descia para seus pulmões queimados.

Conyers não atirou.

Rovo abriu um olho. O homem ainda tinha a pistola apontada para sua cabeça, mas Conyers lançava os olhos ao redor, mantendo-se quieto. Esperando, ou procurando algo.

— Em cima! — veio uma voz de fora, machucada e revestida com o timbre nebuloso de um Casparian.

Conyers ergueu os olhos para o teto da sala, levando a pistola junto com o olhar. Um estrondo ecoou pela sala, sacudindo a cama de Rovo e fazendo as bolsas de soro balançarem. O *Nautilus* estava sob ataque? Um dos robôs enfermeiros tinha enlouquecido ao ver a pistola e vindo em defesa de Rovo?

O segundo estrondo veio com um estalo, veio com o fino teto da sala se rachando e desabando. Conyers atirou, o tiro sibilando no teto em colapso.

Abrindo uma entrada.

Gregor cavalgou os escombros para baixo, aterrissando sobre Conyers, sobre Rovo, e inclinando a cama para cima, enviando os três homens em uma pilha na base dela.

Rovo cambaleou, sentindo os soros serem arrancados, e rolou sobre Gregor para cair no chão da sala. Bem na entrada, com a cabeça passando de um lado e os pés do outro. Gregor lutava com Conyers, ambos trocando socos enquanto se enroscavam na cama, nos lençóis e nos pedaços do teto.

Suas mãos e pernas voltando à vida, Rovo se virou, observou a luta e notou que a pistola de Conyers tinha deslizado para perto de sua cabeça. Se ele pudesse alcançá-la, então talvez...

— Desista, seu monstro — disse o Casparian, passando por cima do corpo prostrado de Rovo e apontando outra pistola para Gregor. — Pare de lutar agora e não mataremos seu amigo.

Gregor acertou mais um bom soco em Conyers, então

parou, lançando ao Casparian o olhar morto de um guerreiro que conhecia sua próxima vítima. Rovo continuava tentando alcançar a pistola. Conyers se empurrou um metro para o lado, para a parede da sala, ofegando através de algumas respirações doloridas.

— Você não vai matar meu amigo porque não terá chance — disse Gregor.

— Palavras ousadas — respondeu o Casparian. — Conyers, quem é o que sabe sobre a garota? Não é ele, certo?

Rovo se contorceu. Mais um centímetro. Seu braço esquerdo já estava armado agora. Só precisava levantar o ombro e teria a pistola.

— Atire nele — disse Conyers. — Ele é um idiota.

— Não foi isso que perguntei — disse o Casparian. — Sei que ele é um idiota. O que quero saber é se teremos problemas se ele acabar morto.

Outro espasmo. Seus dedos alcançaram o cabo.

— Não teremos. — Conyers caiu em um acesso de tosse, falando nos intervalos. — Ele não sabe de nada.

— Ótimo.

O Casparian foi para o gatilho, e Rovo atirou. Seu tiro foi baixo, não acertando nada além dos lençóis amassados no pé da cama, que absorveram a energia quente do laser e explodiram em chamas azul-laranja. O Casparian se assustou, Gregor não.

Casparianos como espécie são criaturas leves, mantidas unidas mais por uma gosma etérea do que por ossos. Quando Gregor desferiu um de seus característicos socos, o golpe quase atravessou o Casparian como um punho através de gelatina.

Quase.

O alienígena voou de volta pela porta, seus pés chutando Rovo ao passar. A coisa nem conseguiu gritar. Um nocaute com um só golpe que teria arrancado um grito de torcida de Rovo se sua boca pudesse. Gregor se virou para Conyers, os lençóis agora realmente pegando fogo e soltando fumaça, disparando alarmes pela enfermaria. Robôs médicos, pessoal de segurança, qualquer um por perto estaria aqui rápido.

— Da próxima vez — disse Gregor, então empurrou a cama sobre Conyers, prendendo o homem. — Rovo, hora de ir.

Rovo teria assentido, mas em vez disso, segurou firme a pistola enquanto Gregor o pegava, deixava a sala e corria para a rampa de saída da enfermaria. Não estava exatamente seguindo as ordens do médico, mas Rovo estava vivo, e às vezes, isso era o suficiente.

ONZE

INFESTAÇÃO

O briefing começou exatamente no horário, enquanto Aurora ainda tinha o burrito de café da manhã feito em laboratório na boca. Os outros oficiais da DefenseCorp costumavam ser desleixados com seus horários, principalmente quando se tratava da Sever. O esquadrão seria lançado no meio do desastre com objetivos simples e perigosos. Eles não precisavam do cuidado e atenção que outros esquadrões e frotas exigiam.

Mas Deepak sempre se acorrentava ao relógio.

Aurora reprimiu um sorriso enquanto Deepak entrava na próxima missão, um contrato de limpeza em um mundo-ferro-velho cujos proprietários queriam que fosse limpo antes de colocá-lo à venda. Pessoas suficientes não queriam sair, robôs suficientes tinham se tornado selvagens com programação corrompida, e a DefenseCorp havia sido chamada para limpar tudo.

A Sever seria, é claro, enviada para o olho do furacão. Um enclave cheio de dissidentes descontentes, com armas fabricadas a partir de sucata deixada após a mineração do planeta.

Enquanto Deepak estabelecia as rotas, ele piscou para Aurora e então colocou o Esquadrão Sever bem atrás. Serviço de reserva, uma posição de baixos riscos e baixas recompensas que prometia tempo gasto observando a luta de longe. Não era para isso que Aurora tinha se inscrito, não era o papel que encheria suas contas com o dinheiro de recompensa que a DefenseCorp concedia por desempenho.

O capitão da Sever, ao lado dela, bufou baixinho, e Aurora só pôde concordar. Deepak viu seu olhar, deu um grande gole no meio do briefing, e quando terminou, quando Deepak ficou por perto para conversar, Aurora não ficou.

A ponte provou ser uma má ideia. Deepak e Aurora escoltaram o oficial resmungão através da grande porta dupla para o espaço brilhante da *Nautilus*. Uma bolha curva gigante esculpida na lateral do asteroide, a ponte reluzia com sua vista panorâmica do espaço. Como em tantas naves, o piso da ponte se projetava para frente, com lados descendentes dando espaço para milhares de oficiais e engenheiros lidarem com todo o trabalho minuto a minuto necessário para manter a *Nautilus* voando.

Na frente da ponte, o leme se erguia imponente. Dois pilotos trabalhavam em sincronia para manter a *Nautilus* em movimento, suas telas de arrays se fundindo à bolha de vidro, com dados projetados para cima e na barreira transparente. Níveis de energia, correções de curso e sabe-se lá o que mais voavam pela visão deles.

Espalhando-se a partir da divisão central por onde Aurora e os outros caminhavam, a ponte se estendia em níveis escalonados organizados por sua importância para o almirante. As comunicações vinham primeiro, com seu design semelhante a um mezanino fluindo para fora. Abaixo disso, níveis dedicados a vários sistemas faziam a transição para seções específicas de missão destinadas a lidar com perguntas e solicitações de esquadrões em ação.

A Sever provavelmente tinha um desses enquanto estavam em Dynas, não que Aurora tivesse uma maneira de contatar a *Nautilus* durante a maior parte daquela missão.

Poucos olhos se voltaram para observar o trio que entrava, e aqueles que o fizeram tomaram a rápida decisão de não participar, voltando às suas tarefas sem um grito, uma pergunta ou qualquer preocupação.

O ar frio circulava no espaço mais amplo, preenchendo os silêncios enquanto Deepak e Aurora levavam o oficial em direção ao meio da ponte, onde vários consoles ficavam na altura dos ombros para o almirante. O burburinho das comunicações aumentou, perguntas cortando a ponte carregando indícios de que algo não estava certo na *Nautilus*. Um corpo havia sido encontrado nos aposentos dos convidados, e uma equipe de segurança havia desaparecido.

Nada disso fez os nervos de Aurora dispararem.

Não, isso veio quando Deepak empurrou o oficial contra os consoles, onde o homem se equilibrou. Deepak sacou a pistola que ainda tinha dos guardas e a apontou para Aurora.

— Desculpe — disse Deepak, mirando a arma nela enquanto o oficial se recompunha. — Tenho muitas vidas nesta nave para jogá-las fora por sua causa.

— Você já está perdendo elas se acha que ele vai esquecer o que você fez lá atrás — rebateu Aurora.

— Não preciso esquecer — Renard se levantou, apoiando-se em um console. — Deepak entende de onde vem sua carreira e quem pode garanti-la. — Ele balançou a cabeça quando Deepak começou a falar, e o almirante manteve a boca fechada. — Se vocês dois ficarem quietos por um momento, vamos verificar se cometi um erro terrível.

Enquanto o oficial se voltava para os consoles, abrindo a tela de comunicações e ditando nomes para contatar, Aurora voltou ao que tinha feito na sala de reuniões. Analisar a situação, encontrar fraquezas e explorá-las.

A pistola sacada de Deepak havia atraído olhares, mas não o alarme sustentado que uma arma na ponte deveria ter causado. Aurora viu caretas, viu algumas pessoas balançando a cabeça, mas a maioria se manteve abaixada e ocupada com seus trabalhos. Ou Deepak tinha lhes contado o que poderia estar acontecendo, ou eles já tinham decidido se juntar à equipe de Renard.

Mas então, todos na ponte eram oficiais. Não eram soldados caindo em contratos em mundos perigosos. Deepak disse que tinha que salvar as vidas de seu pessoal. Talvez ele quisesse dizer este grupo, talvez ele quisesse dizer estas vidas.

— Cinco pessoas, Aurora — disse Deepak. — É só isso. Quando ele veio à *Nautilus* e nos pediu para ir atrás de você, o que eu deveria fazer?

— Eles não matariam todo mundo — contestou Aurora.

Deepak tinha a pistola, mas não havia desarmado Aurora. Ela não podia sacar e atirar enquanto ele a mantinha sob a mira da arma, mas com uma distração ou uma mudança repentina, Aurora poderia conseguir fazer algo. Ela só precisava prestar atenção.

— Este é um lado diferente da DefenseCorp. Não sei do que eles são capazes — disse Deepak. — Nem sei quantos estão na minha nave. Nesta ponte. Ele me ameaçou com as vidas da minha tripulação, e eu acredito nele.

— Então você está fazendo exatamente o que ele quer.

Deepak meio que balançou a cabeça, quando Renard se virou, com uma cara de raiva dominando seu rosto.

— Más notícias? — disse Aurora.

— Bastante — respondeu Renard. — Aparentemente, seu esquadrão é muito capaz. Você deveria se orgulhar.

— Eu me orgulho.

O oficial assentiu, então estendeu a mão em direção a Deepak. — Sua arma, almirante.

Deepak hesitou.

— Não me faça pedir de novo — disse Renard. — As circunstâncias estão mudando. A *Nautilus* deve ser considerada uma zona de guerra até que o Esquadrão Sever seja eliminado. Você vai bloquear esta ponte e ordenar que seus soldados retornem aos seus alojamentos enquanto meu pessoal completa a missão.

Desta vez, Deepak não esperou. Ele passou pelo oficial até os consoles e ativou o processo de bloqueio. Um único alarme soltou um grito enquanto as luzes de cima piscavam. Isso chamou atenção suficiente para que Deepak tivesse que dizer a todos para não se preocuparem, uma declaração que, com Renard apontando a pistola para Aurora, continha tão pouca verdade que ela não pôde conter uma risada.

— Você acha que tudo isso é engraçado? — disse Renard. — Porque eu acho mortalmente sério.

— Tenho certeza que sim — disse Aurora — e confie em mim, você ainda vai se sentir assim quando estivermos te jogando para fora de uma escotilha.

— Sem dúvida.

Deepak seguiu o bloqueio com uma transmissão dizendo a todos os soldados para voltarem aos seus alojamentos e aguardarem por atribuições, uma ordem ridícula, mas que Aurora sabia que seria seguida. Todas essas pessoas dependiam da DefenseCorp para seu dinheiro, e quem arriscaria isso questionando uma ordem?

— Agora — continuou Renard — eu gostaria que você fizesse algo para mim.

Como se fosse.

— Por favor, me diga o que é para que eu possa te mandar ir...

— Aurora — disse Deepak, interrompendo do console. — Pela primeira vez, pense na nave. Faça o que ele precisa, e você pode sair viva disso. Todas essas pessoas podem sair vivas disso.

Quem diria que Deepak era tão covarde? Aurora não tinha imaginado que o almirante tivesse uma espinha tão pequena.

— Ouça seu almirante — disse Renard.

— Não é mais meu almirante.

— Posso ver por quê. Você claramente não tem a disciplina para ser uma boa soldada da DefenseCorp, mas talvez você possa ajudar seu esquadrão mesmo assim. — Renard apontou para o console. — Você vai fazer uma transmissão por toda a nave ordenando que seu esquadrão se posicione fora dessas portas. Quando chegarem, teremos uma discussão, determinaremos a localização da garota e encerraremos este conflito.

Na experiência de Aurora, nada do que Renard acabou de dizer chegaria perto de encerrar o conflito. Sever sentiria o cheiro dessa armadilha de longe. Mas dar a Aurora o comunicador lhe daria poder. Ela não podia deixar isso passar.

— Você não vai matar meu esquadrão? — perguntou Aurora.

— Claramente isso não é muito fácil — respondeu Renard, ainda mantendo a pistola nivelada. Nada parecido com o aperto frouxo na sala de reuniões. Ou Renard tinha fingido ser fraco, ou ele havia se recuperado da virada da mesa. — Minha missão é a garota. Vocês não são nada.

— Tudo bem. — Aurora olhou além do oficial. — Ei, Deepak. Terminou aí?

O almirante se afastou, e Renard deu a Aurora um caminho para passar por ele em direção ao comunicador. Ela deu um passo, depois outro que a trouxe ao mesmo nível do oficial. Seus olhos encontraram os de Deepak, e ele deve ter reconhecido aquele fogo, aquela determinação, porque os olhos do almirante se arregalaram, sua cabeça começou a balançar.

Tarde demais.

Aurora foi com força para a esquerda, torcendo enquanto girava para afastar seu corpo da mira da pistola. Renard não conseguiu disparar. O dedo do gatilho do homem não estava pronto, sua mente ainda pensando que ele tinha vencido esta rodada. Aurora pegou o pulso do oficial, desferiu um golpe na garganta do homem que o fez engasgar.

Com um chute forte, Aurora mandou Renard voando para fora da ponte, caindo os dois metros até o nível inferior. Enquanto o oficial caía, Aurora deixou sua mão deslizar pelo pulso do homem, arrancando a pistola e girando-a para seu próprio aperto enquanto o oficial se chocava com os consoles abaixo. Continuando o movimento, Aurora trouxe a pistola roubada para mirar em Deepak enquanto sacava a que ainda estava em seu cinto.

Nivelando a mira para apontar uma arma para cada um, embora Renard parecesse ter perdido a consciência, Aurora permitiu que um pequeno sorriso tocasse seu rosto. — Desculpe, Deepak. A oportunidade estava lá.

— Aurora — disse Deepak lentamente. — Olhe ao redor.

Cadeiras se moveram, algumas maldições fluíram enquanto funcionários por toda a ponte se levantavam de suas estações. Vários sacaram suas próprias pistolas, e pelo menos dois puxaram rifles de debaixo de seus consoles. Enquanto Aurora varria os olhos pela ponte, contou pelo menos um terço segurando armas apontadas para ela ou para os outros membros da tripulação.

— Como eu disse — Deepak suspirou — não é apenas um cara. É uma infestação.

Sem cobertura. Sem lugar para correr.

— Largue as pistolas — disse uma mulher com rifle, subindo os degraus em torno da plataforma principal da ponte até seu palco central. — Não vou pedir de novo.

— Faça isso, Aurora — disse Deepak. — Eles têm assumido o controle da *Nautilus* há meses. Não havia nada que eu pudesse fazer.

Aurora já tinha sido desarmada com uma arma apontada para seu rosto duas vezes hoje, e uma terceira vez era uma experiência enlouquecedora. Ela queria se virar, disparar um tiro e derrubar aquela que segurava o rifle, depois correr e atirar pela ponte para pegar todos os outros.

Era o que suas emoções lhe diziam. A parte que lia a situação com a mente de uma capitã de esquadrão dizia que Aurora não viveria mais que alguns segundos.

— Tudo isso por uma garota? — disse Aurora, abaixando as pistolas.

— Tudo isso pelo que ela é — respondeu Deepak. — Tudo isso pelo que você viu em Dynas.

— Dynas foi uma bagunça. Um fracasso.

A mulher se aproximou de Aurora, pegou as pistolas. Outros começaram a cuidar do oficial, que gemeu quando o tiraram da mesa que ele usou como um improvisado colchão de pouso. Aurora esperava que ele ainda tivesse alguns cacos de vidro espetados nele.

— Então você disse — Deepak colocou uma mão no ombro de Aurora. — Aparentemente, eles veem as coisas de forma diferente, e veem você como uma ameaça aos planos deles.

— Ótimo. — Aurora olhou para o comunicador. — Acho que agora posso fazer meu anúncio?

Um pigarro veio de baixo. Renard estava de pé, com a ajuda de um dos outros traidores. Ele lançou um olhar de plástico para Aurora enquanto mancava em direção às escadas. Aurora não podia fazer muito além de observar Renard fazer seu caminho lento ao redor. Para se sentir melhor, Aurora deu uma longa olhada no rifle apontado para seu rosto, então encontrou os olhos do agente que o segurava, e balançou a cabeça lenta e demoradamente.

O olhar confuso do agente aqueceu o coração de Aurora. Com sorte, o agente pensaria que havia algo errado com o rifle, ou até mesmo com a maneira como o segurava. Sempre era divertido brincar com seus captores.

Quando Renard os alcançou, várias batidas fortes vieram das portas seladas da ponte, atraindo os olhos de Aurora e de todos os outros. Um homem lá de baixo disse que dois civis armados estavam do lado de fora.

— Não se aproximem dessas portas — Renard grasnava, sua voz uma bagunça após o golpe de Aurora. — Eles são hostis e serão tratados quando estivermos prontos. Quanto a esta aqui, eu mudei de ideia. Levem-na para a escotilha e joguem-na para fora.

DOZE

VELHOS AMIGOS

Dois contra dez não eram boas probabilidades. Especialmente quando esses dez soldados estavam com seus coletes, rifles prontos, e pareciam não querer nada além de entrar em conflito com uma força invasora. Sai e Eponi, armados e sem armadura, não eram uma força invasora. Nem sequer eram uma dupla invasora.

Eles eram apenas azarados.

— Sai? — disse uma voz perto da frente enquanto as tropas levantavam seus rifles e os dois da Sever abaixavam os seus. — O que você está fazendo aqui?

O comandante do esquadrão, um homem grisalho e exausto que havia sido atingido por mil batalhas e continuava voltando por mais, emergiu de seu grupo com um olho semicerrado. Jarret Jones, ou JJ para aqueles que ele não se importava em derreter com seu rifle, tinha feito um nome entre os oficiais da DefenseCorp como um cara da linha de frente.

JJ gostava da lama. Ele ficaria nela por toda a sua vida.

— Longa história, comandante — disse Sai. — Digamos que estamos lidando com um problema.

— Esse problema tem algo a ver com o alarme? — JJ disse, então notou os braços erguidos de seu esquadrão. — Esquadrão Beacon, espalhem-se. Verifiquem o corredor e mantenham o caminho para a ponte. Esses dois não são o inimigo.

Beacon, um grupo maior que Sever e designado para missões que precisavam de mais botas no chão, tomou as palavras de JJ como evangelho e foi fazê-lo. Por um segundo, Sai sentiu-se como uma pedra colocada bem no meio do caminho de um rio corrente enquanto as tropas fluíam do elevador e se dirigiam para a ponte.

— Me diga que não estou cometendo um erro com essa ordem — JJ disse, mãos apoiadas na cintura, olhando para Sai. — Depois continue falando, porque a última coisa que ouvi é que você tinha morrido em uma missão que eu não tinha direito de ver.

— Você conhece esse cara? — Eponi interrompeu, seus olhos alternando entre Sai e JJ.

— Primeiro oficial sob o qual servi na DC — disse Sai — e um dos melhores.

— É por isso que você saiu? — JJ soava como se precisasse de um charuto. — Beacon era bom demais para você?

— Beacon não pagava o suficiente para alimentar meus filhos — Sai rebateu. — Nada a ver com você.

JJ assentiu, seus olhos brilhando enquanto os passava pelas armas de Sai e Eponi. — Aqui está o trato. Vocês dois vão caminhar até a ponte comigo. Beacon foi encarregado de garantir que a mantenhamos longe de qualquer um desses palhaços atacando nossa nave. Você me conta sua história no caminho e não se esqueça de incluir por que está segurando essa espada em roupas civis.

Havia pessoas na DC em quem Sai não confiaria a verdade. Pessoas que pegariam qualquer coisa que Sai derramasse e encontrariam uma maneira de transformar isso em mais dinheiro para si mesmas, ou uma possível promoção, ou apenas para pregar um desertor. Sai, no entanto, havia compartilhado as trincheiras com JJ. Tinha acompanhado o comandante na rebelião de plasma em Condor Três. Tinha reprimido uma insurreição das espécies nativas em Reader Quatro.

Você não sobrevive a engajamentos como esses sem aprender muito sobre o homem ao seu lado.

Com Eponi seguindo atrás e oferecendo comentários ocasionais, principalmente sobre quanto trabalho ela teria que fazer reparando e limpando a *Prisa*, Sai descreveu os ataques que aconteceram desde que Sever encontrou seu caminho de volta a bordo da *Nautilus*.

— Então você está me dizendo que nossos agentes, agentes da DC, estão atrás do seu esquadrão — JJ refletiu enquanto eles desciam pelo corredor piscando em vermelho. À frente, Beacon, dividido em trios, verificava e liberava salas de reunião fechadas com gritos agudos. — Antes que você chegue ao porquê, eu não quero saber.

— Você não quer saber?

Os olhos de JJ lampejaram para frente e ele fez o menor aceno em direção aos soldados à frente. — Você mantém seu lugar em uma empresa como esta não se metendo em coisas acima do seu salário. Todos esses rapazes e moças estão contando comigo para mantê-los seguros, Sai. Eu não vou fazer isso aprendendo a coisa que está colocando alvos nas suas costas.

— Mas nós nem tentamos aprender isso — disse Sai. — A DefenseCorp nos enviou para Dynas, JJ. Não é como se tivéssemos escolha.

— Azar, então — disse JJ. — A questão é que parece que você está em uma situação complicada. Você sabe que eu não tenho amor pelos espiões, Sai. Ninguém aqui tem, mas eles têm infestado nossa nave como ratos estelares ultimamente. Ou trabalhamos com eles, ou encontramos uma faca em nossos pescoços.

Sai podia entender isso. Aurora tinha mencionado a mesma filosofia para Sai várias vezes. Manter o esquadrão vivo acima de tudo, uma responsabilidade que recaía sobre o comandante mais do que sobre qualquer soldado individual. Exceto que, às vezes, manter o esquadrão vivo significava fazer mais do que o que estava imediatamente à sua frente.

Nos dias de missões por dinheiro, Sai tinha abraçado o molde da DefenseCorp e se mantido em suas linhas. Sever oferecia missões mais difíceis por mais dinheiro, mas de resto mantinha as coisas iguais: você treinava com seus companheiros de esquadrão, se recuperava durante o trânsito, depois era lançado em alguns dias de combate infernal antes de repetir. Não havia razão para olhar além do objetivo atual, nenhuma necessidade de pensar sobre as maquinações maiores da DefenseCorp.

— Isso não vai funcionar mais, JJ — disse Sai. — Quer você queira acreditar ou não, a DefenseCorp está mudando.

— Está mesmo? Porque você por acaso está do lado de fora?

— Sim — disse Sai — porque agora eu posso realmente ver isso.

— Me ilumine — JJ respondeu. — Se você puder fazer isso sem me matar.

— A DC quer que vocês sejam melhores soldados, mas eles não querem fazer isso com equipamento — disse Sai. — Eles querem mudar vocês, transformá-los em armas biológicas em vez de mecânicas.

JJ riu. — Você acabou de ler um livro ou algo assim? O projeto Raider terminou há muito tempo.

Sai tinha ouvido falar sobre isso, o original super soldado que deu terrivelmente errado. Toda a violência maníaca, nenhum controle. Difícil dizer se Dynas visava algo semelhante, mas Helix e DefenseCorp definitivamente queriam brincar com o código genético de suas forças.

— Não sei sobre isso — disse Sai. — Não posso te contar muito mais sem estragar sua ignorância, mas estou começando a achar que a DC está se preparando para fazer uma jogada que vai mudar tudo.

— E quando isso acontecer, eu vou reagir — disse JJ. — Até lá, que tal vocês dois ficarem comigo e resolvermos essa situação toda com o almirante?

JJ fez isso como uma pergunta, mas o verdadeiro significado pairava na sombra da frase: ex-companheiro de esquadrão ou não, se Sai tentasse fugir, encontraria um laser nas costas.

Eles chegaram à porta selada da ponte, vários soldados se formando ao redor de JJ enquanto os outros membros do Beacon continuavam limpando salas pelo corredor à esquerda e à direita. JJ disse a Sai e Eponi para se sentarem no centro da interseção, e manterem seus rifles abaixados, enquanto ele ia até o painel de comunicação fora da ponte e tocava seu bracelete nele.

— Então, seu amigo vai nos tirar dessa? — disse Eponi. — Porque pelo jeito que ele estava falando, parece que ele pode sangrar vermelho DC.

— Ele é um bom homem — respondeu Sai —, mas eu manteria seu dedo no gatilho.

— Ah, ótimo. Porque olha essas chances. Eu devia ter ficado na *Prisa*.

Sai não tinha muito a dizer sobre isso. Nem teve tempo de dizer muito, porque quando JJ se afastou do painel e de sua conversa silenciosa, as portas da ponte estremeceram e então deslizaram, abrindo-se quando o bloqueio foi desativado.

Aurora estava no meio da porta, dois agentes com listras vermelhas e pretas atrás dela com pistolas prontas. Mancando ao redor deles veio um oficial que Sai não reconheceu até Eponi sussurrar que o rosto era do vídeo que eles tinham visto em Dynas: plástico e, como Gregor disse, mascarando um monte de medo.

O almirante manteve distância. Deepak estava um pouco afastado na ponte, falando com alguns dos funcionários. Sua voz mantinha as coisas sob controle, as palavras dizendo que Deepak estava mais preocupado com o status do sistema da *Nautilus* e sua direção atual do que com a tomada de reféns acontecendo bem na frente de sua ponte.

JJ conhecia Aurora, talvez não tão bem quanto conhecia Sai, mas todos os comandantes de esquadrão tinham seus próprios eventos, seus próprios encontros para manter os oficiais do navio em harmonia. Sai queria, esperava, ver uma explosão de JJ, mas o impassível comandante permaneceu quieto. Recuou para perto de Sai e Eponi e julgou a situação com sua passividade granítica.

— Comandante Jones — disse o oficial mancando. — Acho que nunca nos conhecemos? O nome é Renard Phyce.

JJ pegou a mão oferecida, apertou-a uma vez e a soltou.

— Não posso dizer que o vi por aí, senhor. Pode nos contar o que está acontecendo aqui? Esse é um ótimo capitão de esquadrão que você tem sob a mira.

Havia seis soldados do Beacon ao redor deles agora, todos com as mãos em seus rifles. Dois agentes mais o oficial. Sai e Eponi. Sem saber que lado JJ e seus soldados tomariam, Sai não podia se mover para libertar Aurora. Por sua parte, Aurora parecia um pouco machucada, mas bem, e ofereceu a Sai um olhar silencioso que dizia que ela estava bem.

Por enquanto.

— Nada menos que insubordinação, insurreição e deserção — declarou Renard. — Aurora levou seu esquadrão embora depois que eles completaram sua missão, e agora eles voltaram para levar a *Nautilus* com eles.

— O quê? — disse Eponi. — Levar a *Nautilus*? Você é louco.

Renard olhou para Eponi, esticou um sorriso brilhante sobre seus lábios.

— Sou? Aurora tentou me agredir na ponte. Ela já assassinou um de nossos homens. Não há loucura aqui, apenas evidências. — Renard voltou-se para JJ. — Suponho, comandante, que você tenha um bom motivo para deixar esses dois traidores armados?

— Não percebi que eram traidores, oficial — disse JJ. — Vamos resolver isso. Sai, Eponi, se importam de baixar suas armas? Não queremos deixar as coisas picantes agora.

— JJ — advertiu Sai. — Essa não é a jogada certa.

A interseção parecia congelada no espaço, rostos desaparecendo no fundo enquanto Sai trocava olhares com JJ. Ele tentou, em virtude da telepatia que existia entre amizades profundas, transmitir o quão ruim seria ficar do lado de Renard. Quão errado.

— Não é minha escolha, Sai — disse JJ. — Não que eu esteja feliz com isso, mas um soldado é um soldado. Não estou aqui para tomar esse tipo de decisão.

Os soldados do Beacon se aproximaram, o rosto presunçoso de Renard observando o tempo todo enquanto a força de JJ desarmava Eponi e Sai. Novamente, Sai viu a katana de sua família ser roubada de sua bainha, tomada nas mãos de um soldado que olhava e segurava a lâmina como se não tivesse ideia do que fazer com ela.

— Obrigado, comandante — disse Renard. — Tenho mais um pedido para você. Se pudesse enviar alguns de seus soldados mais leais para ajudar meus agentes aqui, eu gostaria de mandar esses três para a câmara de descompressão. Um julgamento sumário por seus crimes.

— Sem julgamento? — disse JJ. — Mais-

— Julgamento sumário, comandante — repetiu Renard. — Caso você tenha esquecido, a *Nautilus* está sob ameaça. Não é hora de se ater a detalhes. Defenda seu navio, defenda seu almirante e defenda seu empregador.

— Claro, senhor — disse JJ, acenando para vários soldados do Beacon. — Eu mesmo os escoltarei.

— Oh, não acredito que isso seja necessário — disse Renard. — A câmara de descompressão não está longe. Eu preferiria que você ficasse na ponte com o almirante e eu para garantir que estejamos o mais seguros possível. Há, acredito, mais dois membros do Sever em algum lugar neste navio.

Sai viu JJ lutar contra o pedido de Renard. JJ se endireitou, deu a Renard um olhar nivelado que dizia que ele não era estúpido, então latiu a ordem para os quatro soldados do Beacon que haviam se formado ao redor de Sai e Eponi.

— Sai — disse JJ enquanto os soldados pegavam os braços de Sai nos seus. — Foi uma honra. Sinto que as coisas tenham que terminar assim.

— Eu também, JJ. Eu também — disse Sai enquanto os soldados os alinhavam com Aurora.

Juntos, os três marcharam em direção a uma câmara de descompressão de emergência próxima, uma destinada a ajudar na evacuação de oficiais se a *Nautilus* caísse sob fogo inimigo. Uma prestes a ser usada para enviar o Sever a uma morte congelada e eterna.

— Pelo menos não vai doer — murmurou Eponi. — Melhor do que eu esperava, vindo aqui.

Sai, no entanto, não estava prestando muita atenção aos resmungos de Eponi. Em vez disso, ele tinha os olhos nas mãos de Aurora. Ela as mantinha soltas na frente, os dedos trabalhando muito levemente em uma linguagem que poucos conheciam, enviando uma mensagem que Sai estava mais que feliz em ler:

Fique pronto.

TREZE

DIPLOMACIA

Gregor estava dentro do banheiro, esperando à esquerda da porta enquanto o esquadrão lá fora passava apressado, voltando para a enfermaria. Rovo estava sentado no vaso sanitário, respirando lentamente. Respirações rápidas e profundas machucavam os pulmões recém-reparados do novato, segundo ele.

Carregando Rovo como uma criança, Gregor conseguiu escapar dos robôs médicos, dos médicos curiosos — um cirurgião, percebendo que Gregor não iria parar, gritou "cuidado!" — e dos dois agentes que os perseguiam. A iluminação vermelha do corredor indicava o que estava prestes a acontecer e, após alguns segundos descendo o corredor vazio, o som de abertura de um elevador fez Gregor entrar em um pequeno banheiro.

— Nos escondendo em um banheiro — disse Rovo, tossindo enquanto falava. — Não posso dizer que imaginei isso.

— Fazemos o que precisamos para sobreviver. — Gregor olhou para si mesmo no espelho, assentindo para sua aparência maltratada. Ele tinha merecido aqueles hematomas. — Agora precisamos fazer um plano.

— Um plano? — Rovo apoiou um braço sobre o peito. — Caso você não tenha percebido, toda a nave está em lockdown. Os esquadrões estão vasculhando os corredores. Não há como voltarmos para a *Prisa*. Isso se todos ainda estiverem vivos.

— Eles estão.

— Como você sabe?

— Porque somos Sever — disse Gregor. — Somos melhores do que aqueles que estão nos perseguindo.

— Repito, estamos escondidos em um banheiro.

— Mais inteligentes também.

O novato, no entanto, tinha razão. Gregor vestia roupas civis surradas, enquanto Rovo ainda usava um avental azul-celeste da enfermaria. O novato não tinha uma arma, nem mesmo sapatos. Chegar a qualquer lugar sem levantar suspeitas seria difícil. Responder a qualquer pergunta sem levar um tiro seria impossível.

A menos que.

— Vamos voltar para pegar o traje — disse Gregor. — Lá embaixo.

— Como é?

Rovo olhou para o chão, e Gregor se perguntou se o novato estava prestes a esvaziar o estômago no piso cinza liso.

— De volta aos laboratórios — disse Gregor. — Diretamente abaixo de nós. Pegamos o elevador mais próximo para descer um andar, e estaremos lá.

— Não temos pulseira nem identificação — Rovo disparou as palavras em um jato e logo fechou a boca.

— Deixe isso comigo — respondeu Gregor. — Você fica aqui.

— Pode deixar.

Gregor, nunca um homem dado à sutileza, aproximou-se da porta do banheiro e piscou quando ela se abriu sozinha. O corredor banhado em vermelho recebeu Gregor, preenchido com os sons de uma nave em leve pânico. Botas ressoavam pelo corredor, seus ecos staccato adquirindo tons metálicos ao se misturarem com ordens gritadas e os ocasionais anúncios no alto-falante convocando esquadrões para suas posições.

O grandalhão tinha que fazer uma escolha ao sair do banheiro. Ou tentar se esgueirar, correndo de um lugar para outro na esperança de que ninguém o visse, ou abraçar o momento e agir como se Gregor estivesse exatamente onde deveria estar.

Atrás dele, Rovo gemeu.

Não era hora de aprender a arte da espionagem.

Gregor entrou no corredor, mantendo os braços livres, os ombros nivelados e o rosto coberto com um sorriso solto e nervoso. Como um civil pego fora de sua seção durante uma invasão poderia parecer. Pelo menos o melhor que Gregor, um cara robusto que parecia pertencer a um uniforme, conseguia fingir.

O sinal brilhante do elevador próximo brilhava em um verde natural, irradiando perto do teto do corredor. Abaixo dele, dois soldados estavam de pé com rifles prontos. Seus olhos vasculhavam o corredor, seus braços tensos.

Gregor podia perdoá-los pela atenção. O alarme de invasão ainda não havia sido desativado, e o anúncio de Deepak fazia parecer que os inimigos poderiam estar em qualquer lugar.

— Olá — disse Gregor, dirigindo-se ao elevador e acentuando a saudação com um aceno amigável. — Estou um pouco confuso. Estava naquele banheiro ali, aí saio e está tudo vermelho?

Os dois soldados olharam para ele, o mais distante saindo de seu posto para se juntar ao parceiro em uma inspeção visual. Gregor sentiu os olhares penetrantes, a análise observando sua camisa rasgada, suas roupas surradas. Os soldados estariam chegando a suspeitas que Gregor não podia permitir que tivessem.

— Sei o que vocês estão pensando — disse Gregor. — Que pareço um lixo. E pareço mesmo, não dá para negar, mas às vezes temos dias ruins nos laboratórios.

— Os laboratórios — repetiu o soldado mais próximo. Ambos eram de baixa patente, seus coletes protetores e equipamentos padrão os colocavam nos esquadrões terrestres da DC. Aqueles destinados a confrontos maiores. Não exatamente bucha de canhão, mas perto disso. — O que você está fazendo aqui em cima então?

— Tive que visitar um amigo na enfermaria — disse Gregor. — Péssima hora.

— Já vi melhores. Você tem alguma identificação? — O soldado lançou um olhar direto para os pulsos nus de Gregor.

— Desculpe, não usamos pulseiras com os testes que estamos realizando. O que estamos fazendo as fritaria.

Não foi uma mentira ruim. Talvez Gregor devesse tentar isso mais vezes.

— Certo — o soldado arrastou a palavra, como se imaginasse como Gregor teria chegado ali sem o dispositivo. — Quem está testando com você? Alguém que possamos chamar para verificação? A nave está em lockdown por causa de possíveis intrusos. Não podemos deixar você andando por aí.

— Tudo bem. — Gregor precisava de um nome, qualquer nome. Sua mente ficou em branco. — Gregor, Gregor Evanoff.

O soldado ergueu seu pulseira e começou a digitar o nome. Gregor deu mais um passo à frente, murmurando que poderia ajudar a encontrar o certo. O outro soldado fez exatamente o que Gregor esperava, aproveitando a oportunidade para olhar ao longo do corredor.

Enquanto o soldado digitava o nome — o próprio nome de Gregor, o único que lhe veio à mente no momento — uma pergunta diferente surgiu. Gregor havia planejado um soco rápido ou dois, nocauteando os soldados, seguido por uma fuga correndo para o elevador e descendo com Rovo.

Esses soldados, no entanto, não eram seus inimigos. Gregor não estava sendo pago para espancar tropas aleatórias da DefenseCorp, que estavam simplesmente fazendo seus trabalhos conforme ordenado. Como Gregor teria feito anos atrás, durante seus primeiros períodos na DC.

De volta a Wexer, as forças da DefenseCorp tinham vindo para eliminar Sever. Gregor estava lutando por sua vida e pelas vidas de seus amigos naquela bola de rocha. Aqui, essa mesma ameaça existia, mas não vinha desses dois.

— É mesmo? — O soldado perguntou, quebrando o transe de Gregor.

Cada letra estava na posição correta.

— Sim — disse Gregor.

O soldado tocou em seu bracelete. A tela mudou enquanto o bracelete vasculhava o diretório da *Nautilus*, procurando por alguém com o nome de Gregor. Após vários segundos, a tela piscou em vermelho. Ninguém nos registros com o nome de Gregor.

Um soldado ativo da DefenseCorp por mais de uma década, e agora Gregor não existia.

Antes que Gregor pudesse responder, atrás dele e pelo

corredor, um barulho de *whoosh* acompanhado pelo baque gordo de um corpo caindo no chão. Todos os olhares se voltaram para a forma de Rovo enquanto o novato se apoiava em um braço, olhava para eles e tossia.

— Desculpe — disse Rovo, sua voz carregando e compartilhando fraqueza suficiente para impulsionar os soldados para frente. — Não era a entrada que eu pretendia fazer.

— Pensei que você tinha dito que estava sozinho naquele banheiro — disse o primeiro soldado a Gregor enquanto iam juntos em direção a Rovo.

— Eu estava errado — disse Gregor — aparentemente.

O segundo soldado parou, deu um passo para se distanciar de Gregor e levantou seu rifle. — Olha, cara, esse jogo já está durando demais. Você vai esperar aí e eu vou chamar alguém que possa me dizer se devo ou não atirar em você.

— Já ouviu falar do esquadrão Sever? — Gregor perguntou, puxando fios para ver se algo colava.

Enquanto ele fazia a pergunta, o primeiro soldado se ajoelhou ao lado de Rovo. O soldado deu uma boa olhada no companheiro ferido de Gregor e cortou qualquer resposta à pergunta de Gregor, dizendo ao seu colega para chamar ajuda médica.

— Não sei do que você está falando — o segundo soldado parecia dividido entre continuar o interrogatório de Gregor e seguir o comando de seu colega, e Gregor aproveitou essa indecisão.

Ele reconhecia um novato quando via um.

Um longo passo colocou Gregor fora do campo de tiro do segundo soldado. Antes que o soldado pudesse recuar, Gregor agarrou o cano do rifle e arrancou a arma das mãos do soldado. As tiras, deixadas frouxas na correria para se posicionar, permitiram que a arma fosse puxada dos ombros do homem e para as mãos de Gregor.

— Não faça isso — disse Gregor quando o primeiro soldado, reagindo mais rápido que seu amigo desarmado, tentou apontar seu próprio rifle. — Nós não somos o inimigo. Não queremos machucá-los. Só precisamos do elevador por um minuto.

Gregor agora tinha sua nova arma apontada na direção certa, com um relógio tiquetaqueando em sua cabeça dizendo que não demoraria muito até que outro esquadrão aparecesse e interrompesse essa adorável reunião. Hora de Rovo se mexer.

— Ajude-o a se levantar — Gregor disse ao primeiro soldado. — Ele ficará bem.

— Quem diabos são vocês? — perguntou o segundo soldado, sendo esperto e não alcançando sua arma lateral.

— Já te disse. — Gregor deu passos para trás, colocando algum espaço entre ele e os dois soldados enquanto o primeiro seguia as ordens e ajudava Rovo a se levantar tremulamente. — Esquadrão Sever. Costumávamos ser da DC.

— Costumavam ser?

— A missão deu errado. Nós pulamos fora. — Gregor começou a andar de costas, em direção à entrada do elevador. Manteve o rifle apontado onde o negócio precisava ser feito. — Se algum dia te pedirem para escolher entre o que é certo e o que vale dinheiro, escolha o que é certo e você acabará aqui.

Agora os soldados pareciam confusos, embora o primeiro fizesse um bom trabalho ajudando Rovo a dar um passo após o outro.

— Aqui? Na *Nautilus?* — O segundo soldado perguntou.

— Não... — Gregor começou, então o segundo soldado, usando a resposta de Gregor como uma oportunidade, foi para aquela maldita arma lateral.

Gregor atirou. Puxou o gatilho e enviou energia ardente diretamente para os pés do segundo soldado antes que a mão do homem tivesse liberado sua arma. O segundo soldado reagiu como uma pessoa inteligente faria: deixou sua mão se afastar, manteve os braços abertos.

— Outra dica — disse Gregor, sentindo as portas do elevador contra suas costas. — Não use o mesmo truque que eu acabei de usar em você. É chato. — Com sua mão esquerda, Gregor gesticulou para o painel do elevador. — Chame-o, por favor.

O primeiro soldado, ainda com seu rifle pendurado no peito, ainda ajudando Rovo a andar, embora pelo menos o novato tivesse os olhos abertos agora, tocou seu bracelete contra o painel do elevador. Tinha uma boca que parecia estar respirando, mesmo que falar parecesse além das capacidades do novato.

Não era uma coisa ruim. Rovo sempre falava demais.

— Vocês não vão longe, sabem — o segundo soldado, determinado a manter sua bravata, disse. — A *Nautilus* está acordada agora. Há esquadrões por toda parte. Vamos encontrá-los.

— Como eu disse, nós não somos o problema. — Gregor sentiu o elevador vibrando atrás de suas costas. Logo. — Os de carmesim e preto são seus verdadeiros inimigos. Eles estão rastejando por esta nave e vão esfaqueá-los durante o sono.

O elevador se abriu atrás dele. Gregor observou os olhos dos soldados para ver se havia alguém no elevador, mas seus olhares permaneceram nele. Um compartimento vazio. Gregor estendeu seu braço esquerdo.

— Passe o garoto para cá — disse Gregor, e o primeiro soldado obedeceu. Rovo aproveitou sua liberdade para meio andar, meio cair até Gregor, que recuou para dentro do elevador.

O primeiro soldado agiu com inteligência, não aproveitou a chance para alcançar seu rifle. Uma cabeça mais fria que viveria para ver outro dia. Ou pelo menos outro minuto.

— Lembrem-se do que eu disse. — Gregor se deslocou para o lado esquerdo do elevador, onde outro painel esperava que ele escolhesse um destino. — Carmesim e preto. Esses são os que vocês devem observar.

Quando as portas do elevador se fecharam, os dois jovens soldados ainda estavam lá, ainda observando Gregor, como se ele e Rovo fossem fantasmas em uma história que eles não entendiam completamente.

GIRO NO VÁCUO

Você poderia pensar que, crescendo no espaço, saltando para as estrelas, pulando entre mundos e surfando nas nebulosas, o vácuo não seria tão assustador assim. Como um perigo onipresente, ele se dissolveria no pano de fundo da vida dela, um sussurro informando cada ação com um pouco mais de cautela. Não erre esse conserto, não aperte esse botão ou abra aquela escotilha, ou você veria todo seu ar sendo sugado e suas entranhas explodindo como um balão de filme de terror.

E ainda assim. E ainda assim.

Eponi ainda sentia seu coração acelerar sempre que pensava no momento sobre Dynas, no arrastar-se pelo túnel cinzento que conectava sua nave sequestrada à nave de Anaskya e sua salvação. O tubo oscilante, o estalo enquanto a alimentação de oxigênio de sua nave para a de Anaskya se enrolava e ameaçava arrancar Eponi.

Então ela mantinha a boca bem fechada, as pernas parecendo travadas enquanto caminhava em sincronia com os quatro soldados, dois agentes, Sai e Aurora em direção à escotilha mais próxima do *Nautilus*. A sentença padrão para desertores: banidos para o frio escuro para flutuar até que algum poço gravitacional os incinerasse. Um risco que Eponi havia aceitado quando fugiu com Sever em sua deserção pós-Dynas, um que, nos dias de euforia pós-adrenalina após escapar daquele maldito pântano de um mundo, parecia que nunca chegaria.

— Que tal substituirmos as punições? — disse Eponi, já que nem Sai nem Aurora pareciam estar falando. Os soldados e agentes também estavam quietos e, droga, Eponi não aguentava mais isso. — Vocês podem jogar esses dois pela escotilha. Tenho certeza de que eles adorariam. Podem ir em frente. Mas eu? Acho que vocês ainda podem usar uma pilota habilidosa. Naves que precisam ser pousadas e coisas assim.

Ninguém respondeu. Os agentes e os soldados nem se deram ao trabalho de olhar para ela. Mantiveram suas pistolas focadas onde deveriam enquanto suas botas marchavam pelo corredor iluminado de vermelho. O esquadrão Beacon expandia seu alcance ao redor da ponte, limpando uma sala após a outra, e eventualmente o pequeno esquadrão da morte passou além do raio designado. Sozinhos, agora, em sua marcha.

— Vocês, tipo, não falam? — disse Eponi. — É uma nova regra, que durante uma execução as vítimas não existem?

— Ordens — disse uma das soldados à direita de Eponi, e ela, pelo menos, não parecia muito animada em estar fazendo isso. — O único motivo pelo qual você está conversando conosco é para argumentar por sua vida ou nos fazer tomar uma decisão diferente. Ao não nos envolvermos, podemos preservar o objetivo.

— Ah, que diabos de palavras são essas? — disse Eponi enquanto a sinalização da escotilha entrava em vista. — Você é um robô ou algo assim?

— Só estou repetindo as mesmas diretrizes que você concordou quando se juntou à DefenseCorp.

— Bem, elas são uma merda. E você é uma merda por obedecê-las. Se vão me jogar na privada cósmica, o mínimo que poderiam fazer é me dar uma última conversa para aproveitar.

Outro soldado deu uma risadinha, uma risada que cortou Eponi da maneira errada. Sim, ela sabia que estava jogando com um certo tom em suas palavras, uma certa despreocupação desesperançada no fim de sua jornada, mas ouvir uma risada de verdade furou o véu.

Se ela ia morrer, que fosse por algo que valesse a pena.

Eponi foi primeiro para um agente. A ação não se formou como um plano coerente, mais como um impulso instintivo, guiado pelas listras vermelhas e pretas caminhando um pouco à frente e à sua esquerda, pistola apontada na direção de Sai. Os soldados caminhando atrás eram o seguro, os agentes os condutores.

O treinamento direcionou seu ataque, uma estocada simultânea com o braço esquerdo enquanto sua mão direita puxava a segunda pistola do coldre do agente. O agente gritou — guinchou, na verdade — quando Eponi fez contato, seu braço esquerdo dando uma cutucada suja no lado do agente enquanto seu corpo servia para bloquear a pistola do agente de mirar decentemente nela.

Rifles se ergueram, mirando enquanto Eponi puxava sua nova pistola contra o queixo do agente. O próprio agente congelou ao toque do cano em sua pele nua, uma reação que Eponi considerou eminentemente sensata e totalmente inútil. Ela estava esperando uma morte ardente e, em vez disso, acabou em uma situação de refém, uma que Eponi não tinha chance de vencer.

Sete rostos a observavam, cinco deles com armas apontadas para ela, cada um tentando calcular se poderiam acertar um tiro entre seus olhos que não transformasse o agente em ruínas fumegantes. Um dilema verdadeiramente complicado.

— Desculpem, amigos — disse Eponi, aconchegando-se ao agente e deixando o mínimo de espaço possível entre o uniforme dele e sua roupa civil surrada. — Nunca fui conhecida por ir embora quietinha. Não poderia abrir uma exceção desta vez.

Seu olhar sardônico, um meio sorriso e olhos brincalhões, talvez maníacos, dançaram entre sua plateia. Eponi notou uma leve hesitação quando chegou a Aurora e Sai, aqueles que deveriam estar do lado dela, mas que agora pareciam que ela havia quebrado as regras de algum jogo. A irritação corria desenfreada em suas feições, e a dose de sobriedade fez o que pôde para abafar o entusiasmo de Eponi por sua saída perversa.

— Você vai soltá-lo — disse o outro agente, em uma voz que dizia ter feito interrogatórios demais com prisioneiros complacentes. Eponi deveria ceder, dizia aquela voz. Deveria aceitar o destino porque o merecia. — Você vai largar a pistola agora mesmo, e quando o fizer, receberá o que merece e nada pior.

— Não é uma má maneira de ir — disse a soldado que havia conversado com Eponi. — Já vi várias vezes. Rápido, sem dor.

— Ah, você sabe que não causa dor? — disse Eponi, optando por se envolver com a soldado, com aquela que parecia, um pouco, ter alma. — Você já entrevistou alguém que foi sugado pelo vácuo?

— Você sabe o que eu quero dizer.

— Sei? — Eponi enfiou ainda mais a pistola no queixo

do agente, arrancando um grunhido acalorado do homem. — Eu pareço alguém que sabe o que você quer dizer?

O outro agente ajustou sua mira, moveu seu corpo para a direita, e Eponi puxou o agente naquela direção. O movimento expôs seu lado direito para os soldados, e eles sabiam disso. O tempo havia acabado.

— Largue a pistola ou atiramos — disse outro soldado, desta vez uma ordem.

Explosão lateral ou vácuo? Eponi tinha que escolher aqui e agora e, você sabe, diante dessas opções, só havia um caminho a seguir.

Então Eponi empurrou o agente para longe dela, baixando a pistola do queixo do homem e, no mesmo movimento, mirando no outro agente e puxando o gatilho. O brilhante raio vermelho lampejou, atingindo o outro agente no ombro. Mandou-o queimando para o chão.

Nenhum tiro atingiu Eponi na fração de segundo seguinte, então ela apontou para a direita e atirou em seu ex-refém nas costas, fazendo-o cair no convés. Dois por um até agora, não era um mau negócio. Agora era hora de enfrentar as probabilidades esmagadoras e se mandar para a próxima vida.

Sai puxou o braço de Eponi para baixo, deixando-a enfrentar quatro rifles erguidos sem uma arma.

— Pare, sua maluca — disse Sai, mantendo o braço de Eponi ao lado dela. — Não os faça atirar em você.

— Fazê-los atirar em mim? Não é esse o trabalho deles?

Eponi lutou contra o aperto de Sai até que Aurora se colocou entre a piloto e os soldados. Em vez de fazer um avanço desesperado pelas armas dos soldados, ou entrar em uma briga de punhos em busca de um milagre, Aurora parecia totalmente calma.

— Obrigada por segurarem o fogo — disse Aurora

enquanto Eponi relaxava, enquanto Eponi começava a pensar que ela talvez *não* fosse reduzida a cinzas nos próximos segundos. — Ela é uma fagulha.

— Você está falando de mim? — disse Eponi.

— Estou, e você vai ficar quieta agora, antes que eu deixe esses soldados atirarem em você — respondeu Aurora, antes de se voltar para o quarteto. — Vocês entendem o que estão fazendo?

— A *Nautilus* não pertence a eles, comandante — disse a mulher que estivera trocando farpas com Eponi. — Pertence a nós. Vamos voltar para o JJ e relatar missão cumprida.

— E se Renard perguntar sobre os agentes?

— Eles partiram — respondeu a soldado. — Não disseram para onde.

— Exatamente — disse Aurora. — Mãos à obra.

Três dos soldados pegaram os agentes e os carregaram até a câmara de ar, depois que Aurora se rearmou com suas pistolas. Um soldado devolveu a espada de Sai. Eponi assistiu a toda a dança com crescente confusão até que Sai e Aurora a guiaram pelo corredor, afastando-se da ponte e em direção aos hangares de caças da *Nautilus*, situados acima dos berços maiores para naves como a *Prisa*. O quarto soldado os seguiu, com o rifle solto e exibindo o mesmo sorriso no rosto do homem.

— Tudo bem — disse Eponi enquanto caminhavam. — Fiquei quieta pelo tempo que acho razoável. Que diabos foi aquilo?

Aurora e Sai se entreolharam, antes de Aurora tomar a dianteira: — Você não está na DefenseCorp há muito tempo, Eponi. E você entrou direto como piloto, certo?

— Certo. O pagamento era muito melhor fazendo isso do que seguindo a rota dos soldados rasos.

— Exatamente. A DC tem suas divisões, e elas trabalham juntas quando precisam, mas não há muito amor entre os traidores e nós.

— Os traidores? Sério?

— Sério — disse Sai. — Esses bastardos sempre têm algo terrível em mente.

— Então, você está dizendo-

— Beacon, como a maioria dos outros esquadrões nesta nave, sabe que é melhor não confiar no que está acontecendo aqui — disse Aurora. — Deepak me disse que os agentes têm infestado a *Nautilus* há algum tempo, antes mesmo de irmos para Dynas. O que significa que toda essa história do Renard não é apenas sobre nós, mas algo maior. Os soldados não querem participar do jogo dele.

— Isso não é insubordinação? — disse Eponi. — Eles não poderiam ser lançados da câmara de ar, assim como nós?

— Deepak é o almirante deles — respondeu Sai. — Renard nem está na cadeia de comando deles. Ele pode dizer o que quiser, mas os soldados não têm que fazer nada a menos que Deepak diga. Está bem ali no acordo que assinamos. — Sai inclinou a cabeça enquanto chegavam a um elevador. — Ou você não leu as letras miúdas?

— Você leu?

— A DefenseCorp não é um governo, é isso. Somos funcionários privados, assinando para trabalhar em um ramo de nossa escolha — explicou Sai, naquele tom paciente que ele usava sempre que queria ser o pai-chefe da Sever. Eponi normalmente odiava o tom, mas aqui, presa no turbilhão depois de quase ser sugada para o vácuo, os fatos gentis a envolveram como um cobertor quente e razoável. — Aurora e eu não podíamos saber se os soldados seriam fiéis a isso ou não, mas quando eles não atiraram em você imediatamente?

— Escolhemos nosso lado — o soldado finalmente falou. — JJ deixou bem claro lá no alojamento. Trabalhamos para Deepak, não para os malditos agentes. — O soldado bateu seu bracelete contra o elevador, chamando o transporte para o nível deles. — Vocês estão bem daqui? Não posso ficar fora por muito tempo ou será notado.

— Ficaremos bem — disse Aurora. — Obrigada pela ajuda.

O soldado fez uma rápida saudação da DefenseCorp e voltou correndo pelo corredor. Coincidindo com essa partida, a porta do elevador se abriu, oferecendo à Sever sua própria fuga. Os três se amontoaram dentro, e Aurora pressionou o botão para o nível da baía de atracação.

— Certo, então não estamos mortos — disse Eponi. — O que eu aprovo. E há uma espécie de rebelião acontecendo aqui, o que é ótimo. Ainda assim, tenho que perguntar, por que estamos voltando para as baías de atracação?

— Porque a *Nautilus* está sob ataque — disse Aurora. — Hora de tornar isso convincente.

QUINZE

FINO COMO PAPEL

Joelhos esfolados. Um pulso quebrado por uma queda feia da bicicleta pedalando pelo bairro. Rovo não tinha sofrido um ferimento pior até vir para a DefenseCorp, onde em questão de meses ele tinha levado tiros de laser de treinamento e reais no peito, nas costas, nos joelhos, braços e no rosto. Armaduras potentes e coletes protetores tinham amortecido a maioria deles, e o que passou tinha sido remendado pela equipe médica da *Nautilus*, muito parecido com este.

Exceto que ele nunca tinha levado um tiro nos pulmões como este. Sem proteção além de sua camisa casual, o ferimento doía mais do que os escombros caindo da torre em colapso em Wexer. Os medicamentos da enfermaria amenizavam a dor por um tempo, embora seus efeitos colaterais retorcessem as outras entranhas de Rovo, embaçando sua visão até que cada olhar parecesse ter sido borrado com óleo.

Cada respiração arranhava e queimava, como se o oxigênio que Rovo inalava tivesse que empurrar através de uma floresta carbonizada e esponjosa.

O que Rovo precisava, queria, era uma cama e uma longa semana para se recuperar.

Em vez disso, Rovo tinha o braço forte de Gregor enganchado sob seus ombros, segurando-o enquanto o elevador se abria de volta no mesmo andar que havia rendido a Rovo seus ferimentos a laser.

— Oh, viva — disse Rovo quando as portas revelaram o corredor familiar, cheio de sinais de advertência.

Como o de cima, como todos os corredores da *Nautilus*, este brilhava em vermelho. Os invasores poderiam chegar até aqui também, roubar algum grande segredo da Defense-Corp e fugir com ele. Piratas infames, levando o que não lhes pertencia.

Claro, os piratas eram eles. Esquadrão Sever, um bando de ladrões descontentes. Era a isso que Rovo tinha sido reduzido, seu glorioso-

— Foco. — Gregor puxou Rovo para fora do elevador, para o corredor e em direção à porta de uma sala muito específica, *Armas 3*. — Não falta muito.

— Para você, talvez — disse Rovo. — Para mim, isso é uma maratona.

— Então corra.

Nenhuma simpatia desse cara. Gregor sempre parecia tão obcecado com a missão. Não podia se incomodar com um pingo de compaixão.

— Você me odeia, Gregor? — disse Rovo. — Porque, tipo, não sou fã dessa atitude rude.

Gregor não parou de se mover. Embora Rovo achasse difícil distinguir formas com sua visão distorcida, não parecia que alguém tinha reivindicado este corredor ainda. Nenhum esquadrão passando por aqui. Talvez porque os laboratórios de armas estivessem tão profundos dentro da

Nautilus quanto se podia chegar: se os invasores chegassem até aqui, provavelmente já teriam tomado a nave.

— Você está delirando — disse Gregor. — Ande. Será mais fácil.

Claro, mais fácil para ele talvez. Quando Gregor alcançou a porta, ele deixou Rovo ficar de pé sozinho enquanto o homenzarrão se debruçava sobre a porta de *Armas* 3. Já havia um aviso do lado de fora, fechando a sala devido a um acidente. O scanner de crachá, procurando por uma pulseira, brilhava em vermelho raivoso para eles, um tom que combinava bem com a cor atual do corredor.

Será que tinham coordenado isso, quem quer que tenha projetado tudo isso?

— Ei — disse Rovo, cambaleando em direção à parede e se apoiando com um braço fraco. — Você acha que isso tudo foi planejado?

— Sim — disse Gregor. — Desde o momento em que fugimos da instalação em Wexer, acredito que quem quer que comande esses agentes decidiu nos trazer para a *Nautilus* com a melhor isca que puderam oferecer. Talvez eles realmente queiram Kaia, mas mais do que isso, acredito que eles nos querem mortos.

— Claro, é isso que eu quis dizer — disse Rovo, perseguindo as conexões que Gregor fazia como um cão pulando em folhas caindo. Ele pegou uma ou duas e deixou o resto ir. — Não tem como eles acharem que podem manter Dynas em segredo. Muitas pessoas sabem.

— Não para sempre — disse Gregor. — Apenas o suficiente. Nós desertamos, eles entraram em pânico.

— Porque nós arruinaríamos a festa deles? — Rovo se encostou completamente na parede do corredor, olhando para o outro lado onde um pôster exigia segurança em primeiro lugar com um cientista de colete dando um polegar para cima para a câmera. — Tipo, por quê?

— O medo faz as pessoas fazerem coisas estúpidas.

Rovo podia concordar com isso. Não que ele tivesse conhecido o medo real, não realmente. Mesmo em Dynas, o caos e a alienação de toda a missão superaram qualquer medo por si mesmo. Wexer, bem, Wexer tinha sido uma corrida desesperada pelo Talpa. Mesmo aqui, mesmo sentindo seus pulmões lutarem a cada respiração, o medo não estava no topo de sua lista emocional.

Não significava que Rovo não pudesse fazer coisas estúpidas, no entanto.

— Você vai conseguir atravessar essa porta alguma hora? — Rovo perguntou enquanto Gregor continuava a encarar o painel.

— Não tenho certeza — respondeu Gregor. — Eu esperava encontrar outra pessoa aqui embaixo para usar.

— Por que não usar aquele rifle?

— Atirar no painel não vai funcionar — disse Gregor. — Eles são protegidos.

— Você sabe disso, hein?

— Os filmes são os filmes. Isto é a realidade, novato.

Rovo assentiu, um movimento que lançou sua cabeça para frente e para trás mais do que ele esperava. O controle muscular ainda estava falhando. Ele colou ambas as palmas nas paredes do corredor para se firmar.

— Então que tal você atirar na porta? — disse Rovo. — Tente bem no meio.

Gregor se afastou do painel. Inspecionou a porta. Parecia cético.

— Escuta, cara — disse Rovo. — Há orçamentos para tudo. Eles não vão blindar todas as portas da nave, e por que fariam isso com estas?

— Porque estes são laboratórios de armas?

— Sim, e você pode proteger estes com portas blindadas, mas não as vejo ativadas agora. — Os pensamentos vinham fluindo de alguma névoa interior, uma série de epifanias possíveis porque Rovo não sentia mais que nenhuma ideia era idiota, era absurda demais. — Tipo, quem se importaria se não houvesse um experimento ativo acontecendo lá dentro?

Gregor emitiu um grunhido-suspiro combinado que transmitiu um desprezo fulminante na direção de Rovo, mas o novato, embriagado pelo brilho invencível dos quase mortos e drogados, ignorou e se arrastou mais um metro para longe da porta. Gregor recuou para o centro do saguão, mirou o rifle e, com um último revirar de olhos para Rovo, puxou o gatilho.

Dez raios azuis atingiram o corpo prateado da porta, afundando na barreira e deixando buracos chamuscados. O metal fino, não projetado para lidar com energia e calor, se enrolou ao longo das bordas dos raios, deixando um portal crivado implorando para ser chutado.

— Eu não te disse? — falou Rovo.

— Talvez eu te dê pouco crédito. — Gregor se aproximou da porta e deu um chute completo.

O painel enfraquecido se amassou e girou para dentro, suas amarras à esquerda se agarrando com força suficiente para evitar o colapso total da porta. Mesmo assim, a ruína já não podia mais ser chamada de barreira.

— Viu só? — disse Rovo, mais uma vez adotando sua posição no ombro de Gregor. — Eu estou sempre certo.

— Está mesmo? — questionou Gregor segundos depois, quando estavam em uma sala de ciclagem que, acreditando que a porta principal estava aberta — uma crença correta, na verdade — mantinha seu portal interno fechado. — Então, o que você me diz disso?

— Se funcionou uma vez, funcionará duas?

Rovo não se chamaria de gênio — pelo menos, não em voz alta — mas o que quer que aqueles cirurgiões tivessem lhe dado tinha transformado seu cérebro em puro fogo. Ele se sentou no chão da pequena câmara e assistiu Gregor disparar mais alguns tiros a laser sobre ele, riu uma risada rouca enquanto eles perfuravam a porta interna assim como haviam feito com sua irmã externa. Gregor deu outro chute sólido e eles estavam dentro.

A enorme armadura energizada pendia no meio da sala, inalterada. Cicatrizes de explosão salpicavam o chão atrás dela, onde Rovo havia lutado por sua vida. O centro de controle ostentava suas próprias adições, enegrecido e soltando faíscas conforme os tiros de Gregor atravessaram a porta e seguiram em frente.

— Não posso dizer que queria ver esta sala de novo — disse Rovo.

— Então não olhe.

Gregor, um comediante nato.

A reviravolta veio quando Rovo, que esperava totalmente ser a carga arrastada de Gregor nesta empreitada, viu seu companheiro musculoso erguê-lo e carregá-lo em direção à armadura.

— Odeio te decepcionar, amigo, mas não vou caber nessa coisa — disse Rovo enquanto Gregor o apoiava na frente do traje aberto.

— Ela vai se ajustar.

— Vai precisar de muito ajuste.

— Fique quieto, novato, e fique parado.

Bem, tudo bem então. Rovo esperaria que o traje provasse que Gregor estava errado. Com sua visão embaçada, Rovo achou as luzes de escaneamento verdes uma viagem que fazia seus olhos lacrimejarem. O traje sibilou, tilintou e estourou enquanto suas várias placas, engrenagens e parafusos se ajustavam para acomodar a forma mais, ahn, esguia de Rovo. Enquanto o tamanho total da armadura permanecia o mesmo, as camadas internas se apertaram, finalmente piscando pronta com um trinado brilhante totalmente em desacordo com o propósito da armadura.

— Lá vai você — disse Gregor, e empurrou.

Rovo não teve tempo de protestar. Ele caiu na armadura, seus pulmões levando um doloroso baque quando o corpo de Rovo se acomodou nas dobras. A armadura registrou sua aproximação, se encaixou no lugar. O visor ganhou vida, e linhas estranhas começaram a rolar pela tela sobre seus olhos. Linhas falando sobre ajustes ao piloto, compensando por seus ferimentos, por sua visão alterada.

Com a boca se abrindo tanto quanto o capacete permitia, Rovo sentiu a armadura implantar seu próprio aconselhamento médico. Novas picadas pontilharam a pele de Rovo enquanto o traje o injetava com fluidos de emergência, com adrenalina para mantê-lo alerta, com mais agentes anestésicos para afastar a dor de sua recente cirurgia.

— Como? — perguntou Rovo quando o traje se estabeleceu em seu estado operacional estável, deixando Rovo se sentindo, se não incrível, pelo menos funcional.

— Eu notei a avaliação antes — disse Gregor, de pé exatamente onde Rovo estava antes de Zaydi agir como um assassino contra ele. — O traje, acredito que seja destinado a operações de resistência. Longo prazo, pouco reforço.

— Manter o soldado em ação. — No início, Rovo admirou a engenhosidade, então percebeu o que isso realmente significaria. — Então eles poderiam nos enviar para mais longe, por mais tempo.

Gregor assentiu. — Talvez seja bom que nos aposentamos quando o fizemos.

— Aposentamos? Claro.

Rovo e Gregor continuaram conversando sobre planos enquanto o novato sentia o traje. As cicatrizes de explosão do centro de controle não impediram Gregor de liberar a armadura energizada de suas restrições, e Rovo cambaleou, então andou, e até mesmo saltou pela sala com ela. Apesar de todos os seus sofisticados aprimoramentos para salvar vidas, a armadura energizada ainda parecia familiar: impulsionadores cinéticos, compensadores de peso para cada membro, e um visor que captaria ameaças potenciais e as espalharia pela tela.

Esse último se manifestou quando Rovo completou outro circuito, certificando-se de que podia mover tanto as pernas quanto os braços simultaneamente sem desmaiar. Apesar da assistência da armadura energizada, a droga ainda era pesada, e definitivamente não estava dentro das recomendações médicas do cirurgião para a recuperação de Rovo.

O visor respingou vermelho atrás e então, conforme Rovo se virou, na frente. Vermelho geralmente significava armas apontadas para o traje, ou perto o suficiente para que as bilhões de câmeras do traje pudessem considerá-las ameaças.

Desta vez, essas ameaças pertenciam a dois agentes, seus uniformes vermelho e preto obstruindo a pequena entrada que Gregor havia explodido.

— Companhia — disse Gregor enquanto Rovo se colocava entre os agentes e seu companheiro de esquadrão. — Você lidera?

— Pela primeira vez, sim — concordou Rovo. — Você consegue lidar com o fato de eu estar te protegendo?

Os agentes, ambos parecendo jovens demais para saber onde estavam se metendo, tinham pistolas erguidas. Embora parecessem prestes a entrar correndo na sala, ver Rovo provocou uma retirada apressada, seguida por uma ameaça gritada para desarmar e se render.

— Eu não preciso de proteção — respondeu Gregor — mas seria divertido ver você esmagá-los.

— Então não vamos nos render?

— Acho que não.

— Tudo bem então.

Rovo marchou em direção à pequena câmara, girando de lado para permitir que a armadura passasse. Mesmo com a volta, ele esmagou os restos da porta, quebrando-a e entrando no saguão com a graça de um bufão bêbado.

Os dois agentes haviam se separado, um de frente para as costas de Rovo, o outro para seu rosto. Ambos dispararam suas pistolas, os míseros raios ricocheteando na armadura sem o menor efeito. Apesar de seus pulmões queimados, seus ossos contundidos e uma dor de cabeça entorpecida pelas drogas, Rovo abriu um sorriso arrogante, preparando os impulsionadores cinéticos do traje para o combate.

Ele poderia se divertir um pouco hoje, afinal.

DEZESSEIS

POR TRÁS DO VIDRO

Uma semana após a missão, o capitão de Aurora finalmente disse a ela para fazer algo sobre Deepak ficar por perto depois das sessões de treinamento. Aurora explicou tudo para o oficial júnior, dizendo diretamente a Deepak que Sever, como todos os outros esquadrões, estava ali pelo dinheiro.

— E somos muito bons — continuou Aurora enquanto compartilhavam mais um almoço no refeitório. — Nos dê o que merecemos.

Deepak não recuou diante da crítica, nem tentou descartá-la, mas respondeu à sugestão de Aurora com a mesma seriedade que ela colocou nela. Ele pousou o garfo e a faca, estendeu a mão, e Aurora, depois de olhá-la com curiosidade, apertou-a.

— Você quer um papel de destaque, você tem — disse Deepak. — Você está certa, pode lidar com isso.

O próximo trabalho seria dali a algumas semanas, e Sever passou essas semanas animado, treinando mais duro que antes. Nas horas entre as sessões de treinamento,

Aurora ajustava sua armadura potencializada, ia a briefings extras para quem estivesse interessado em liderança de esquadrão - e o dinheiro extra que vinha com isso, e continuava encontrando Deepak.

Almoços, jantares e algumas noites passadas no convés de observação da *Nautilus*, falando sobre trabalho e um pouco de tudo mais. Aurora nem tinha problemas em admitir que gostava de Deepak, sua alegre devoção ao dever, e o homem tinha um jeito de conseguir os melhores vinhos no cruzador. Ela encontrou as rotas mais rápidas e menos percorridas da cabine dele para a dela e vice-versa, uma missão para dois.

E quando a missão chegou, e Deepak colocou Sever exatamente onde queriam estar, ele não piscou para Aurora desta vez. Em vez disso, Sever ganhou o olhar confiante de Deepak, e Aurora correspondeu ao seu olhar firme.

Pronta.

Finalmente.

A caminhada até a eclusa de ar, onde Aurora, Sai e Eponi deveriam ser lançados no éter negro, provou ser uma oportunidade fértil para buscar ideias. Quando você está a poucos passos da morte, há uma liberdade que se instala, moldando as possibilidades e permitindo que as criativas surjam e ganhem força.

Renard, o bastardo que havia se infiltrado na *Nautilus* com seus agentes em enxame, sentia que tinha o controle. Ele podia estalar os dedos e ter um grupo de atiradores disfarçados surgindo e exigindo seus desejos à ponta do rifle. Mesmo assim, a *Nautilus* abrigava milhares e milhares de soldados da DefenseCorp. Soldados que deviam sua lealdade ao almirante e à divisão de tropas terrestres da DefenseCorp. A maioria dos esquadrões tinha comandantes que, como Aurora, mantinham o braço clandestino da Defense-Corp à distância.

Muitas vezes, a inteligência pré-missão havia se transformado em uma estratégia de encharcar o adversário em corpos até que eles desistissem. Esses corpos nunca eram de agentes.

— É por isso que, se deixarmos claro para esta nave o que está acontecendo, teremos os soldados do nosso lado — disse Aurora enquanto seguiam pelo corredor iluminado de vermelho em direção aos berços de atracação. — Superaríamos os agentes em número e poderíamos expulsá-los desta nave.

— Ainda não entendo por que você acha que todos lutariam por nós — disse Eponi. — O que Deepak vai fazer quando Renard disser para ele ignorar sua ordem?

— Ele não terá chance — respondeu Aurora. — Porque você não vai dar a Deepak ou Renard uma escolha.

— Parece que não vou ficar muito feliz com o que você vai dizer a seguir.

Como se Aurora se importasse. Eponi faria o que sua comandante precisava, não porque Aurora tinha alguma posição real em sua hierarquia pós-DefenseCorp, mas porque se Eponi fizesse algo diferente, acabaria morta.

Depois de explicar os detalhes para a piloto, Aurora deixou Eponi e Sai no berço da *Prisa*. Aurora pegou suas armas, exceto a espada de Sai, e com a promessa de entrar em contato após executar o plano, partiu sozinha.

Convencer uma nave de que os atacantes não estavam vindo de fora, mas, em vez disso, estavam semeados por dentro, não seria fácil. A mudança tinha que ser dura, tinha que ser total. Fazer com que cada esquadrão tratasse qualquer outra pessoa como uma ameaça.

E apostar que os agentes, uma vez ameaçados, se entregariam.

A *Nautilus* tinha sua ponte massiva, e a maioria das comunicações passava por lá. Mas não todas. Naves desse tamanho precisavam de uma base de backup, um lugar que pudesse se tornar o convés de comando de fato se a ponte fosse incapacitada por fogo inimigo ou acidente. A *Nautilus* tinha seu centro de comunicações no segundo nível, próximo ao Intendente e acima dos motores.

Oposto à ponte, com proteção máxima.

Andando pelo corredor, solitária no vermelho, misturava-se com as expectativas de sua memória. A *Nautilus* existia para ser barulhenta. Para ser ativa. Para que seus corredores fervilhassem com negócios sendo feitos. A cada passo ecoante ao longo do piso transparente, a sensação de erro da nave aumentava. Como se Aurora tivesse se transplantado da realidade para uma ficção mais limpa e terrível.

As próprias ações de Deepak contribuíam para a corrosão. Ele havia sido um amigo ocasional de Aurora, sempre um colega respeitado, e ainda assim, ele havia girado a faca de Renard. Havia mil coisas que o almirante poderia ter feito para avisar Aurora, para avisar Sever. No corredor silencioso, Aurora as enumerava enquanto caminhava, desde transmissões secundárias secretas, até notas escritas, até palavras-código do esquadrão que os agentes que o observavam poderiam não entender.

— Era realmente porque você se importa tanto assim com essa nave? — Aurora perguntou a si mesma enquanto passava pelo último ancoradouro, onde a *Nautilus* fazia a transição da área de carga para tudo que dava suporte à grande embarcação.

A ideia não fazia sentido algum. Os agentes sempre foram uma força mais coesa e reduzida. Eles nunca poderiam tomar a *Nautilus* a menos que Renard retirasse todos os agentes de todos os lugares e os colocasse na nave, uma impossibilidade. Deepak devia estar interpretando mal a situação, ou sabia de algo grande que Aurora não conseguia imaginar.

À frente, após uma breve seção destinada ao refinamento rápido de materiais voláteis retirados das naves visitantes, as letras brilhantes do Intendente atraíam Aurora. Ainda não havia ninguém, o que parecia estranho, considerando a ordem de invasão. Os esquadrões da *Nautilus* deveriam estar pressionando os ancoradouros, garantindo lugares como a Intendência que poderiam ser valiosos para um inimigo atacante.

Mas se os soldados não estavam aqui, então onde estariam?

As dez janelas da Intendência estavam fechadas, apresentando uma longa parede sem muito mais a oferecer. No extremo oposto, Aurora podia distinguir a transição, com bandeiras azuis, para o centro de comunicações secundário. Até agora, a marcha deserta tinha sido estranha, mas dificilmente perigosa. Depois de quase ter sido lançada ao espaço, Aurora não iria reclamar.

A paz durou até que ela passou pela terceira janela. Aurora mantinha sua pistola em punho, abaixada na altura da cintura, tão firme que ela a ergueu rapidamente quando a persiana se retraiu. Seu dedo no gatilho exerceu contenção quando Aurora viu uma mulher mais velha em pé atrás de um robô assistente, usando os braços finos da máquina como cobertura.

— Não me diga que isso foi um acidente — Aurora imprimiu suas palavras com lâminas.

— Não, não — a mulher respondeu —, preciso falar com você antes que cometa um erro.

— Então fale.

A mulher balançou a cabeça. — Aqui não. Eles estão esperando por você agora, mas logo virão procurar. — À esquerda de Aurora, entre a quarta e a quinta janela, uma porta de serviço se abriu silenciosamente. — Venha para cá, onde é seguro.

Atrás dos balcões da Intendência? Mesmo desconsiderando a situação atual, Aurora nunca havia estado lá atrás. O lugar tinha tantas salvaguardas, segurança e auditorias que qualquer soldado burro o suficiente para ir bisbilhotar se veria rebaixado a serviço de guarda em segundos.

A curiosidade, e a insinuação da mulher sobre uma emboscada muito mais adiante, levaram Aurora até a porta de serviço e através dela. A cautela manteve a pistola de Aurora erguida.

Após um corredor de entrada de um metro, Aurora descobriu o segredo guardado atrás das janelas fechadas, dos balcões e dos robôs: os espaços de armazenamento da Intendência eram lindos. Mercadorias empilhadas em prateleiras se estendiam até onde Aurora podia ver — ou, pelo menos, era essa a sensação que a iluminação cristalina proporcionava. O zoológico de itens necessários para atender às inúmeras necessidades da tripulação da *Nautilus* se aglomerava em longas fileiras, cruzando-se aqui e ali conforme julgado apropriado pelos deuses que controlavam esse paraíso embalado.

Os elogios fluidos que avançavam pelas impressões de Aurora nasciam do brilho multicolorido que decorava cada fileira, cada seção, cada contêiner. Como se envolta em lampejos etéreos, cada ponto que se estendia em todas as direções à frente de Aurora parecia pegar fogo luminescente, as prateleiras resplandecentes, seus itens pequenos milagres a serem escolhidos pelos robôs afortunados.

— Um pouco demais, não é? — disse a mulher que convidara Aurora, agora livre de seu escudo robótico. — Vejo que você está tendo a mesma reação que a maioria tem quando vem aqui pela primeira vez. — Ela riu uma vez, um riso curto e agudo. — É tudo muito bonito quando você vê pela primeira vez. Tente olhar para isso por horas, dias e anos.

— Mas... por quê? — Aurora não pôde deixar de perguntar. Que um espaço tão resplandecente estivesse escondido aqui o tempo todo, e Aurora não era nenhuma admiradora de beleza, parecia um crime. — Qual é o propósito?

— Ah, é tudo para os robôs. As luzes refletidas lhes dizem à distância exatamente onde estão localizados os itens entre nossos milhões. É tudo muito sofisticado.

Aurora sabia reconhecer uma deixa quando ouvia uma. A mulher não a chamara aqui para discutir as minúcias da Intendência. Com esforço, Aurora desviou os olhos dos brilhos e se concentrou na mulher, nos robôs imóveis atrás dela, esperando em janelas fechadas por clientes que não viriam.

— Então estou aqui — disse Aurora, lembrando-se de que ainda segurava sua pistola e optando por não apontá-la para o rosto da mulher. A funcionária da Intendência vestia seu uniforme, mantinha as mãos visíveis e parecia tão ameaçadora quanto um Talpa peludo de volta a Wexer. — O que você queria me dizer?

— Que seu plano não vai funcionar.

— E como você sabe do meu plano?

A mulher inclinou a cabeça com o olhar que os pacientes dão aos seus inferiores. — Você deveria estar morta, e em vez disso está aqui, indo em direção ao centro de comunicações. Não é preciso muito para discernir suas intenções.

Aurora deu de ombros. — E daí?

— Então talvez você devesse mudar suas táticas — disse a mulher. — Eu dei a um associado seu um pequeno drive. Nele, há informações que ajudariam você. Por acaso, ele lhe entregou?

— Um associado? — disse Aurora. — E não, não tenho drive nenhum.

— Claro que não tem. — A mulher estalou a língua, acenou para o inventário brilhante. — Tudo isso vai se voltar contra nós muito em breve. A DefenseCorp está fazendo mudanças, e quando terminarem, você, eu e todos os outros soldados a bordo desta nave seremos desnecessários.

Aurora se afastou da mulher, ganhando espaço para apontar sua pistola. — Você não é apenas uma assistente da Intendência, é?

— Olha só o que temos aqui — disse a mulher, mais para o robô à sua esquerda do que para Aurora. — Rara é tamanha inteligência nos esquadrões.

Os esquadrões? Cada insulto tinha suas origens, seu lar. Esquadrões, dito daquela maneira, não era diferente.

— Agente — disse Aurora, desta vez apontando a pistola diretamente e pronta. — Pare com as palavras enigmáticas e me diga por que eu não deveria queimar você aqui mesmo?

Se a ameaça teve algum efeito, a mulher não o demonstrou. — Diga-me, Aurora. Por que você escolheu se juntar ao esquadrão Sever?

— Não brinque comigo — Aurora replicou. — Meus amigos estão em perigo, e eu não tenho tempo.

Isso, pelo menos, pareceu merecer um aceno respeitoso. Talvez a agente achasse que Aurora não soubesse muito além de armas e missões, mas pelo menos Aurora se mantinha fiel às suas prioridades.

— Tudo bem. Nem todos nós queremos o que Renard deseja — disse a mulher. — Se há alguma parte da Defense-

Corp que teria um grupo oculto trabalhando contra ela, seria a nossa. A *Nautilus* está na linha de frente de um plano maior, no qual você tropeçou por acidente porque aquele cientista não aguentava mais Dynas.

Aurora cortou as palavras, procurando a carne por trás da gordura.

— Então você quer que a gente impeça o Renard — disse Aurora — de fazer o que quer que ele esteja planejando. Já estamos nisso, caso você não tenha percebido.

— Ah, não é só o Renard — disse a mulher. — A DefenseCorp está em um ponto de inflexão. Dinheiro não é mais suficiente para alguns que veem uma oportunidade em uma galáxia sem competição. Precisamos lembrá-los de que o castigo pelo poder é severo demais para suas ambições.

— Fale diretamente.

A mulher suspirou. — Você quer seu objetivo? Quer sua insurreição nesta nave? Então deixe-me ajudar. Talvez possamos conseguir o que estamos procurando no final.

— Ótimo. Que bom que você está dentro — Aurora começou a voltar para a porta e o corredor do outro lado. — Vem?

— Um momento — disse a mulher. — Antes de nos precipitarmos contra o inimigo, por que não nos certificamos de que estamos preparadas?

Aurora olhou para sua pistola, uma coisa padrão com uma bateria boa para algumas dúzias de tiros antes de se esgotar. A agente podia ter razão.

— Tudo bem, mas rápido — disse Aurora, então estalou os dedos da mão esquerda quando a agente começou a voltar para as prateleiras, atraindo o olhar da mulher para si. — E qual é o seu nome?

— Vana — respondeu a mulher. — Embora você não vá encontrar nada se for procurar.

Aurora balançou a cabeça enquanto elas voltavam para as prateleiras, caçando armas. Sempre como uma agente, assumindo uma agenda.

Vana não estava errada, mas Aurora não se importava com ela. Ela tinha agentes mais importantes para destruir, companheiros de equipe para salvar.

DEZESSETE

SIGA O PLANO

A *Prisa* estava onde Sai e Eponi a haviam deixado. Uma mancha ainda marcava o chão da área de atracação, levando das portas à rampa de embarque da nave, que agora descia para encontrá-los depois que Eponi inseriu o código de desbloqueio na estrutura frontal da *Prisa*. Diferentemente do saguão, a área de atracação mantinha sua iluminação branco-prateada, seus sons silenciosos, sua sensação de vazio.

— Para uma nave sendo invadida, está bem calmo — Sai comentou enquanto a rampa da *Prisa* tocava o chão.

— Não somos nós que deveríamos mudar isso?

Aurora havia mencionado a tática de intimidação como o plano, e o trio havia discutido uma maneira de fazê-lo. Uma forma que parecia difícil na conversa e se mostrava ainda pior conforme Eponi e Sai se preparavam para colocá-la em prática.

— Não vai ser fácil — disse Sai enquanto subiam a rampa. — Você já liderou um ataque a uma nave antes?

— Sai, eu sou piloto de kart. — Eponi lançou um olhar de nojo para os pedaços carbonizados ainda grudados no chão central da *Prisa*. — Além disso, quando foi a última vez que a DefenseCorp nos enviou para um conflito espacial?

Fazia muito tempo. Sever tinha seu papel a desempenhar, um ligado a ataques terrestres. A *Nautilus* não era uma embarcação ágil caçando piratas ou reprimindo frotas corporativas atrevidas que desafiavam a dominância da segurança espacial da DefenseCorp. Em vez disso, a gigantesca força de Deepak se arrastava de mundo em mundo, pairando nos céus e enviando suas ondas fatais para a superfície dos planetas.

— Acho que teremos que aprender rápido — disse Sai. — Em qual torre de artilharia você quer que eu fique?

— Em nenhuma. — Eponi continuou em direção à cabine. — Menos preciso, mas você pode controlar as duas daqui. Se entrarmos numa briga de verdade, estaremos perdidos de qualquer jeito, então é melhor você ficar onde eu possa te culpar quando as coisas derem errado.

— Estou empolgado.

— Aposto que sim.

A cabine da *Prisa* apresentava quatro assentos em uma formação dois por dois, colocando o piloto e o copiloto na frente e no centro, enquanto os dois assentos traseiros ofereciam visões e consoles para gerenciamento de sistemas. Vindo de uma carreira em naves de desembarque, onde Sai passava seu tempo trancado em um sistema de artilharia na parte de trás, sentar-se em um lugar onde podia ver muita coisa parecia uma novidade.

— Você já fez isso antes? — perguntou Eponi enquanto Sai mexia nos consoles, alternando entre potência do motor, força do escudo e armas.

— Na verdade, não. — Sai deslizou, encontrou ambas as torres e dividiu seus controles nas laterais da tela. — Eu literalmente uso os dedos para apontar e atirar?

— Literalmente.

— Isso vai ser terrível. — A maioria dos sistemas de artilharia tinha alças, um deslizar suave para apontar os canos para onde você queria. Sai tentou mirar ali mesmo na baía, e conseguir uma visão fixa da porta levou várias oscilações. — Como alguém poderia acertar alguma coisa assim?

— Vou te lembrar do que eu disse há um minuto. Se entrarmos numa briga, vamos perder — disse Eponi. — Se isso realmente acontecer, vou colocar as torres no controle automático até você voltar para uma. Mas vamos torcer para que o plano da Aurora dê certo e não tenhamos que te ver bancando o atirador de laser.

— Tô de acordo.

Sai não queria considerar usar o automático. Deixar um computador fazer a mira parecia a melhor opção, com os reflexos rápidos, cálculos precisos e tudo mais. Em vez disso, passar o tiro para uma IA significava ensiná-la, no meio da luta, se um alvo era inimigo ou amigo, se deveria matar ou incapacitar, quanta energia gastar. Um ninho complicado que não valia a pena enfrentar enquanto alguém mais atirava laser quente no seu casco.

A *Prisa* flutuou acima do chão da baía quando Eponi ativou os motores. As estruturas se retraíram enquanto o sistema de comunicação borbulhava com o primeiro contato da *Nautilus*. Eponi olhou para a chamada recebida e, quando ela não atendeu, Sai o fez.

— Não quer que eles nos prendam aqui, quer? — disse Sai.

— Ah, você vai encantá-los com seu papo suave? — Eponi retrucou.

O oficial do outro lado do sistema de comunicação tossiu, um som alto com um único propósito. Sai e Eponi se calaram, embora ela tenha girado a *Prisa* para que seu nariz ficasse de frente para o escudo fechado da baía que levava ao espaço. A parede de metal em branco apresentava a barreira principal contra o vácuo, complementada pelo campo magnético comum destinado a impedir que o oxigênio escapasse toda vez que uma nave entrava e saía.

— Uh, *Prisa*, estamos em confinamento no momento — disse o oficial na comunicação. — Temos que manter as portas fechadas até que a situação volte ao normal.

— Você sabe qual é a situação? — perguntou Sai enquanto Eponi carregava as armas, desviando a energia que seria empurrada para os motores da *Prisa* para as baterias que a transformariam em luz escaldante. — Porque eu garanto que não é o que você pensa.

— Não tenho certeza do que você quer dizer — respondeu o oficial após uma longa pausa. — Os códigos são claros. Há elementos perigosos-

— E se as pessoas que estão dando os códigos forem as perigosas? — Outra longa pausa. Sai silenciou seu lado, virou-se para Eponi. — Você está pensando em abrirmos caminho à força?

— Estou pensando em dar a esse cara uma chance de poupar sua nave de algumas cicatrizes dolorosas.

Sai assentiu, tirou o mudo enquanto o oficial terminava alguma desculpa confusa. Sempre havia aquelas, as desculpas. Qualquer um que não quisesse ver podia encontrar maneiras de permanecer cego.

— É isso que você vai fazer — disse Sai — e você vai fazer isso não porque está na sua lista de códigos, ou porque um oficial superior te mandou. Você vai seguir minhas instruções porque uma navezinha como a nossa não pode machucar a *Nautilus* por fora, mas aqui dentro? Somos bem perigosos.

Nada como ameaçar seu antigo lar.

O oficial, aparentemente não familiarizado com ataques vindos de dentro de sua própria área de atracação, ficou em silêncio novamente. Sai lhe deu duas batidas do coração, então voltou para suas torres.

— Pronta para ir? — Sai perguntou a Eponi. — É provável que estejam mandando um esquadrão em nossa direção.

— Ah não — respondeu Eponi. — Estou tão assustada.

— Eu não vim aqui para matar soldados da Defense-Corp, Eponi.

— Queria que eles compartilhassem da sua atitude. — Eponi centralizou a *Prisa* na parede de saída. — Pode atirar.

Sai encerrou a chamada com o oficial, tocou no console e observou enquanto as torres da *Prisa* liberavam uma torrente verde e irregular. Os lasers superaqueceram e vaporizaram a barreira de metal enquanto Sai direcionava os canhões para esculpir um buraco grande o suficiente para a *Prisa* atravessar. Dentro da nave, além do show de luzes, a destruição não oferecia som nem cheiro. Como assistir a um filme.

— Lá está o esquadrão — disse Eponi, franzindo a testa.

— Como você sabe? — Sai continuou disparando. Os lasers estavam prestes a abrir uma lacuna larga o suficiente. — Não sobrou nenhuma câmera funcionando?

— Nossos escudos traseiros estão sendo atingidos — disse Eponi. — É bonitinho como eles acham que podem atravessar.

— Vamos não dar a eles mais chances do que precisamos. — Sai apontou para o buraco escancarado, laranja e preto ardente à frente deles. — Acha que consegue voar através disso?

— Pode deixar alguns arranhões, mas se é o que tenho para trabalhar...

— É sim.

Eponi acelerou a *Prisa* e a nave saltou como uma mola enrolada liberada. Sai fechou os olhos enquanto a nave se chocava contra os danos que ele havia causado, alguns guinchos dilacerantes vazando para dentro conforme o trabalho das torres de Sai se mostrou insatisfatório.

Mas eles estavam do lado de fora. No espaço. Entre as estrelas.

— Sabe que esses reparos vão sair das suas contas, né? — disse Eponi enquanto girava a *Prisa* em um longo arco sobre a *Nautilus*. — Pintura nova não é barata.

— Se vivermos o suficiente para repintar esta coisa, eu pagarei com prazer. — Sai mudou seu console para os sensores da *Prisa*. Limpo e claro. A *Nautilus* estava zigueza-gueando em trânsito. Sem necessidade de escoltas. — Quanto tempo até que eles enviem alguém atrás de nós?

— Não sei, não me importo — disse Eponi, virando a *Prisa* de modo que a *Nautilus* pairasse acima de suas cabe-ças, como uma gigantesca lua de metal em um céu estrelado. — Posso não concordar com o grande plano de Aurora, mas agora estamos nos trilhos.

Presos a uma missão. Com que frequência isso aconte-cia? Sever tendia a receber um objetivo e encontrar uma maneira de entrar em uma dúzia de outras lutas ao longo do caminho, se debatendo através de uma confusão após a outra antes de emergir no final com o prêmio em mãos. Foi assim em Wexer, em Dynas, mas aqui?

Controlados e empurrados pelos corredores. Agora Sai e Eponi tinham uma chance, um caminho, e se não executas-sem, haveria outra estrela de vida curta e ardente ao redor da *Nautilus*.

Aurora tinha que acertar isso. Tinha que. A jogada era um salto, mas Sai não havia conseguido encontrar uma opção diferente. Não tinha pensado em nada além de hackear seu caminho através de alguns milhares de soldados para assassinar Renard, e mesmo que Sai colocasse a katana onde deveria, eles nunca sairiam vivos daquela ponte.

Então Eponi os colocou do lado de fora daquele grande escudo de vidro. Acelerando mais rápido que a *Nautilus* para cruzar a frente rochosa da gigantesca nave, descendo em direção à ponte, e então igualando a velocidade da *Nautilus* conforme Eponi girava a *Prisa*. Sem gravidade neste desastre do espaço profundo, nada desacelerava a *Prisa*, permitindo que a nave ficasse nariz a vidro com a ponte e seus milhares olhando para eles.

— Acene — disse Eponi, movendo sua mão em um lento vai e vem.

Eles eram pequenos. Tão malditamente pequenos. A *Prisa* era uma manchinha na frente da *Nautilus* e sua ponte, tão grande que Sai não conseguia ver ao redor. Como enfrentar o horizonte. Como ameaçar um deus.

— Isso é insano — disse Sai.

Se Sai se sentia atordoado, como se tivesse ido muito além dos regulamentos, das expectativas, Eponi não parecia nem um pouco abalada. Ainda acenando, com um sorriso maníaco estampado em um rosto que, de outra forma, mantinha uma concentração travada que Sai não podia deixar de invejar, Eponi parecia estar em seu elemento.

— Ah sim — disse Eponi, sem desviar o olhar da ponte. — Isso é o mais maluco que pode ficar, Sai. Estou adorando.

Com suas mãos se movendo, abrindo o comunicador e iniciando uma chamada direta para a ponte da *Nautilus*, Sai não conseguia se identificar com a emoção de Eponi. Adorando? Seus nervos pulsavam, ele engoliu em seco, e Sai sabia que preferiria cortar mil soldados a enfrentar uma nave no espaço.

— É como corrida de kart — disse Eponi, aparentemente alheia às guelras esverdeadas de Sai. — Você chega a um ponto onde é tudo ou nada. Você tem que ir em frente. Soa clichê, mas aqui estamos, cara. Aqui estamos, arriscando tudo.

— Claro — disse Sai com a boca seca. — A chamada está conectando.

— Você quer ser o mensageiro?

— Ok — Sai fechou os olhos, bloqueou todos aqueles pontos observadores na ponte e abriu seu microfone. — Chamando a *Nautilus*, aqui é a *Prisa* com um simples pedido. Se não cumprirem, vamos colidir com a ponte.

Sai respirou fundo, manteve a expressão neutra e, com Eponi acenando encorajadoramente, iniciou uma guerra.

DEZOITO

O novato fez seu trabalho. Gregor não precisou puxar o gatilho de seu rifle, nem avançar além da cobertura da porta enquanto Rovo usava a novíssima armadura potencializada, mesmo com suas armas inofensivas, para capturar e esmagar ambos os agentes, deixando-os inconscientes no chão do saguão.

— Não posso negar, isso foi muito bom — disse Rovo. — Ainda melhor, considerando que o resto de mim se sente um lixo.

— Sim — respondeu Gregor. — Esmagar ajuda a alma.

— Nunca tinha pensado nisso dessa forma, mas você pode estar certo.

Se as filosofias de Gregor pegariam ou não, entretanto, não era a questão do momento. À direita, o saguão experimental continuava em direção à proa da *Nautilus*, apresentando salas que poderiam oferecer armas, equipamentos ou alguma pista sobre o que estava acontecendo ali. À esquerda ficavam o refeitório, mais alojamentos e, eventualmente, os motores.

Sem um bracelete e um ID funcional, eles não tinham

uma boa maneira de usar os elevadores. Gregor olhou para o corpo de um agente, pensando se poderia usar os ossos flácidos do homem e o bracelete preso a eles como uma chave, mas o pequeno computador havia escurecido. Travado como os outros.

— Então, temos um plano agora? — perguntou Rovo enquanto Gregor confirmava que nenhum dos corpos poderia ser usado. — Pensei que estávamos voltando para as baías de atracação?

— Difícil fazer isso sem um bracelete — disse Gregor. — Você está ouvindo alguma coisa?

Rovo ainda tinha aquele Bug, o pequeno dispositivo preso na orelha do novato. Gregor não conseguia ver o novato ouvindo-o sem a armadura potencializada, nem ler qualquer expressão, mas quando os braços metálicos gigantes deram de ombros, isso forneceu resposta suficiente.

— Se eles estão falando, não estou captando — disse Rovo. — Acho que ainda estamos por nossa conta.

— Então vamos para os alojamentos — Gregor avaliou os riscos. — Podemos encontrar alguém que conhecemos, ou alguém que possamos convencer a conseguir um elevador para nós.

Rovo não objetou, e os dois partiram pisando forte sob a luz vermelha em direção ao refeitório. As costas de Gregor coçavam sem o peso familiar de seu martelo, e ele não gostava da empunhadura do rifle em mãos sem as luvas da armadura potencializada. Ver Rovo avançando ruidosamente à frente parecia estranho para Gregor, uma inversão de posições. O novato deveria ser aquele se escondendo atrás das pernas blindadas de Gregor.

Mas as missões zombavam do usual, e esta missão havia deixado o normal tão para trás que Gregor não podia mais se ater a ele.

— Como me saí lá atrás? — disse Rovo enquanto passavam pelas salas de preparação para os laboratórios atrás deles. Armários empilhados com trajes de proteção, todos trancados com painéis de luz vermelha. — O traje está dizendo que não levei nenhum golpe real. Acho que não foi mal, certo?

— Por que você está me perguntando?

— Porque você é o brutamontes desta equipe. Eu não faço muito trabalho corpo a corpo. Movimentei os pés corretamente? E o movimento de finta e jab no primeiro?

— Não sei.

Rovo parou depois disso. Gregor afastou uma carranca, mantendo a expressão impassível habitual. Ele não era o instrutor do novato. Inferno, o novato nem era mais um novato. Depois de Dynas e Wexer, Rovo havia visto e feito o suficiente para ganhar seu status de membro pleno da equipe Sever. O garoto teria que receber seu próprio feedback, aprender suas próprias lições.

Era isso que Gregor havia feito. Desde seu primeiro destacamento até o último, Gregor havia avaliado cada soco dado, cada golpe de martelo, e analisado como poderia acertar mais forte e mais rápido na próxima vez. Até agora, tinha funcionado.

— Ei — disse Rovo quando se aproximavam do refeitório. — Estou captando algo no Bug.

Gregor deu mais uma olhada para trás, confirmou que não havia outros agentes, nem outras equipes se esgueirando atrás deles. O refeitório estava trancado como todas as outras câmaras, mas com a armadura potencializada de Rovo, eles poderiam atravessar diretamente quando precisassem se mover.

— De quem?

— Uh — disse Rovo. — Não é quem eu esperava.

— Isso não é uma resposta.

— Certo — disse Rovo. — É de Kaia. Ela está dizendo que eles pousaram em seu novo lar.

Implicações envolviam essas palavras, mas Gregor as afastou, concentrando-se na questão mais importante, — Você tem certeza?

— Definitivamente — disse Rovo. — A mensagem é de alguns dias atrás, o que coincidiria com quando eles deixaram Wexer. Acabou de chegar até mim agora. Significa que eles não foram muito longe.

— Não estou surpreso.

Kashmal, o pai de Kaia e o homem duvidoso que havia chamado Sever para um resgate em Dynas e seus esquemas pantanosos, não tinha muito dinheiro quando pousaram em Wexer e se separaram. Ele planejava vender segredos de Dynas para se manter até que Kashmal encontrasse outro trabalho, menos mortal. Gregor não sabia o que era necessário para penhorar dados sobre vírus que alteram o corpo, mas podia adivinhar que não era tão fácil.

— Deepak não queria saber onde Kaia estava? — perguntou Rovo, parado imóvel na armadura potencializada. — Não era esse todo o plano dele?

— Aurora pensou que poderíamos dizer a eles o nome do cargueiro — disse Gregor. — A DefenseCorp poderia rastreá-los a partir daí. Talvez você possa oferecer algo melhor a eles.

— É, exceto que temos um problema.

— Temos?

— O Bug não está exatamente conectado aos satélites interestelares. Ele se infiltra nos relés quando se aproxima, escaneia as ondas. Ele captou essa mensagem porque a *Nautilus* a encontrou primeiro. Minha tag ainda está vinculada a esta nave.

Tags. Configure-se em qualquer lugar da galáxia com uma conexão de satélite funcionando e sua identidade se proliferaria pelas estrelas, informando a todos os lugares dentro do alcance da humanidade exatamente onde você poderia ser encontrado. Qualquer satélite que captasse uma mensagem com uma tag desconhecida a transmitiria para qualquer satélite ao alcance, fazendo os dados circularem pela galáxia como um cão caçando seu dono. Para o Sever, a *Nautilus* havia sido seu lar por muito tempo. Gregor nem sequer havia pensado em redefinir a sua, não que ele fosse receber muitas mensagens.

As mensagens de seus pais haviam parado de chegar há anos.

— Você disse que isso é um problema? — perguntou Gregor.

— Deepak quer saber a localização de Kaia, certo? — disse Rovo, as perguntas soando um pouco ridículas vindas de dentro daquela grande armadura. — Esse era todo o nosso objetivo aqui? Bem, essa mensagem para mim passou pela *Nautilus*. Qualquer um prestando atenção nas suas captações pode tê-la visto.

— Criptografada?

— Claro, mas em uma nave infestada de agentes? — Rovo virou-se de volta para as portas do refeitório e começou a andar em direção a elas novamente. — Quanto tempo você acha que isso vai durar?

— A ponte de comando, então?

— Não se pudermos evitar. — Rovo centralizou a armadura nas portas do refeitório, agachando-se em posição de ataque. — O centro de comunicações terá, tipo, um décimo das pessoas. Podemos pegar a mensagem lá e deletá-la. Se tivermos sorte, a ponte não terá notado. Se não tivermos, então você terá a chance de fazer muita destruição antes de morrermos.

Sempre há um lado positivo.

— Mostre o caminho, novato — disse Gregor, tomando cobertura no lado direito da porta do refeitório.

— Ah, eu vou liderar. — Rovo deu impulso, lançando a armadura em uma investida com o ombro contra as grandes portas que se estendiam pelo saguão.

Os propulsores cinéticos da armadura fizeram seu trabalho, impulsionando-a através das portas com um estrondo forte e dilacerante. O metal rasgado gritou e estalou enquanto Rovo mergulhava, levantando faíscas. Gregor seguiu rapidamente, erguendo o rifle ao entrar, banhado pelas luzes vermelhas de alerta do saguão.

Gregor estava preparado para uma recepção. Se um esquadrão, agentes ou não, não fosse entrar no laboratório de armas atrás deles, então esperar para abater os membros do Sever sob a cobertura lotada do refeitório fazia sentido.

Mesas viradas formavam barreiras improvisadas, seus topos cromados refletindo de volta para Gregor. As luzes vermelhas brincavam com a arte do refeitório, transformando os desenhos em contornos de show de horrores tornados ainda mais sinistros pelos canos de rifle apontados em sua direção. De relance, olhando por trás dos braços erguidos de Rovo, Gregor contou mais de duas dúzias. Pelo menos alguns esquadrões enviados para cá.

Deveria considerar isso um ponto de orgulho: a DefenseCorp avaliou Rovo e Gregor como suficientemente importantes para exigir tanta resistência. Nada mal.

Sem nenhuma cobertura para si mesmos, não havia luta a ser travada ali. Gregor seguiu o exemplo de Rovo e largou o rifle, erguendo as mãos. Esperou que os esquadrões decidissem que uma ordem de execução fazia mais sentido do que agir com gentileza.

Em vez disso, uma mulher impetuosa no uniforme vermelho-fogo mais brilhante dado aos esquadrões de linha de frente, aqueles que faziam os primeiros desembarques difíceis em combates intensos para manter posições a todo custo, levantou-se da cobertura. Com seu rifle erguido e apontado, ela avançou para o meio do refeitório, aproximando-se de Rovo, suas botas batendo no chão de metal, sua tecnologia de tração fazendo-a aderir a cada passo.

— Mantenham esses braços erguidos — disse a mulher enquanto se aproximava. — Se eu os vir abaixar um centímetro, vamos transformar vocês dois em cinzas.

— Bom te ver, Lamya — disse Gregor. — Pena que isso não é uma simulação, ou eu chamaria seu blefe.

Lamya não parecia compartilhar da opinião de Gregor. Além de um rápido olhar em sua direção, ela manteve sua concentração em Rovo. — Saia da armadura, soldado. Não sei onde você encontrou essa coisa, mas ela não vai aguentar quando começarmos a atirar.

— Não siga as ordens dela — disse Gregor, fazendo uma aposta. Esperando que desse certo. — Lamya, não estamos aqui por sua causa.

— Não me importa por que vocês estão aqui — respondeu Lamya, baixando o olho para a mira do rifle. — *Nós* estamos aqui por vocês. Deixe a armadura, agora. Não vou pedir de novo.

— Ela parece séria, Gregor — disse Rovo. — Prefiro não levar outro tiro hoje.

— Quieto, novato — disse Gregor, então começou a andar em direção a Lamya. — Se você nos parar aqui, todos nós vamos perder. Os agentes vão vencer.

— Os agentes? — Lamya riu. — Gregor, você sempre

parece maluco, mas agora você está em outro mundo. Diga ao garoto para sair da armadura.

Três escolhas. Se Rovo deixasse a armadura, eles perderiam sua vantagem. Gregor e o novato se encontrariam prisioneiros, trancados em uma cela de detenção e esperando até que alguém decidisse cozinhá-los ou jogá-los no vácuo.

Gregor poderia lutar. Talvez chegasse até Lamya antes que os esquadrões o derrubassem. Rovo, sem um único pacote de energia para suas armas, conseguiria alguns golpes pesados antes que os lasers o derretessem.

O que deixava...

— Antes de atirar — disse Gregor. — Ligue para a ponte. Verifique com o almirante. Aurora deve estar lá. Eles vão nos liberar. Confirmar o que estou te dizendo.

— E se eles não confirmarem? — disse Lamya. — Se me disserem que vocês são os mesmos malditos intrusos que deveríamos estar lidando?

— Então voltamos para cá. A um aperto de gatilho de distância.

Diplomacia. As palavras pareciam viscosas em sua boca, fracas e tristes. Implorando por sua vida, tentando táticas milagrosas para sobreviver. Cada minuto na *Nautilus*, exceto a briga na enfermaria, tinha sido um sanduíche de merda. Rovo, no entanto, não merecia morrer tão jovem. Gregor poderia aguentar isso pelo novato. Só desta vez.

Lamya, segurando o rifle com uma mão, levou o bracelete à boca. Ela começou a falar no computador quando as luzes do teto piscaram. Os avisos vermelhos desapareceram, voltando ao seu habitual branco prateado. Enquanto a líder do esquadrão que deveria ter incinerado Gregor e Rovo abaixava seu bracelete, uma voz trêmula crepitou pelos intercomunicadores da *Nautilus*.

— Desarmar — anunciou Deepak. — O alerta de intruso

foi cancelado. Todas as equipes estão ordenadas a desarmar e retornar aos seus deveres regulares. A ameaça à nossa nave foi neutralizada.

O almirante repetiu a ordem uma segunda vez, e o rosto incrédulo de Lamya ficou cada vez mais desconfiado ao ouvir as palavras. Gregor teria sentido o mesmo, teria pensado que algum truque havia sido usado. Mas quando algo joga a seu favor, você tem que aproveitar a vantagem.

— Você ouviu o almirante — disse Gregor. — Não somos a ameaça, Lamya. Deixe-nos ir.

A líder do esquadrão lançou a Gregor um olhar duro o suficiente para rachar granito, então baixou seu rifle.

— Tudo bem, Sever — disse Lamya. — Você tem sua chance, mas vamos com você. Se as coisas acontecerem como eu acho que vão, haverá tiros.

Gregor não poderia concordar mais.

AMEAÇAS E APOSTAS

Eponi agarrou-se à bravata como se fosse uma estrela que realizaria todos os seus desejos. A adrenalina impregnava suas mãos trêmulas enquanto elas apertavam os controles de voo da *Prisa*, seus olhos piscando entre os scanners e os sistemas, procurando por uma falha e sabendo que não encontrariam nenhuma. Ela ouviu Sai dizer as palavras que Aurora havia estabelecido para eles, dando um tom paternal às exigências que Deepak teria que cumprir, e cada maldita frase empurrava Eponi cada vez mais para o limite.

Não se desertava da DefenseCorp sem consequências. Essas já eram graves o suficiente. Mas ameaçar colidir com uma nave da DefenseCorp? Um cruzador classe *Odin*, com milhões de horas-homem e toneladas de material, nada menos?

Não haveria volta disso. Eponi nunca mais pilotaria nem mesmo um kart, não importa quanto dinheiro ela ganhasse - não que ela vivesse o suficiente para ganhar muito. Nenhuma equipe de corrida, nenhuma marca patrocinadora arriscaria irritar a DefenseCorp.

Um desertor poderia ser deixado ir. Um inimigo seria morto.

— Acho que é isso — disse Sai, soltando um longo suspiro ao terminar a lista. — Peguei tudo?

Eponi filtrou o discurso de Sai através de sua própria névoa mental. — Vejamos, você fez eles suspenderem o bloqueio, declararem quaisquer agentes como hostis e limparem nossos registros? Isso cobre tudo.

— Quanto você acha que eles vão fazer?

— É melhor que seja tudo — disse Eponi — ou vou acelerar esses motores e o pobre Deepakzinho vai virar pó espacial.

Sai assentiu lentamente, não parecendo muito animado com esse possível resultado. E por que estaria? O homem tinha uma família, escolheu deixá-la, numa decisão que Eponi nunca conseguiria conciliar. Ela havia sido forçada a jogar esse jogo, espalhar porcaria a laser por toda a galáxia a mando de um traficante perigoso, mas Sai? Ele poderia ter ficado em casa. Poderia ter colocado seus filhos na cama todas as noites e os acordado com um assobio na luz da manhã.

O ciúme de Eponi havia se transformado em pena ao longo das missões, e ela não conseguia se livrar desse sentimento agora, observando-o observar os rostos pequenos demais na ponte através de sua enorme bolha de vidro. Ele havia escolhido dançar com um diabo que nunca deixaria a música acabar.

Talvez Sai soubesse disso e não se importasse.

O comunicador crepitou e Sai abriu a transmissão. Desta vez, o console esquerdo de Sai tremulou e se transformou no rosto nítido de Deepak. Sem interferências na transmissão aqui, já que Eponi calculava que o nariz de

Deepak estava a cinquenta metros de sua fria cabine de metal.

— Fiz o que vocês pediram — disse Deepak, e Eponi poderia jurar que o homem havia envelhecido alguns anos entre o momento em que ela o vira na baía e este momento. Renard estava de pé atrás do almirante, livre e frustrado na ponte, um óbvio contraponto à afirmação de Deepak. O suspiro baixo de Sai mostrou que ele também notou o desgraçado. — O que vocês dois vão fazer? E onde está Aurora?

Sai parecia estar sem palavras. O homem nunca foi muito inovador se o problema não envolvesse juntar dois fios para fazer algo explodir. Eponi afastou o status do sistema em seu console, juntando-se à chamada e estampando um sorriso selvagem que costumava usar para abalar os nervos de seus oponentes nas corridas de kart.

— É o seguinte, Almirante — disse Eponi. — Você é um mentiroso. — Deepak abriu a boca e Eponi balançou um dedo. — Ah ah ah, não. Mantenha essa armadilha fechada por um minuto. Está vendo aquele homem atrás de você? Não sei se você estava ouvindo quando Sai leu as instruções, mas aquela barata espacial ali é um agente e deveria estar com algemas atordoantes. Se você quer ganhar pontos com a gente de verdade, estaria mandando ele para fora da escotilha de ar agora mesmo.

Deepak, e o almirante ganhou um pouquinho de elogio de Eponi aqui, manteve a compostura. Deu a Eponi três segundos completos para considerar se ela queria adicionar um apêndice à sua reprimenda verbal.

— Terminou? — perguntou Deepak quando Eponi manteve as coisas arrumadas. — Renard, junto com os outros agentes a bordo desta nave, não são meus para prender. Eles pertencem à DefenseCorp tanto quanto eu...

— Certo, vou te interromper aí — Eponi interrompeu. — Não estamos preocupados com quem tem o direito de fazer o quê. Estamos procurando resultados. Não estou vendo nenhum. — Embora Eponi visse Renard parecendo cada vez mais irritado, e isso trouxe consigo um prazer perverso. Dado que Eponi seria explodida em pedaços quando o *Nautilus* decidisse colocar seus caças no ar, ela aceitaria essa alegria. Iria se deliciar com isso. — Então vou contar até cinco, e se esse homem não estiver no chão com algemas nos pulsos, vamos ter uma festa.

Os olhos de Sai tinham chegado ao tamanho da lua quando Eponi começou sua contagem. Deepak gaguejou, mas dois dos soldados atrás dele tiveram ideias melhores. Renard não lutou quando eles deslizaram as algemas sobre os pulsos do oficial, prendendo-o e empurrando-o para mais perto da câmera para que Eponi pudesse ver que o trabalho tinha sido feito.

— Um — disse Eponi, inclinando-se para a câmera como se fosse dar uma olhada mais de perto. — Almirante, parece que seu próprio pessoal tem uma melhor compreensão das coisas do que você. Agora, me diga que você vai colocar o alvo nos agentes como Sai gentilmente pediu?

A grande jogada, essa. Aurora não achava que Deepak faria isso, queria que Eponi e Sai perguntassem de qualquer forma, pressionassem o almirante e fizessem todos aqueles oficiais bem-comportados correndo com café na ponte se perguntarem se suas vidas estavam prestes a acabar porque Deepak decidiu proteger um bando de espiões em vez de sua leal tripulação.

Quando Deepak recusasse, Aurora entraria pelo centro de comunicações reserva do *Nautilus* e declararia o almirante um traidor de sua própria equipe. Ela convocaria uma revolta e, boom, teriam uma faísca nas mãos. Eponi e Sai voltariam voando, ofereceriam apoio e ajudariam a expulsar todos os malditos agentes da nave.

Fácil.

— Você entende a escolha que está me dando? — disse Deepak. — Se eu concordar, esta nave será despedaçada na luta.

— Se não concordar, será despedaçada agora mesmo — respondeu Eponi. — Escolha um lado, almirante. Estou ficando entediada aqui fora.

Mais importante, Eponi mantinha um olho no scanner em seu console, observando aqueles pontos vermelhos que indicariam que algo havia sido lançado para encontrá-los. Os pontos ainda não haviam aparecido, mas Eponi não tinha dúvidas de que apareceriam. Fosse Deepak enviando caças ou os agentes de Renard encontrando suas próprias naves, não havia chance de o *Prisa* ser deixado para manter o cruzador como refém por muito mais tempo.

Deepak se afastou da câmera que projetava sua imagem nos olhos de Eponi. Grandes decisões tinham que pesar na mente daqueles que as tomavam - uma das muitas razões pelas quais Eponi tentava se manter longe delas - e Deepak não parecia diferente aqui. Ele lançou um longo olhar sobre os níveis que se espalhavam abaixo dele, e Eponi se perguntou se ele receberia olhares zangados em troca, rostos esperançosos e suplicantes, ou a firme resolução de pessoas preparadas para morrer para... o quê, defender os agentes?

Eponi não podia acreditar nisso. Os espiões tinham um certo respeito entre os soldados, principalmente porque eles criavam os contratos que mantinham o dinheiro entrando, mas todos conheciam um amigo que havia morrido devido a informações ruins. Todos conheciam o princípio operacional dos agentes: os fins justificam os meios.

— Certo — disse Deepak, abandonando o tom relutante

que havia manchado suas conversas anteriores pelo comando formal que Eponi reconheceu. O rei colocando sua coroa. — Transmita isso por toda a nave. Todos os agentes devem se apresentar na área de carga C-17. Para a segurança desta nave, seus soldados e sua tripulação, esta ordem entra em vigor imediatamente.

Eponi silenciou seu microfone, manteve a boca fechada, mas falhou em esconder a surpresa de suas bochechas, seus olhos. Deepak realmente havia feito isso. Não havia exatamente acorrentado os agentes ou os expulsado pela escotilha, mas havia dividido a nave.

— Estou atônito — disse Sai, ecoando os pensamentos de Eponi. — Não achei que o almirante tivesse esse tipo de fibra.

— Teria perdido muito dinheiro nessa aposta — concordou Eponi.

Deepak parecia mais do que um pouco esgotado após seu discurso, mas se aproximou da câmera novamente. Abriu a boca como se estivesse prestes a dar um severo aviso à nave que o mantinha refém, quando o olhar do almirante se desviou para o lado. Atrás dele, Eponi viu Renard, as algemas de atordoamento caindo de seus pulsos enquanto os supostos soldados o libertavam, alcançar uma pistola.

— Atrás de você! — disse Eponi, então percebeu que ainda estava com o microfone silenciado.

Antes que ela pudesse desativá-lo, antes que pudesse repetir o aviso, a transmissão foi cortada. Eponi se ergueu bruscamente, olhando através do vidro, do espaço e do vidro novamente para ver o que podia ver. Flashes brilhavam ao redor da ponte, um show de luzes pontuado por explosões quando tiros errados atingiam coisas com tendência a explodir.

Eponi e Sai não tinham como saber quem estava

ganhando a luta, não tinham como saber se Deepak ou Renard ainda estavam vivos. Ela tentou fazer outra chamada, mas o sinal não foi respondido.

— Aurora disse que estaríamos começando uma guerra — disse Sai. — Acho que foi isso que fizemos.

— Não pensei que realmente aconteceria.

— Pelo menos não estamos mortos.

Eponi teria concordado, teria dito o quão aliviada estava por não ter tido que mergulhar esta bela nave na ponte. Eponi não teria dito que não tinha certeza se poderia ter seguido adiante, se Deepak tivesse chamado seu blefe.

Mas ela não precisou fazer nenhuma confissão, porque os malditos scanners emitiram um alerta que superou o show de luzes da ponte e suas implicações. Quatro pequenas naves, saindo do *Nautilus* e se espalhando em uma ampla varredura em direção ao *Prisa*.

— Essas não vieram dos hangares de caças — disse Sai.

— Porque esses não são nossos caças — respondeu Eponi. — Quem quer apostar que o pessoal de Renard trouxe um seguro?

— Eu não.

— Covarde.

Eles tinham terminado de ameaçar a ponte. Deepak havia colocado as chamas em jogo. Aurora tinha que assumir o controle interno a partir daqui. Eponi acionou os motores, alimentou um pouco de energia de volta para aqueles escudos defletores de laser e passou pela ponte enquanto o *Prisa* subia e ultrapassava o *Nautilus*. Aqueles quatro pontos voaram ao redor, formando-se atrás deles.

— Se importa de ir para uma torre de artilharia? — disse Eponi. — Ou você ia jogar de atirador na tela?

Sai se sobressaltou, então se levantou da cadeira. — Não, definitivamente não na tela. Vou para lá.

— Obrigada.

Os primeiros tiros azul-gelo passaram quando os pontos se aproximaram. Eponi olhou duas vezes para a cor do laser enquanto virava o *Prisa* para a direita, preparando-se para dar a volta ao redor do *Nautilus* e usar o volume da grande nave como cobertura.

Azul significava alta energia. Canhões de rajada que dariam um baita soco, mas que sugavam energia como Eponi sugava aqueles coquetéis em Wexer. Esses quatro caças não estavam brincando de fazer um longo embate, então. Não teriam muitos escudos, muitos motores.

Eles queriam uma morte rápida.

— Desculpe desapontar — disse Eponi para ninguém.

Hora de ver se o *Prisa* sustentaria suas palavras.

VINTE

ENCONTRANDO KAIA

Até agora, estar alojado em uma cápsula reforçada injetando Rovo com produtos químicos entorpecentes e energizantes tinha sido uma boa experiência. Descobriu-se que Rovo realmente gostava de não levar tiros, esmagar seus inimigos e ouvir o clank clank clank enquanto seus pés pesados batiam ao longo do corredor em direção ao centro de comunicações.

Lamya, Gregor e metade de seu esquadrão seguiam - ela deixou o outro para vigiar os laboratórios de armas - e o grupo fez Rovo se sentir como um verdadeiro líder, marchando à frente de seus soldados para algum grande destino.

Esse grande destino, após uma viagem de elevador, revelou-se como uma parede envidraçada discreta. Ao contrário da ponte, que espremeu seu volume em uma porta menor e mais defensável, o centro de comunicações do *Nautilus* se comunicava abertamente com toda a nave. Em vez de aço endurecido, o centro de comunicações se revelava para o corredor através de uma parede de vidro dividida em partições, cada uma disposta e capaz de se abrir para qualquer um que se aproximasse. Scanners espreitavam das linhas entre essas partições, caçando pulseiras para verificação.

Atrás do vidro, Rovo percebeu muitos olhares se voltando para ver sua força barulhenta se aproximando. A armadura de Rovo o fazia quase bater no teto do corredor, seus braços metálicos se estendendo o suficiente para cobrir metade da largura do corredor. Imponente em qualquer circunstância, aterrorizante no *Nautilus* e seus confins estelares.

Descobriu-se que o centro de comunicações não havia sido deixado sem proteção. Outro esquadrão, reunindo-se após a ordem de Deepak para recuar, se dispersou quando Rovo se aproximou, entrando em uma correria frenética. Seu comandante, puxando seu rifle, desacelerou quando Lamya contornou Rovo e pediu uma pausa.

— Eles dizem que não são o inimigo — declarou Lamya ao comandante, ao esquadrão e seus dedos ansiosos nos gatilhos. — Você ouviu a ordem de Deepak afirmando o mesmo.

— Eu o ouvi dizer que não deveríamos confiar nos agentes — respondeu o comandante. — Não sei quem isso poderia ser.

A segunda ordem surpreendente de Deepak havia chegado enquanto o esquadrão de Lamya se preparava para abandonar o refeitório. Tratar cada agente como uma ameaça em potencial, agrupá-los todos em um berço de ancoragem que Rovo não conseguia se lembrar. Rovo imaginou que isso devia ser obra de Aurora. Virar o jogo contra os bastardos e mandá-los correr.

Ótimo.

— Nem eu — disse Lamya. — Mas sei que não somos agentes. Nem o homem na armadura motorizada, nem este civil aqui.

— Eu quero confiar em você, mas... — O comandante

continuava olhando por cima do ombro de Lamya, para Rovo.

Talvez o novato devesse falar por si mesmo.

— Não sei quem você é, comandante — disse Rovo, mantendo a armadura imóvel. O mais inofensivo possível. — O que estamos tentando fazer aqui é rastrear uma mensagem recebida. Não tem nada a ver com o *Nautilus* ou os agentes.

Não era estritamente verdade, nem estritamente falso. O melhor tipo de declaração.

— Então por que você está em uma armadura motorizada?

— Porque um agente quase me matou — respondeu Rovo. — Sem esta armadura, eu não estaria vivo.

Outro acerto em cheio na escala de veracidade.

O comandante deu outra olhada além de Lamya, para o esquadrão armado atrás de Rovo. Os dedos do homem deixaram o gatilho do rifle para trás enquanto ele sem dúvida chegava à conclusão correta de que seu esquadrão estaria do lado perdedor em qualquer conflito.

— Tudo bem — disse o comandante. — Nem deveríamos mais estar aqui, de qualquer forma. — O homem respirou fundo, assumiu a postura ereta que vinha com a confiança em sua decisão. — Esquadrão, vamos em direção às baías de ancoragem. Ver se há algum lugar onde possamos ajudar.

Os soldados do comandante abraçaram a diretiva de seu líder para salvar suas próprias vidas e partiram, nenhum deles se preocupando em olhar para trás na direção de Rovo. Quando você escapou do inferno, por que ficaria por perto?

— Obrigado pela ajuda — disse Gregor a Lamya enquanto o grupo se aproximava do vidro do centro de comunicações. — Eu não teria querido machucá-los.

— Eu sei — disse Lamya. — Sei que você teria feito, no entanto.

— Sim.

Rovo fez uma careta com isso. Gregor tinha que descobrir quando a verdade poderia fazer mais mal do que bem.

O esquadrão de Lamya se espalhou ao redor do centro de comunicações, observando os corredores que se cruzavam em frente ao espaço envidraçado. Gregor e Lamya entraram, deixando uma porta aberta para Rovo, que teria que abandonar sua armadura motorizada para caber.

Deixar sua gaiola medicamente reforçada não parecia a melhor ideia. Outra pessoa no centro de comunicações poderia pegar e rastrear a mensagem de Kaia tão bem quanto Rovo, sem arriscar a própria vida de Rovo no processo. Ele não tinha certeza de quantos de seus reparos cirúrgicos haviam se rompido - se algum - mas deixar o coquetel de conforto da armadura o deixava nervoso.

— Você vem? — disse Gregor, voltando à entrada enquanto Lamya fazia um breve discurso para a multidão no centro de comunicações, declarando precisamente quem controlava o espaço. Exigindo que quaisquer agentes se revelassem. Nenhum o fez. — A menos que você confie em outra pessoa para encontrar Kaia?

Isso, Rovo não confiava.

Ele falou o comando-chave de evacuação e a armadura fez o que devia fazer, abrindo suas juntas e deixando Rovo meio que dar um passo, meio que cair nos braços de Gregor. Dizer que ser pego por Gregor parecia um pouco errado teria sido, bem, errado. Lá atrás, quando entrou pela primeira vez na DefenseCorp, Rovo estava inflado com a dureza do herói solitário, a ideia de que ele tinha que ser autossuficiente o tempo todo.

Depois de um laser ou dois no peito, essa opinião teve sua morte final.

Por dentro, o centro de comunicações se estendia por um espaço oval e plano, pontilhado com detalhes insípidos. Todos ali sabiam que desempenhavam papéis secundários em relação à tripulação da ponte. Em vez de uma vista espetacular para o espaço, o centro de comunicações tinha uma tela simulada cobrindo a parede de fundo, exibindo cenários pré-programados. Atrás dessa tela ficava uma das blindagens mais espessas disponíveis, fortificando o centro de comunicações para seu verdadeiro propósito como centro de comando em crises.

A ponte comportava milhares. O centro de comunicações tinha talvez uma centena de pessoas agrupadas em pods ao redor de uma plataforma central, acessada por uma pequena rampa que subia da entrada do centro de comunicações. O almirante ou quem quer que fosse o capitão — se a ponte tivesse que ser evacuada, as chances eram altas de que a cadeia de comando teria sido explodida — ocuparia aquele lugar e tentaria salvar a nave.

Rovo não queria esse tipo de atenção. Um voluntário notou a incerteza de Rovo, levantando-se e acenando para que se aproximassem de sua estação de trabalho.

— Preciso de uma pausa de qualquer forma — disse o homem. — Fique à vontade para fazer o que for necessário.

— Obrigado — disse Rovo enquanto Gregor o ajudava a chegar à mesa.

Acomodando-se na cadeira, ignorando as crescentes pontadas no peito à medida que os analgésicos do traje continuavam sua lenta jornada rumo à inexistência, Rovo acessou a fila de mensagens da *Nautilus*. Filtrando por sua tag, Rovo encontrou a lista armazenada nos vastos drives do cruzador e sentiu sua respiração falhar por um segundo.

Com Dynas, com Wexer e toda a confusão que vinha acontecendo desde que Deepak os enviara para o planeta pantanoso, Rovo havia se esquecido dos ritmos normais da vida. Nas linhas ali diante dele, Rovo leu manchetes de seus pais, suas irmãs e alguns amigos ainda zanzando pela estação espacial sobre seu mundo natal, presos naquelas vidas estáveis que Rovo deveria estar levando.

As notas, às vezes acompanhadas de vídeos, mencionavam aniversários e sucessos. Perguntas sobre se Rovo tinha visto o último jogo ou se tinha alguma opinião sobre este ou aquele boato que consumia a galáxia. Antes de Dynas, Rovo passava bastante tempo livre em sua cabine, enviando respostas rápidas para todos.

Ele estava ausente há semanas agora, e embora provavelmente levasse mais algumas antes que alguém realmente se preocupasse — os tempos de transmissão na galáxia tornavam tudo incerto — o impulso de passar por várias notas não lidas fez a mão de Rovo tremer.

Eles já haviam desistido de tanto. Tanto.

— Concentre-se — disse Gregor, com a respiração quente próxima ao ouvido de Rovo. O movimento teria sido assustador, exceto pelo fato de Rovo saber que Gregor precisava ser discreto, precisava manter em segredo o que estavam fazendo. — Haverá tempo para isso depois.

Rovo duvidava disso.

A mensagem de Kaia estava no topo, a mais recente. O nome dela não estava anexado, a tag de envio havia sido marcada como DESCONHECIDO. A menina não tinha nenhum registro oficial de sua existência e não teria idade suficiente para se importar por um tempo. Contanto que vivesse tanto.

Rovo tocou na mensagem. Leu seu conteúdo. Um parágrafo curto, simples e doce falando sobre como a viagem de transporte tinha sido divertida até agora. Que seu pai disse que eles estavam indo para Gillane Quatro. Que Kaia ficaria tão feliz se Rovo os encontrasse lá, porque Kashmal havia dito que eles tomariam sorvete quando chegassem.

Não seria incrível se todos pudessem aproveitar juntos?

— É disso que precisamos — disse Gregor, lendo a nota por cima do ombro de Rovo. — Vamos.

Prometendo a si mesmo que enviaria respostas assim que a *Nautilus* deixasse de ser uma armadilha mortal e voltasse a ser um cruzador normal, Rovo novamente usou Gregor para se levantar. Os dois encontraram os olhos de Lamya e disseram que estavam prontos para partir. Agora que tinham a localização de Kaia, poderiam levá-la a Deepak.

Lá, Rovo descobriria o que queriam com a menina e como protegê-la.

— Iremos com vocês — disse Lamya, quando Gregor a informou sobre o plano. — Ainda não tenho certeza de onde essa missão de vocês vai terminar, mas não confio nela.

— Você não confia em muita coisa, não é? — disse Rovo.

— Novato — advertiu Gregor.

— Não, não confio — disse Lamya. — Não quando se trata de desertores.

Rovo teria continuado a trocar farpas com Lamya, mais por exaustão petulante do que qualquer outra coisa, mas Gregor o afastou para o lado. Revirando os olhos, Rovo olhou de volta para o centro de comunicações e as pessoas que os observavam. Alguns ainda atendiam chamadas, digitando em seus consoles ou falando em fones de ouvido. Outros pareciam doentes, observando o esquadrão com olhares vacilantes. Ainda mais usavam raiva, frustração em seus rostos, misturando-a com as linhas tensas do medo. Oscilar entre confinamento e invasão repetidamente não poderia criar um ambiente de trabalho livre de estresse.

Na estação de trabalho que Rovo usara, o homem que eles haviam expulsado voltou aos negócios. Ele também digitava, como se a interrupção não tivesse causado o menor problema. O homem parecia tão concentrado. Bom para ele por...

— Ei — disse Rovo —, acho que posso ter esquecido de fazer logout.

— O quê? — perguntou Gregor, entendendo o significado de Rovo e olhando para o homem que digitava freneticamente.

— Não estou totalmente aqui — disse Rovo enquanto Lamya ecoava a pergunta de Gregor sem entender o ponto. — São os ferimentos.

Gregor conduziu Rovo de volta à estação de trabalho. O homem virou a cabeça rapidamente quando eles se aproximaram, sua mão deslizando pelos comandos do console e limpando a tela grande. Nada além de um fundo estrelado aguardava quando Rovo e Gregor chegaram atrás do homem.

— Precisa de outra chance? — ofereceu o homem.

— Só preciso ter certeza de que fiz logout — disse Rovo. — Se você não se importa.

— Claro, chefe, claro — o homem se levantou novamente, deixou sua cadeira e deu-lhes algum espaço.

Rovo sentou-se, abriu o programa de registro de mensagens. Como esperado, seu nome ainda estava estampado no topo. Suas mensagens estavam lá, esperando para serem lidas por quem quer que fosse. Rovo alcançou o botão de logout, pronto para enviar o acesso para o esquecimento, quando notou outro programa funcionando no console.

Um toque rápido abriu um aplicativo de correspondência, destinado a transmitir quaisquer novas mensagens para o satélite da galáxia. Gregor perguntou o que Rovo estava fazendo, e o novato o ignorou. O homem sentado ali estivera digitando tão rápido, Rovo tinha que ver, tinha que eliminar uma possibilidade.

Ele abriu o aplicativo de correspondência, fez com que listasse todas as mensagens recentes enviadas. Ali, a primeira, tinha uma mensagem breve e um título ainda mais breve.

Ativo

Gillane Quatro. Com Kashmal.

Gregor xingou. Os pulmões de Rovo queimaram quando o choque atravessou as drogas remanescentes do traje. Ele tinha feito isso. Revelado a localização da menina. Sem esse segredo, Sever não tinha posição de barganha. Sem esse segredo, eles—

— Que pena que você teve que olhar isso, chefe — disse o homem, atrás deles. — Nunca fui muito chegado ao lado sangrento, mas você sabe como é.

Rovo não precisou olhar muito para ver a pistola sacada, para ver o olhar triste e determinado de um agente pronto para cumprir seu dever.

Adeus à esperança de não levar mais tiros.

VINTE E UM

OBJETIVOS CORPORATIVOS

O olhar preocupado de Deepak, contrastando com seu uniforme ainda impecável, recebeu Aurora quando ela acordou. Um despertar nebuloso, devido à anestesia. A realização a atingiu e Aurora tentou mover os braços, as pernas, e ela conseguiu, conseguiu mexer os dedos dos pés, curvar os dedos das mãos.

— Vai ficar uma cicatriz — disse Deepak, com um tom estranho nas palavras. — Só isso.

— Ei — disse Aurora, sacudindo a confusão mental. — Nós vencemos, certo?

— Você venceu.

— Então os bônus são bons, né?

Deepak fechou os olhos, abriu-os com um suspiro tenso. — Os bônus são bons. A missão foi bem-sucedida.

— E Sever? Os outros?

— Houve perdas — disse Deepak. — Mas isso não é importante. O que importa é que você está bem. Ou vai ficar.

Aurora afundou no travesseiro. Passou mentalmente pelos nomes do esquadrão. Quem poderia ter sido comprometido, quem poderia ter se ferido. A tristeza, a apreensão nublaram sua mente, mas o dinheiro tingiu suas bordas. Sever, inferno, toda a DefenseCorp sabia por que faziam esse trabalho. A quantia seria um começo, um começo muito bom.

— É a vida que estamos vivendo, Deepak — Aurora deu um sorriso ao homem, ele parecia tão preocupado. — Você é quem nos coloca em jogo, e precisamos ganhar a partida. Então todos nós recebemos. Às vezes, há um preço.

Deepak não tinha um sorriso para dar a ela, no entanto, e quando o robô de enfermagem entrou e a liberou para alta, Aurora não conseguiu se livrar da sensação de que Deepak queria que ela ficasse naquela cama de hospital, segura e protegida.

Na terceira fileira, Aurora já estava toda equipada. Ela colocara óculos de proteção sobre os olhos, um par tático que fornecia uma versão simplificada do display da armadura de poder e que, mais importante, suavizava as etiquetas brilhantes. Toda aquela luz servia para ofuscar no primeiro minuto, causava dores de cabeça no quinto.

Os óculos combinavam com um cinto segurando granadas de luz, coldres nas coxas cheios de pistolas e um rifle menor, antipessoal, destinado a despejar pacotes de energia com shows de luz explosivos em espaços apertados. Aurora também tinha munição extra, presa sobre o colete blindado no peito no estilo clássico de bandoleira.

Vana pegou o controle de multidão de Aurora e focou na eliminação de alvos únicos. Ela escolhera uma configuração de detonador para esvaziar um pacote de energia inteiro em dois tiros, com grandes ondas vermelhas que assariam qualquer coisa a poucos metros. Ela observara Aurora escolher com diversão, deixando armas adicionais para si em vez de mais munição.

— Se tivermos que lutar contra tantos inimigos quanto você está se preparando — disse Vana quando Aurora colocou outra granada de luz em seu cinto —, então você não viverá o suficiente para usar todos esses brinquedos.

— Eu preferiria não usar nenhum deles — respondeu Aurora. — O objetivo é rendição, não massacre.

— Boa sorte com isso — disse Vana enquanto retornavam à entrada do Intendente. — O pessoal de Renard? Eles sabem o que está em jogo aqui. Pelo que estão lutando.

— E o que é isso, Vana?

— Uma maneira melhor de fazer negócios. Ou pelo menos é o que eles pensam.

— Eles vão lutar fanaticamente por uma maneira melhor de fazer negócios?

— Se esse negócio for administrar a galáxia, sim.

Aurora se acomodou em uma carranca invisível enquanto seguia Vana de volta ao saguão. As luzes vermelhas haviam desaparecido, uma mudança que trouxe de volta o plano de Aurora e toda a sua urgência. A capitã Sever não estava correndo porque achava que Eponi e Sai teriam que negociar por um tempo, se é que receberiam alguma resposta.

Mas, se as luzes haviam mudado, se o bloqueio terminara, então eles tinham uma chance.

— Devemos ter perdido uma mensagem — Vana ponderou, olhando ao redor. — Nada é reproduzido nas pilhas. Destinado apenas a robôs.

Esses robôs, no entanto, devem ter ouvido algo. Enquanto os humanos ainda não haviam repovoado o saguão, os robôs passeavam realizando suas tarefas gerais. Limpadores de chão passavam assobiando, enquanto transportadores de suprimentos desfilavam com carrinhos carregados indo e vindo. Até as próprias máquinas do Intendente tinham suas janelas abertas, prontas para lidar com requisições.

— Se estou adivinhando corretamente — disse Aurora — significa que estou atrasada. Vamos.

Enquanto caminhavam pelas pilhas, pegando suas armas, Vana havia revelado sua história no formato de pedaços e peças que os agentes costumavam adotar. Como se as informações fossem unhas sendo arrancadas de suas mãos ou cabelos puxados fio por fio. No entanto, Aurora recorrera às suas táticas pacientes de interrogatório, mergulhando em uma determinação fixa que fez Vana ceder antes que tivessem passado pela primeira pilha.

— Se você vai continuar me fazendo perguntas — disse Vana — acho que tenho que responder?

— Boa suposição.

— Então vou manter simples — respondeu Vana. — A DefenseCorp é gigante. Nem sempre foi assim. Ela engoliu organizações conforme crescia, e a maioria de nós não se encaixava tão perfeitamente. O dinheiro funcionou como um bálsamo por muito tempo, permitindo que as pessoas deixassem de lado suas reclamações e vissem a aposentadoria como uma fuga. Só que nem todo mundo quer se aposentar, nem todo mundo quer escapar.

— E Renard é um desses.

— Não só ele. Há um monte de relíquias na DefenseCorp, algumas que subiram o suficiente na escada para ter poder real. Eles não esqueceram de onde vieram, e agora estão tentando fazer o que não puderam antes.

Vana entregou essa última frase com frustração. Se isso vinha de sua raiva com a situação ou porque ela não tinha sido capaz de fazer o mesmo, Aurora não tinha certeza. O que a agente disse em seguida não ajudou muito a esclarecer.

— Estou aqui para proteger o que a DefenseCorp deveria ser. O que a galáxia precisa que ela seja — disse Vana. — Paz e segurança, compradas e pagas. Não uma ditadura, não um império. Um facilitador para que os mundos possam ter confiança de que continuarão girando, para que as crianças possam receber suas educações sem serem baleadas, para que alguém possa pilotar uma nave de sistema em sistema sem piratas.

— Por uma taxa.

— Sim, por uma taxa.

A visão honesta de Vana ainda deixava lacunas. As mesmas lacunas que poderiam levar a outro Dynas, a outro esquadrão Sever vendo seu empregador ir um metro longe demais.

De volta ao saguão, Aurora se manteve um passo atrás de Vana, mantendo seu rifle pronto. Independentemente do que a agente pensasse de Renard, Vana ainda dava suas lealdades à DefenseCorp e, de acordo com os regulamentos da DefenseCorp, Aurora deveria ser baleada e jogada para fora de uma escotilha.

À frente, enquanto Vana e Aurora, em uma esteira rolante, se aproximavam do centro de comunicações, formas que pareciam robôs à distância se revelaram como soldados. Os soldados estavam imóveis. Imóveis demais para qualquer posto de guarda comum. Conforme a esteira empurrava Aurora e Vana para mais perto, a agente fez um movimento para sair das esteiras em movimento.

—Algo não está como deveria lá na frente — disse Vana enquanto Aurora a seguia para o corredor central e estático do saguão. —Vá devagar, fique alerta.

Aurora poderia ter discutido com Vana sobre quem tinha o direito de comandar quem nesta situação, mas ela podia deixar seu orgulho de lado. Com seu próprio esquadrão disperso e arriscando suas vidas, não era hora de ser petulante.

O saguão não oferecia nenhuma cobertura, e qualquer um que se desse ao trabalho de olhar em sua direção teria visto dois soldados equipados se aproximando levemente agachados, com as armas erguidas e mirando. Os soldados, mesmo quando Aurora e Vana se aproximaram a uma distância de tiro direto, não olharam em sua direção. As tropas à frente mantinham os braços ao lado do corpo, as armas no chão perto de seus pés.

Um sinal claro de que alguém havia dado a ordem para largarem as malditas coisas.

Mas quem? Aurora sabia onde Sai e Eponi estavam. Na *Prisa*, gritando ordens para Deepak. Rovo e Gregor, no entanto, poderiam estar em qualquer lugar a bordo. A última vez que Sai os viu, os dois tinham ido para a cafeteria. Será que eles poderiam ter ido para o centro de comunicações? O que os teria levado até lá?

Kaia.

Rovo tinha a melhor chance de saber a localização da garota. O novato havia mencionado o belo presente de despedida que ele tinha entregado à criança em Wexer. Talvez ele achasse que poderia entrar em contato com ela.

Ou talvez alguns agentes tivessem arrancado essa informação dele e o tivessem trazido aqui para enviar uma mensagem.

—Tenho a sensação de que meu esquadrão pode ter algo a ver com isso — disse Aurora.

—Existe algum problema nesta nave que não esteja ligado ao seu esquadrão? — respondeu Vana.

—Sua atitude?

Vana deu uma risada rápida e baixa. —Fique atenta.

As janelas de vidro do centro de comunicações

tomaram conta das paredes padrão de metal e rocha que combinavam os saguões híbridos da *Nautilus*. Vana se moveu para perto do corrimão da esteira rolante, decidindo usá-lo como cobertura. Aurora a seguiu, mantendo os olhos e a arma apontados para os soldados. Quase uma dúzia de soldados pairava na interseção à frente, e eles tinham que saber que Vana e Aurora estavam chegando agora.

E ainda assim, nenhuma alma olhou em sua direção. Nenhum deles alcançou suas armas no chão. Em vez disso, todos mantinham seus rostos voltados para o centro de comunicações. Por quê?

Vana parou tão rápido que Aurora quase a atropelou. Teria feito isso, exceto que o palavrão de Vana deu a Aurora uma prévia de um segundo de que seu ritmo normal para frente havia chegado ao fim. Olhando na direção dos olhos de Vana, Aurora viu uma cena através das entradas de vidro divididas do centro de comunicações.

Gregor apareceu primeiro, sua massa dominando qualquer palco em que ele estivesse. Ele surgiu além do meio do centro de comunicações, erguendo-se sobre uma mesa ocupada por Rovo, cujas mãos digitavam em um console que Aurora não podia ver. Atrás deles, majoritariamente bloqueado por Gregor, ela distinguiu outro homem em uma pose clássica que declarava morte a qualquer um que se movesse em seu caminho.

A situação se desenrolava a partir daquele núcleo, em um reconhecimento espasmódico que trouxe a Aurora um déjà-vu do pesadelo de volta à ponte. Como se convocados às armas, mais da metade da equipe do centro de comunicações parecia estar de pé com armas sacadas, apontadas para os soldados e sua comandante ardente, Lamya, presa no meio com as costas viradas para Aurora.

—Parece que chegamos um pouco tarde — disse Aurora. —Se não tivéssemos passado pelos estoques...

—Então teríamos sido surpreendidas, assim como eles — Vana retrucou. —Isso ainda não é um desastre, Aurora. Podemos consertar.

—Por favor, me diga como.

—Distrair e destruir — disse Vana. —Você vai me levar para dentro. Os agentes aqui sabem que sou uma deles. Vou fingir ser refém até a hora de virar o jogo.

Arriscado, mas Aurora podia aceitar a jogada agressiva. Tentar entrar por aquelas portas atirando daria aos agentes tempo para montar um contra-ataque, significaria que Gregor e Rovo seriam abatidos antes que Aurora chegasse perto o suficiente para fazer diferença.

Além disso, fazer uma agente de refém, mentira ou não, parecia muito bom.

—Largue seu rifle, depois levante-se devagar — disse Aurora, e Vana obedeceu. —Ande para frente.

Com seu rifle mantendo uma distância mínima das costas de Vana, Aurora seguiu a agente até ficarem bem visíveis. Agora os soldados olhavam, incapazes de esconder sua curiosidade. Os agentes as viram também, e aquele que mantinha Gregor e Rovo sob a mira pediu a todos que ficassem calmos, concentrados.

—E continue digitando — o agente disse a Rovo. — Quanto mais fácil você tornar isso para nós, mais rápido faremos isso para você.

Aurora não precisava perguntar o que os agentes estariam acelerando para Rovo. Eles fariam o mesmo com todos os Sever se pudessem.

—Você pode parar de ouvir ele — disse Aurora, guiando Vana através das portas. Ela sentiu algumas pistolas mudarem sua mira em sua direção, armas não mais apontando para os soldados. —Lamya, faz tempo.

—Faz — respondeu a comandante do esquadrão. —Não posso dizer que é um prazer ver você de novo.

—Talvez possamos mudar isso — disse Aurora. —Quem está liderando este bando de traidores?

—Não importa quem está no comando — disse uma agente à direita de Aurora, uma mulher compacta que não parecia se importar nem um pouco com a refém de Aurora. —Você vai abaixar esse rifle e fazer qualquer outra coisa que dissermos, ou seu showzinho de esquadrão termina aqui.

Ah, o momento antes do primeiro tiro. Um momento doce, cheio de esperança e possibilidade. Aurora tinha seus alvos, um conjunto ideal a partir de sua posição inicial, sabia que Vana tinha o mesmo. Haveria alguns segundos entre o primeiro tiro e quando os soldados entrassem na luta. Sobreviver tanto tempo, e o Sever poderia sair vivo disso.

Ela já tinha visto chances piores.

—Desculpe — disse Aurora, e Vana se abaixou.

Aurora segurou o gatilho enquanto mirava, usando a alta taxa de disparo de sua arma para costurar lasers pelo centro de comunicações e, em grande parte, queimar alguns buracos sólidos na tela grande no fundo do centro. Aurora deu um passo lateral enquanto atirava, criando a mínima dificuldade para os agentes que tentavam acertá-la. Vana sacou suas pistolas rapidamente, adicionando tiros direcionados ao spray de Aurora.

Os agentes, por mais que Aurora quisesse, não ficaram parados recebendo os tiros. Eles usaram a ação de Aurora como uma licença aberta para matar, e atiraram nos soldados, em Lamya, em todos. Tiros de laser e fumaça que crescia rapidamente das coisas queimadas preencheram o espaço, junto com gritos por ajuda, por vingança, por mães e pais.

Aurora avançou para o meio do caos, pressionando o gatilho do rifle até o pacote de energia fazer um clique vazio. Era difícil dizer quantos alvos ela havia atingido enquanto se embrenhava no labirinto de mesas. Ela sentiu o calor do colete onde vários tiros haviam penetrado seu material absorvente de energia. Mais um ou dois disparos e o equipamento estaria comprometido, queimado demais para suportar mais impactos, mas tinha mantido Aurora viva o suficiente para sair do espaço aberto.

Com um clique seguido de um sibilo, o novo pacote de energia deslizou para dentro do rifle, e Aurora circulou para a direita, mirando no agente que havia iniciado as discussões. Ela encontrou a mulher ainda atrás do console onde havia começado, disparando tiros em direção à entrada. Malditos espiões. A DefenseCorp nem se preocupava em dar-lhes treinamento de combate.

Eles te matariam rapidamente nos primeiros momentos, mas se você sobrevivesse a isso, eles não sabiam como continuar se movendo, continuar atirando.

Aurora sabia, e a agente caiu sem nunca ter visto quem puxou o gatilho.

VINTE E DOIS

ÚLTIMA CHANCE

Movimentar-se em uma nave espacial em gravidade zero não era fácil mesmo nas melhores circunstâncias, como durante uma longa e tranquila viagem de observação estelar de um posto isolado a outro. Sai, tentando chegar à torre esquerda da *Prisa* enquanto Eponi ziguezagueava ao redor da *Nautilus* em uma dança contorcida e espasmódica, bateu a cabeça, as pernas e os joelhos em praticamente todas as superfícies até encontrar apoio nos corrimãos que revestiam cada corredor e cada seção.

Mesmo assim, conforme a *Prisa* girava, Sai tinha que modificar seu agarre. Sem gravidade, Sai não rotacionava com a nave, apenas ficava pendurado enquanto seu mundo orbitava ao seu redor. Seu estômago reagia como seu cérebro, enviando ondas nauseantes que só eram contidas pelos picos de adrenalina que surgiam sempre que os atacantes conseguiam acertar os escudos da *Prisa*.

— Você está planejando atirar logo? — a voz de Eponi ecoou pelos intercomunicadores. — Não estou me divertindo aqui!

— Nem eu — disse Sai ao encontrar seu caminho para o

dente esquerdo da *Prisa*, o estreito prolongamento revestido de armários de armazenamento e terminando em um único assento conectado a uma torre de canhão duplo.

Quando Eponi iniciou outra manobra de rolagem cortando o lado da *Nautilus* — que lado, Sai não fazia mais ideia —, o demolidor desistiu dos corrimãos e se impulsionou em direção à cadeira da torre com um salto flutuante. Enquanto Sai passava pelos armários de revestimento prateado e sinais amarelos, ele viu o espaço e a nave dividindo a janela do lado de fora da torre.

A *Nautilus* fazia seu papel de horizonte, cortando o negro profundo que o espaço reservava para qualquer um fazendo uma viagem interestelar. Eles haviam se afastado de Wexer tão rápido após embarcar no cruzador, acelerando em direção ao núcleo. Seriam dias antes que a *Nautilus* alcançasse qualquer interseção onde pudesse virar em direção a outro sistema habitado. Semanas antes de chegar ao que alguém consideraria espaço civilizado.

Aquele local isolado não parecia tão sinistro até Sai chegar à torre, ver o scanner do console acender com os quatro caças seguindo a *Prisa*, e nada mais. Nenhum tráfego próximo, nenhum reforço, nenhuma oportunidade de fuga.

Se Renard e seus agentes planejavam assumir o controle de uma nave da DefenseCorp, este seria praticamente o lugar perfeito para fazê-lo.

— Sai, por favor, me diz que você está chegando — disse Eponi, elétrica e focada. — Eles estão se agrupando, achando que vão conseguir concentrar o fogo. Ao meu sinal, vou fazer uma manobra de giro e deslize e te dar uma visão bem aberta.

— Estou pronto para aproveitar.

Sai se acomodou na cadeira, os sistemas da *Prisa* escaneando sua altura e calibrando os controles de mira para seu alcance, o scanner para o nível de seus olhos. A tela bloqueou o mundo real, exibindo ameaças potenciais como pequenas setas contra uma tela básica. Inimigos como setas vermelhas, aliados como diamantes azuis — não que Sever tivesse algum aliado por aqui — e suas trajetórias esperadas se ramificando como linhas verdes tênues.

Quando Eponi iniciou sua manobra de giro e deslize, Sai sentiu os motores entrarem em ação, impulsionando a *Prisa* de baixo para cima no mencionado giro. Uma manobra arriscada que virou Sai e Eponi de frente para seus perseguidores, Eponi complementou a manobra com um forte desvio de energia para os escudos frontais, desligando os motores no processo. Mantendo sua velocidade, a *Prisa* seguiu de costas, dando a Eponi e Sai uma linha de tiro clara contra seus inimigos.

— Alinhe-os — disse Eponi.

Os quatro perseguidores vieram cruzando a borda da *Nautilus*, mergulhando em uma formação frouxa que denunciava tempo limitado de cabine. Sai não sabia pilotar porcaria nenhuma, mas tinha visto combates aéreos intensos o suficiente ao seu redor ou sobre sua cabeça para saber que o grupo cambaleante avançando em sua direção não era formado por ases.

Seus scanners teriam dito a eles que a *Prisa* esperava ao redor da curva da *Nautilus*, mas não que ela havia se virado com seu lado letal. O quarteto contornou pensando que eram predadores, mas sua presa havia armado um truque mortal.

Segurando os gatilhos viscosos, Sai enviou disparos incandescentes em direção ao lado esquerdo da formação, roçando os escudos da *Nautilus* enquanto rastreava seu alvo. O caça, uma nave em forma de adaga com seu canhão pesado sob o nariz pontiagudo, reagiu como Sai queria, desviando-se abruptamente da surpresa laser que se aproximava em direção aos seus companheiros de asa.

Eponi acendeu o canhão central da *Prisa*, uma coisa giratória feita para perfurar qualquer alvo burro o suficiente para ficar na mira da nave. Os dois caças do meio, liderando o ataque, romperam para a esquerda e direita para evitar o fluxo de laser. Uma esquiva inteligente, considerando que os caças precisavam se aproximar para que seus disparos de maior impacto entrassem no alcance. Uma esquiva burra, porque o alvo de Sai desviou direto para seu amigo do meio.

Os dois caças, seus alarmes de proximidade sem dúvida gritando sua iminente perdição, entraram em pânico. O alvo de Eponi subiu abruptamente, entrando em uma ascensão inclinada que colocou o caça em rota de colisão direta com a *Nautilus*. O de Sai reverteu seu movimento anterior, voltando para fora, exatamente onde a torre de Sai, rastreando o caça, o encontrou.

Os disparos de Sai atingiram, perfuraram e explodiram o caça. O vácuo engoliu qualquer fogo antes que começasse, criando uma explosão de estilhaços à medida que a nave estourou todas as suas juntas e se espalhou na bagunça. Seu companheiro de desastre tentou desviar da *Nautilus*, um movimento oscilante que não foi suficiente para matar a velocidade do caça antes que sua parte traseira fizesse contato com o casco rochoso do grande cruzador. Painéis, detritos e mais do que alguns pedaços do caça foram lançados quando o pontinho atingiu a parede. Morto no espaço, o caça ricocheteou para longe da batalha, girando no vazio.

Antes que Sai pudesse elogiar Eponi por sua habilidade ao pilotar, enormes explosões azuis preencheram sua visão. Os lasers em si não eram tão largos, mas seu brilho criava halos, como se cometas estivessem disparando em direção à *Prisa*.

A nave estremeceu quando o primeiro tiro acertou, drenando os escudos restantes da *Prisa* para zero e ativando alarmes granulados e estridentes que não fizeram nada para acalmar os nervos de Sai ou direcionar seu foco para algo útil. O segundo disparo chamuscou a *Prisa*, um quase acerto que deixou algumas marcas de queimadura no para-brisa de Sai, como se um gigantesco inseto espacial tivesse espalhado suas entranhas pretas por todo o vidro.

— Continue atirando! — o grito de Eponi sobrepôs-se aos alarmes. — Nós conseguimos!

Sai não sabia de onde Eponi tirava aquela confiança, mas fez o que ela pediu. Girando a torre para o par restante, Sai se juntou ao canhão central de Eponi e a uma torre direita operada por computador para queimar a energia restante da *Prisa* em uma salva ofensiva. Os dois caças desviavam e esquivavam enquanto suas armas pesadas recarregavam, aproximando-se a uma distância que significaria morte certa se qualquer um deles sobrevivesse para outro tiro.

Alinhar aquele golpe fatal, no entanto, exigia que aquelas malditas adagas ficassem paradas por um segundo. Paradas o suficiente para que os tiros de Sai ricocheteassem ao longo do caça externo, que já tentava se esquivar da torre direita da *Prisa*. Assim como Eponi havia feito com o primeiro par, Sai pegou o caça esquecendo-se das múltiplas armas da *Prisa*, e seus lasers queimaram um motor, deixando a adaga girando livremente para se juntar ao seu companheiro em uma jornada eterna rumo ao infinito.

Eponi tinha sua mira no último caça, mas o piloto serpenteante, agora com mais espaço já que seus companheiros haviam sido obliterados, evitava seu fogo contínuo.

O piloto girou para a direita, afastando a nave do perigo de Eponi, fora do alcance da torre de Sai. O lado direito da *Prisa* disparava tiros intermitentes, mas a IA não conseguia acompanhar a dança, sempre atirando onde o caça estava, e não onde ele estaria.

— Traga-o para a esquerda — disse Sai. — Não consigo acertá-lo lá.

— Estou tentando — respondeu Eponi. — Os motores não estão muito felizes agora.

Talvez porque ela havia apostado tudo na manobra de girar e atirar. Sai não podia discutir com os resultados, mas tinha sido uma jogada de tudo ou nada. Eles não haviam acertado o último caça, e agora estavam deslizando em linha reta, alvos fáceis para um atacante calmo.

A *Prisa* estremeceu quando Eponi tentou salvar sua manobra, e Sai viu a energia para seus próprios tiros se esgotar enquanto Eponi dava tudo o que podia aos motores. Eles haviam investido tudo no ataque, e agora tinham que fazer o contrário. Sua velocidade diminuiu e o caça adaga disparou em direção a eles.

Sai piscou, percebendo que Eponi havia passado de uma manobra para outra. Fazer o caça adaga ultrapassá-los e executar outro giro, dando à tripla ameaça da *Prisa* um par perfeito de motores para iluminar.

— Eu vejo... — Sai começou a dizer enquanto o caça adaga se aproximava, sua ponta mirando diretamente neles.

Enquanto a adaga atirava.

Eponi girou a *Prisa* quando o raio azul brilhou, o tiro vindo em direção a eles. Da perspectiva de Sai, o grande raio azul foi para a direita, e ele teria acreditado que fosse longe demais à direita, exceto que a *Prisa* sacudiu, um tremor acompanhado por mais estalos, estrondos e concussões do que Sai já havia ouvido.

Atrás dele, uma vedação de emergência foi acionada, prendendo Sai em sua torre. Mantendo fora qualquer vazamento potencial para o vácuo, dando a Sai o oxigênio atualmente preso ali como seu tempo de vida. Lá fora, o *Nautilus* entrava e saía de vista, a *Prisa* girando enquanto seus motores lutavam para compensar o dano.

— Eponi, por favor, me diga alguma coisa — Sai falou no console.

Estática veio de volta. Uma rajada aguda, então nada. Nada bom.

Sai tocou freneticamente no console, tentando exibir uma lista de status do sistema, tentando obter alguma informação sobre o que havia acontecido. Enquanto deslizava, Sai encontrou uma avaliação vermelha após a outra. A energia da *Prisa* oscilava por toda parte, seus motores mal faiscando. Como água correndo por um cano com mil válvulas se abrindo, muito pouca energia fluía para todos os lugares.

Quanto ao vazamento para o vácuo, o console o localizava entre a asa direita da *Prisa* e o núcleo central. Um buraco cisalhado que se abrira.

— Sai — as palavras de Eponi soavam diferentes, mais abafadas e apressadas. — Tive que trocar de console. O meu explodiu com o impacto. Pelo que posso dizer, estamos mortos no espaço.

— Pelo meu cálculo, ainda estamos vivos.

— Aquele caça está lá fora. Ele vai voltar e nos liquidar.

Sai deslizou o console de volta para o scanner, viu a seta vermelha do caça fazendo a curva de volta. Alinhando-se para o tiro fatal.

— Você tem algum truque sobrando? — disse Sai.

— Sou piloto e minha nave não está funcionando direito agora. — Eponi tossiu. — Nosso relé de energia está quebrado. Mesmo que aquele caça não nos acerte, vamos explodir por conta própria.

Como uma bomba. Sai se conectou à referência, um quebra-cabeça que ele sabia resolver. Desarmar um explosivo frequentemente significava manter duas coisas separadas, significava desviá-las uma da outra ou cortar a conexão. A *Prisa* continuava tentando enviar energia para os motores, para a torre direita, e nenhum dos dois funcionava. Eventualmente, toda essa energia poderia queimar algo importante, explodindo a nave em átomos no que seria, com todo o vácuo, uma explosão profundamente decepcionante.

— Redirecione tudo para a minha asa — disse Sai. — Tudo o que puder, envie para o meu lado.

Eponi tossiu novamente, mas Sai quase podia ver o sorriso quando ela falou: — Você é um idiota, Sai. Vai explodir quando atirar.

— Pelo menos eu vou pegá-lo.

Eponi não respondeu, mas Sai viu seu console piscar. Com um deslizar, Sai voltou para o scanner, a torre informando que toda a energia necessária estava aguardando. O caça agora tinha sua seta apontando de volta para a *Prisa*, uma aproximação lenta enquanto se alinhava para o tiro fatal nos motores traseiros da *Prisa*.

— Tenho uma última coisa para te dizer — disse Eponi. — Não erre.

— Foi um prazer voar com você, Eponi.

Girando a torre, Sai centrou os canhões no caça. Ele sussurrou uma rápida oração para seus filhos, para sua esposa, e puxou o gatilho.

VINTE E TRÊS

CORTINA DE FUMAÇA

Gregor se recusou a deixar que qualquer surpresa afetasse seus nervos quando viu Aurora entrar na sala com um agente sob a mira de uma pistola. Ele não via sua comandante desde que ela havia desaparecido com Deepak minutos após embarcar no *Nautilus*, e Gregor estaria mentindo para si mesmo se uma grande parte dele não tivesse imaginado que um agente já teria feito Aurora beijar o vácuo a essa altura.

Em vez disso, lá estava ela, trazendo consigo a densa tensão pré-luta. Gregor desviou seu foco de Aurora enquanto ela falava, concentrando-se na distância entre ele e o imbecil atrás dele, o canalha que havia manipulado Rovo para revelar a localização de Kaia.

Quando o refém de Aurora caiu e sua comandante começou a causar destruição com aquele rifle intrigante que ela tinha, o plano pré-carregado de Gregor entrou em ação. O agente atrás dele estava com ambas as pistolas sacadas, apontadas e prontas para atirar. Virar-se levaria muito tempo, mas Gregor tinha deslizado seus pés ligeiramente para que pudesse se jogar para trás ao primeiro sinal.

Como uma queda de confiança raivosa.

O impulso para trás desequilibrou o agente, fazendo com que os primeiros tiros de pistola queimassem sobre os ombros de Gregor e atingissem o teto. Gregor manteve seus pés em movimento, trabalhando o chão para continuar batendo suas costas contra o peito do agente enquanto sua mão esquerda lutava para impedir que os braços armados do agente encontrassem qualquer alvo.

Se conseguisse empurrar o agente contra a parede, o tamanho de Gregor deveria ser capaz de esmagar o agente.

Se.

O tornozelo de Gregor bateu em algo duro quando o agente girou, o homem menor usando seu tamanho para sair de baixo de Gregor e derrubá-lo. Gregor caiu pesadamente, atingiu o chão liso do centro de comunicações e olhou para cima, encarando uma saudação de cano duplo. Fumaça subiu ao redor do rosto contorcido do agente, um olhar queimado que dizia que a vingança era muito desejada naquele momento. A fumaça não conseguia esconder aquela raiva.

Também não fez muito para esconder a cadeira que se chocou por trás.

Rovo balançou o assento com força na cabeça do agente, um golpe que fez o novato cair junto com o agente. Ambos atingiram o chão, o agente com o olhar vidrado enquanto Gregor arrancava as pistolas, e Rovo gemendo que havia rasgado algo em seu peito.

— Valeu, novato — disse Gregor, dando um sólido golpe de nocaute no agente caído. — Você vai conseguir aguentar?

— Não sei — disse Rovo, com uma mão na cadeira, como se o móvel fosse sua âncora na loucura.

— Então aguente até eu voltar.

Gregor teria ajudado Rovo ali mesmo, mas com todo o fogo laser queimando através do centro de comunicações, terminar a luta traria melhores chances para a recuperação do novato do que uma ousada retirada.

Com Aurora e os recrutas ocupando a frente do centro de comunicações, Gregor usou a fumaça e as mesas para cobrir um deslizamento furtivo de volta à parede externa. Funcionários não-agentes seguiam o protocolo da Defense-Corp, se agachando sob suas mesas e rezando para quaisquer deuses em que acreditassem. Os próprios agentes, e Gregor sufocou uma maldição barulhenta ao perceber seu aparente número - o puro volume de laser dava uma pista de que os malditos espiões estavam por toda parte - se agrupavam em direção ao fundo, formando uma defesa real.

Entre cada mesa, formando pequenos cubículos, havia barreiras de aço prateado. Finas e translúcidas, as construções em forma de cruz pontilhavam o centro de comunicações, dividindo o espaço em grupos. À medida que o campo de batalha tomava forma, essas barreiras diluíam os lasers o suficiente para servir de escudo, e os agentes se amontoavam atrás de várias delas em direção à parede dos fundos. Passando pela fumaça e permanecendo abaixado, Gregor foi de um grupo para o outro, aproximando-se dos agentes pelo lado.

Ele chegou à última fileira sem ver ninguém, encontrando cadeiras vazias, telas queimadas e pouco mais. Espiando ao redor da esquina da divisória, Gregor distinguiu contornos nebulosos na fumaça, os agentes lutando contra probabilidades cada vez piores. Os recrutas agora tinham seus rifles, e os comandos de Lamya ecoavam sobre o barulho, posicionando suas forças em um círculo de cerco.

Por que os agentes continuavam lutando se não tinham esperança?

Gregor entendia a ideia de sair em uma gloriosa explosão, lançando cada último esforço contra probabilidades impossíveis. Os agentes, no entanto, não pareciam ser desse tipo. Eles agiam nas sombras, mudando alianças e dizendo o que fosse necessário para se manterem vivos, para manter sua missão em andamento.

De jeito nenhum eles continuariam lutando a menos que esperassem que algo mudasse.

Gregor girou, olhando de volta para a entrada do centro de comunicações e aquelas divisórias com janelas. A fumaça se dissipava naquela direção, e através de sua nuvem cinzenta Gregor viu poucos recrutas restantes do lado de fora. Todos entravam em corrente, fazendo seu avanço metro por metro em direção aos agentes.

Outro ataque vindo por trás os prenderia a todos.

Melhor garantir que isso não pudesse acontecer.

Gregor empurrou a cruz perto dele, a barreira se movendo conforme uma força para a qual nunca foi projetada a empurrava para frente. A cruz gemeu ao longo do chão liso enquanto Gregor empurrava, girando com a força e não tendo absolutamente nenhum efeito no tiroteio em andamento.

Mas a ideia se comprovava.

Após outra rajada de laser zunir pela sala, Gregor fez uma corrida de investida em direção às barreiras improvisadas que os agentes haviam erguido. As cruzes serviam de cobertura, e Gregor, sem um único tiro em sua direção — ajudava o fato de que ele mantivera suas próprias pistolas quietas, não chamando atenção — colidiu com a cruz da esquerda. Os agentes haviam reunido quatro delas em um arco frouxo, e Gregor atingiu um dos lados.

Indo com toda a força, seus ombros abrindo caminho, Gregor acertou o mais próximo possível do centro da cruz, erguendo e empurrando a barreira. A coisa toda foi levantada de lado antes que o impulso a derrubasse de cabeça para baixo, batendo com força no vidro que se estilhaçou com um rasgo crepitante.

Deixando Gregor, sem nenhuma cobertura, olhando para um monte de agentes furiosos.

Havia algumas lutas que você podia vencer pela força bruta, algumas lutas que você podia vencer sendo inteligente. Gregor preferia a primeira, mas agora? Ele tentou a segunda. Largou suas duas pistolas, levantou as mãos e esperou.

Por toda a galáxia, Gregor achava que a honra era uma ideia inconstante. A maioria das pessoas, fossem elas humanas, alienígenas ou algo entre os dois, tendia a se considerar do lado bom. Elas queriam fazer o que achavam certo, o que preservaria alguma integridade moral para si mesmas.

E atirar em um homem desarmado, com os braços erguidos em rendição, tendia a ficar fora dessa janela.

Então os agentes hesitaram, alguns voltando-se para seu tiroteio ativo, os outros olhando para seus companheiros e tentando descobrir se poderiam fazer prisioneiros nessa situação confusa e desastrosa.

Essa hesitação provou ser tudo o que Lamya e Aurora precisavam.

Mesmo com alguns agentes voltando ao combate, a reviravolta veio tarde demais. Os soldados caíram de todos os lados, com a própria Aurora aparecendo por cima de uma cruz e disparando fogo devastador de repetição. Em segundos, que Gregor passou com os braços erguidos, as costas contra a parede do centro de comunicações e a respiração suspensa, os agentes foram neutralizados.

Enquanto os soldados desarmavam os espiões, Lamya captou a ideia de Gregor e postou vigias nas portas do centro de comunicações. Nenhum reforço havia aparecido ainda. Se apareceriam agora que a luta havia sido encerrada, quem sabia, mas chances não seriam tomadas.

— Boa jogada — disse Aurora, dando um tapa no ombro de Gregor enquanto se dirigiam para Rovo. — Sabe o que salvou seu traseiro, no entanto?

— Não?

— Sua cabeça enorme. Vi aquilo em pé através da fumaça e sabia que você estaria morto em um segundo se eu não fizesse algo.

— Essa é a primeira vez que minha cabeça foi útil.

— Parabéns — Aurora brincou, então inspirou profundamente ao ver Rovo, encostado na parede lateral para onde ele havia se arrastado. O novato parecia terrivelmente pálido, como se tivesse visto um fantasma enquanto doava sangue. — Que diabos aconteceu com você?

— Longa história — disse Gregor, quando Rovo balançou a cabeça. — Ele precisa voltar para a enfermaria, mas há muitos agentes.

— Nós o levaremos lá — respondeu Aurora. — Encontre Lamya, peça para ela chamar um médico para garantir que ele vai sobreviver.

— O que você vai fazer?

— Eu vim aqui por um motivo — disse Aurora, acenando em direção às estações de trabalho, algumas ainda intactas apesar da ruína enfumaçada do centro de comunicações. — Há uma mensagem que precisa ser enviada.

O esquadrão de Lamya realmente tinha um médico, e Gregor deixou Rovo nas mãos do soldado. Aurora assumiu uma estação de trabalho, depois de dizer a Gregor para voltar para a armadura de poder. O traje poderia ser a arma mais poderosa na *Nautilus* agora, e Sever precisava dele sob seu controle.

O traje imponente esperava fora do centro de comunicações. Gregor aceitou o escaneamento, respirou através dos ajustes rápidos enquanto o traje substituía sua configuração para Rovo por uma configuração do tamanho de Gregor. Voltar para dentro da armadura de poder era bom, uma sensação reconfortante que combinava a força existente de Gregor com invencibilidade.

— Gregor, você está aí? — A voz de Aurora crepitou através do visor.

— Estou. — Gregor mexeu os dedos, observou as mãos de metal seguirem seus comandos. — Pronto para ir.

— Ótimo. Você vai escoltar Vana até a ponte passando pelos alojamentos. Pegue um esquadrão ou três e vá reforçar Deepak.

— Reforçar?

— Não consegui contatar a ponte — disse Aurora, embora a falta de surpresa em sua voz fizesse Gregor se perguntar o que ela sabia que ele não sabia. — Renard ainda pode estar lá, e isso não é bom.

— Renard?

— Vana vai te explicar.

Gregor viu a mulher, colete exibindo algumas queimaduras de tiros, abrir caminho para o saguão e lançar um olhar seco para Gregor. Aparentemente, Vana não estava muito impressionada com a armadura de poder. Problema dela.

— E você? — disse Gregor, enviando a mensagem de volta para Aurora.

— Estarei coordenando a resistência.

— A resistência? — Gregor perguntou, enquanto Vana seguia em frente, acenando para que Gregor a seguisse. Com um som metálico após o outro, ele o fez. — Que resistência?

— Os agentes nesta nave acabaram de declarar guerra a

todos os outros — respondeu Aurora. — Temos que encontrá-los, eliminá-los e depois seguir a cadeia até o topo.

Gregor deu vários passos para processar as palavras de Aurora. Elas soavam como um retorno à política normal, que Sever estava abandonando sua incursão mercenária antes mesmo de começar. Gregor não tinha problemas em derrotar os bandidos, mas isso parecia menos uma missão e mais como se Aurora estivesse envolvida em uma causa.

As perguntas morreram antes que Gregor encontrasse uma maneira de fazê-las. Agora, a bordo de uma nave repleta de hostis, não era o momento de pressionar Aurora. Havia inimigos para destruir e, por enquanto, isso seria suficiente.

— Aurora me diz que você é o perigoso — disse Vana enquanto se dirigiam para o centro da *Nautilus* e os alojamentos que os esperavam lá. — Um homem mais propenso a socar do que a pontificar.

— Não está errada.

— Isso é bom — continuou Vana. Gregor a observou melhor. A agente carregava munição suficiente para um rifle que segurava com ambas as mãos, mas ela não se movia como alguém esperando fogo. Mais como alguém que tinha um plano, que sabia que podia realizá-lo. — Para onde estamos indo, vou precisar dessa força.

— A ponte?

— Eventualmente — disse Vana, chegando a um elevador e pressionando o botão de chamada. — A questão é, há uma razão pela qual Renard quer a *Nautilus*. Por que ele moveu tantos agentes para cá ao longo dos anos.

Gregor permaneceu em silêncio. Melhor escutar quando alguém começa a revelar informações. O elevador chegou, e Gregor entrou pesadamente ao lado de Vana. Ela não escolheu o andar superior, mas os enviou de volta para baixo. Em direção ao refeitório e aos laboratórios experimentais.

— Renard não está jogando esse jogo com uma mão só — disse Vana, como se descrevesse uma imagem particularmente enfadonha. — Sua garotinha é um bônus. Uma surpresa. Estamos atrás do verdadeiro prêmio.

O elevador se abriu, e Vana conduziu Gregor ao corredor do andar inferior.

— E qual é esse prêmio? — perguntou Gregor.

— Dá uma olhada em você mesmo — disse Vana, lançando um sorriso malicioso na direção de Gregor. — Você está usando uma versão antiga. O último protótipo está em algum lugar nesta nave, e temos que pegá-lo antes que Renard o faça.

— Ou?

— Ou ele o leva com ele, e nós estamos muito, muito mortos.

VINTE E QUATRO

REINÍCIO

A chuva de estilhaços soava como aço. Eponi se encolheu quando os restos do último caça colidiram com a *Prisa*, que flutuava sem escudos e queimada na sombra da *Nautilus*. Os tiros de Sai haviam sido certeiros, incinerando o caça adaga em sua aproximação final. Aqueles disparos salvadores também haviam danificado os condutores de energia da *Prisa*, os pequenos cabos que enviavam energia enrolada das baterias da *Prisa* para onde Eponi precisasse.

Neste momento, Eponi não tinha muita certeza do que precisava. Seu traseiro estava plantado na cadeira principal de piloto da *Prisa*, e ela acabara de soltar as mãos do manche de voo, que agarrara com tanta força que os músculos haviam travado. À frente, a *Nautilus* pairava como uma lua metálica, dominando a vista com suas luzes de navegação e manchas prateadas reflexivas. O cruzador parecia congelado, mas tanto ele quanto a *Prisa* estavam se lançando em alta velocidade para algum lugar.

Mesmo sem seus motores, o espaço sideral não fazia nada para desacelerar a *Prisa*.

E ainda assim, a *Nautilus* parecia estar se afastando

lentamente. Eponi franziu a testa, inclinou-se para mais perto do para-brisa, como se alguns centímetros de proximidade pudessem ajudá-la a discernir o movimento relativo. A inclinação não ajudou, mas a onda de estilhaços passando ao redor da *Prisa*, sim.

Qualquer impacto, por menor que fosse, reduziria a velocidade. Qualquer empurrão negativo, como a pressão dos canhões de Sai quando dispararam contra o caça adaga, eliminaria milissegundos. Não muito, não muitos, mas o suficiente para que a *Nautilus* ultrapassasse a nave danificada de Eponi. Se Eponi não encontrasse uma maneira de fazer a *Prisa* se mover, eles ficariam abandonados no espaço remoto.

As chances de um resgate por aqui eram baixas demais para arriscar.

Eponi teria avisado Sai sobre a situação, mas a *Prisa* não tinha mais nenhum sistema de intercomunicação funcionando. Droga, não tinha *nenhum* sistema funcionando que não estivesse ligado às suas baterias de reserva críticas: suporte de vida - reciclagem de ar, controle de temperatura - continuariam funcionando enquanto a *Prisa* tivesse qualquer energia.

Então, se a *Nautilus* escapasse, Sai e Eponi poderiam morrer bem devagar.

O console de pilotagem de Eponi estava escuro, destruído pelo primeiro golpe real na *Prisa*. Ela usara o do copiloto para contatar Sai, mas esse também se juntara à sua irmã no além após o disparo de Sai que sugara toda a energia. A piloto teria que deixar a cabine para salvar sua nave.

— Ótimo — disse Eponi enquanto se erguia do assento, seus músculos latejando ao serem chamados para mover um corpo sem peso no ar. — Quero ver você tentar me matar, espaço.

Provocar o vazio interestelar fez Eponi se sentir melhor enquanto ela dava uma longa olhada para o interior da *Prisa*. Além da cabine de quatro lugares, um corredor curto cujo chão também servia como elevador rápido da nave se abria para a área central de convivência da *Prisa*. De seu ponto de vista, Eponi podia ver que sua recém-adquirida nave ficaria presa em uma baia de reparos por um longo, longo tempo.

Os lacres dos armários, afetados pelas ondas de energia, haviam cedido. Ferramentas aleatórias, pacotes de comida e o rifle de Eponi flutuavam ao redor, gastando momento em colisões de baixa intensidade uns com os outros. Rupturas ao longo dos painéis do teto revelavam sensores queimados e seus alarmes correspondentes. Detritos mais grossos flutuavam do lado direito da *Prisa*, onde a nave havia recebido seu golpe mais duro.

Atrás deles, o salão absorvia pouca iluminação, expandindo-se mais como uma caverna cinzenta do que como o núcleo da *Prisa*.

Eponi se impulsionou para frente, afastando detritos ao fazer contato. Por mais que ela quisesse ver se Sai ainda estava vivo, o objetivo número um era fazer a *Prisa* se mover novamente, o que significava chegar aos seus motores e religá-los às baterias. Na nave, os motores ficavam bem atrás, acessados descendo abaixo do centro. O mesmo caminho para chegar à rampa de saída principal.

Exceto que tudo ficou muito escuro assim que Eponi deixou para trás a cabine e seu show de luz estelar. Sem um bracelete ou um console, nada dava a Eponi mais do que um reflexo fraco. Ela teria que navegar pela memória, pelo toque.

A *Prisa* tocava seu próprio concerto de desastre enquanto Eponi julgava seu caminho e se impulsionava em direção ao lado oposto da câmara central. Os alarmes, misericordiosamente, haviam morrido com a sobrecarga de energia, mas uma linha de percussão dispersa soava por toda a nave enquanto os conteúdos danificados ricocheteavam uns nos outros. Sussurros estáticos ecoavam aqui e ali, intercomunicadores se conectando por segundos antes de cortar novamente.

Tudo complementado pelos sistemas de suporte de vida da *Prisa* e seu reconfortante zumbido, um rangido de baixo grau que ressoava por toda a nave.

Esses sons, juntamente com o metal frio e duro tocando as pontas dos dedos de Eponi quando ela atingiu a parede distante da câmara, deslizando para a curva descendente. Usando o teto acima dela, agora próximo já que Eponi estava sob o segundo andar da *Prisa* e seus alojamentos da tripulação, Eponi se endireitou. Sentiu com os pés para encontrar os degraus que levavam para baixo.

Sem gravidade, Eponi não podia andar, então ela se impulsionou. Empurrando-se contra o teto, seus pulsos dando a Eponi o ângulo que ela precisava, a piloto da *Prisa* deslizou fantasmagoricamente pelos degraus. A descida se enrolava, com o recorte para a rampa de saída na metade do caminho. A luz estelar remanescente morria aqui, diminuindo para a escuridão total.

Eponi fechou os olhos. Não porque a escuridão a assustava — definitivamente não — mas para se concentrar, para canalizar seus sentidos para as pontas dos dedos, seus pés calçados, e sentir cada centímetro enquanto avançava. O foco tinha um segundo propósito: tentar afastar o pânico corrosivo e devorador de que ficariam presos aqui, abandonados por uma tripulação do *Nautilus* que queria Sever morto.

Cada um tem seus próprios pesadelos, e os de Eponi

centravam-se basicamente em ficar presa no vácuo, em ser deixada para morrer sozinha no espaço. Ela odiava comportas de ar por essa razão e adorava sentar na cadeira do piloto porque segurar o manche dava a Eponi algum controle sobre seu destino. Ela não tinha conseguido fugir de todos os quatro caças desta vez, mas chegou bem perto, e agarrar-se a esse fato a mantinha seguindo em frente.

Tinha sido um esforço heroico. Digno dos melhores pilotos. E os melhores não desistem só porque alguém os acertou com um tiro de sorte.

Eponi encontrou a porta da rampa, sua borda rugosa um sinal indicando que o destino não estava longe. Os degraus se achataram em uma curva nivelada voltando em direção aos motores. Agora era mais fácil continuar avançando. Ela manteve os olhos fechados, sentiu uma lufada quente no ar ao se aproximar de onde toda aquela energia estava presa.

Sai teria sido útil. Ele tinha elaborado o plano de redirecionar os condutos para disparar aquele último tiro. Provavelmente poderia fazer o mesmo com a bagunça de fios que esperava lá embaixo. Eponi não tinha exatamente feito muito trabalho de reparo nas entranhas da nave — a DefenseCorp pagava especialistas para esse tipo de coisa — então isso seria mais adivinhação do que um plano firme.

Mas melhor arriscar um tiro do que morrer esperando por um.

Quando o zumbido constante abafou os ruídos aleatórios, Eponi abriu os olhos. Ainda não havia iluminação superior na sala de máquinas, mas vários medidores e pequenas telas de status emitiam brilhos amarelos, vermelhos e verdes suficientes para dar uma certa cor festiva a uma situação que de outra forma parecia um desastre. O surto de energia de Sai não tinha apenas explodido coisas lá em cima, tinha bagunçado as coisas aqui embaixo também.

Os motores da *Prisa* sincronizavam sua energia diretamente com as grandes baterias da nave, placas de armazenamento que carregavam quando a nave pousava, ou da luz estelar capturada absorvida por painéis espalhados por toda a superfície da *Prisa*. Pelo que Eponi podia dizer, o surto, ou o tiro do caça adaga, tinha queimado todos os motores menos um, um único conjunto se agarrando à vida.

Eponi se inclinou, leu os números, as barras de status. Tentou fazer alguns cálculos mentais, uma tarefa mais difícil do que deveria ser, mas o medo e hábitos enferrujados — computadores de voo costumavam lidar com os números — forçaram Eponi a se esforçar várias vezes para resolver as equações. Não ter uma superfície para escrever, um bracelete para registrar qualquer coisa, também não ajudava.

Mas, com todas essas ressalvas, Eponi calculou que o conjunto único, junto com a velocidade restante da *Prisa*, poderia mantê-los ao alcance de comunicação do *Nautilus* por um tempo. Exceto que, para o motor ajudar de alguma forma, Eponi teria que virar a *Prisa* novamente.

Os jatos de manobra, pequenos dispositivos destinados a empurrar a *Prisa* de um lado para o outro, pareciam estar em melhor estado que seus irmãos maiores. Eponi os tinha desligado depois de virar a *Prisa* na luta, direcionando sua energia para os lasers, para os escudos, e isso pode ter mantido as coisas vivas. Agora ela tinha que fazer a energia fluir para eles, e fazer isso significava mexer com as próprias baterias.

Aos seus pés, o brilho iluminava um piso gradeado. Sob o mosaico oval ficavam as baterias, e os fios crus conectando sua energia diretamente a fontes críticas, como os motores principais e os sistemas de suporte de vida. Ao nível dos olhos de Eponi, parecendo preto e queimado, o painel de controle principal da *Prisa* estava morto e acabado. Condutos, fios grossos revestidos, vinham de várias seções e se conectavam ao painel. Cada um tinha sido cuidadosamente marcado pelos proprietários anteriores da *Prisa* com sua finalidade.

— Sabe de uma coisa? — disse Eponi ao encontrar o dos jatos de manobra. — Vamos sair dessa juntos. Você vai ver.

Ela falava com todos os seus karts também. Dava-lhes elogios quando faziam uma curva, ultrapassavam um líder, ou mantinham Eponi viva através de mais um desastre cambaleante. As palavras a faziam se sentir menos sozinha, mais como se as naves fossem suas amigas.

Por mais meloso que isso soasse, em um universo como este? Amigos eram difíceis de encontrar.

Eponi desconectou o fio, alcançou e levantou a grade. Tateou para encontrar o slot aberto na porta da bateria e deu aos jatos de manobra acesso livre ao suco energético. Imediatamente, um novo zumbido ecoou pela *Prisa*, a nave acordando e percebendo que ainda podia ser salva.

— Volto para buscar o resto de vocês mais tarde — disse Eponi para o painel de controle e suas linhas queimadas.

Sentindo o caminho de volta pelas escadas, subindo até o cockpit, Eponi viu que o *Nautilus* tinha mantido seu avanço, aumentando sua vantagem. O manche parecia morto nas mãos de Eponi, sua potência assistida tinha ido embora junto com quase todo o resto. Mas quando Eponi ligou os jatos, quando puxou com força o manche, as conexões funcionaram.

A *Prisa* voou.

VINTE E CINCO

UM SOBRE TODOS

Rovo observava. Pela primeira vez no que parecia uma eternidade, ele observava.

Lamya e seu esquadrão reuniram os agentes, juntaram os vinte e poucos e os levaram para algum lugar. Os agentes não pareciam felizes, nem tristes. Se Rovo tivesse que adivinhar, as expressões secas em seus rostos diziam que estavam aliviados por estarem vivos e não muito preocupados com o futuro.

Preocupante, isso. Mas então, também era a dor que se espalhava do peito e escorria pelas pernas, subindo pelos ombros. Nervos que não queriam descansar.

Rovo observava a equipe reduzida operando o centro de comunicações, os oficiais leais, alferes e vários membros da tripulação retornando aos seus postos enquanto lidavam com a nada agradável constatação de que seus colegas de trabalho, seus amigos, seus companheiros haviam sido outra pessoa o tempo todo. Rovo nunca tinha sentido essa traição antes, mas sabia como o dever poderia distrair, e a equipe de Deepak voltou a transmitir mensagens, atender chamadas e direcionar o tráfego pela nave.

Outros se ocuparam limpando o que podiam ou ajudando robôs a navegar pelos destroços para iniciar os reparos.

Aurora, no entanto, chamava a atenção principal de Rovo. Ela havia escolhido o console mais próximo que não tivesse um buraco de laser na tela. Rovo a viu digitando, enviando uma mensagem após a outra, cada uma dizendo a mesma coisa.

Como se sentisse os olhos de Rovo sobre ela, Aurora lançou um olhar em sua direção.

— Ainda vivo aí? — perguntou Aurora.

— Não tenho certeza se quero estar — respondeu Rovo. — Levar um tiro é uma droga.

— Eu sei. Eu te levaria para a enfermaria agora mesmo, mas até ter certeza de que está liberada, não quero arriscar.

— Você sabe que eu estive na enfermaria hoje? — disse Rovo. — Dois agentes tentaram me matar lá.

Aurora não pareceu muito feliz com isso. Rovo deve ter estragado o clima de brincadeira. Mudou o rumo das coisas, porque Aurora se afastou da mesa e deu alguns passos longos para se sentar ao lado de Rovo.

— Agentes também tentaram matar Sai e Eponi — disse Aurora. — E eu também. Renard, aquele homem que vimos na projeção em Wexer? Isso tudo é plano dele. Ele achou que eu saberia onde Kaia estava, por isso fez Deepak me separar. — Os olhos de Aurora se estreitaram, olhando para o nada em particular. — Deepak fez parecer que a *Nautilus* estava em risco. É por isso que ele ajudou Renard, ou pelo menos é o que ele diz.

— Você acredita nele?

— Não importa — disse Aurora. — Vamos lutar pela nave de qualquer forma.

— Por quê? — replicou Rovo. — Sabemos onde Kaia está. Devíamos simplesmente entrar na *Prisa* e ir embora. Quem se importa com a *Nautilus*?

A pergunta saiu mais fácil do que Rovo pensou que sairia. A garotinha que ele havia encontrado, sozinha e praticamente abandonada naquele apartamento em Dynas, tornava a nave, todos os agentes e o almirante e suas agendas conflitantes tão sem sentido.

Aqui estava ele, tendo se juntado à Sever para se tornar um soldado endurecido pela batalha, e agora o amor despreocupado de uma menina havia jogado esse sonho fora. E Rovo não se importava nem um pouco.

— Porque se deixarmos Renard vencer aqui, ele poderá concentrar seus recursos em nós — disse Aurora. — Se forçarmos as tropas da DefenseCorp a lutar contra os agentes em suas naves, em seus mundos, então a DefenseCorp estará ocupada demais lutando consigo mesma para se importar com o que fazemos.

Rovo piscou. Tentou entender as palavras de Aurora e o que elas realmente significavam.

— Aquelas mensagens que você estava enviando, o que eram?

— A verdade. — Aurora encostou a cabeça na parede atrás dela, e Rovo imaginou que ela devia estar tão exausta quanto ele. — Enviei exatamente o que aconteceu aqui para todas as naves da DefenseCorp no diretório da *Nautilus*. Todos ouvirão que não devem confiar nos agentes a bordo, que precisam agir para evitar um golpe.

— Os agentes podem interceptar essas mensagens.

— Ótimo. Se algumas passarem e outras não, isso fará parecer ainda pior. Quanto mais voltarmos a DefenseCorp contra si mesma, melhor.

— Você está soando quase maligna, Aurora.

— Estou protegendo meu esquadrão, Rovo — disse Aurora. — E não acho que virar mais esquadrões contra Renard e quaisquer que sejam seus planos seja maligno.

— Não, mas...

— Vem. — Aurora se levantou, estendeu a mão para ajudar Rovo a ficar de pé, instável. — Até a enfermaria estar pronta, tenho algo que preciso que você faça.

Aurora colocou Rovo no console. As mensagens que Aurora estava enviando apareceram na frente do novato, com muitas mais prontas para serem passadas para ainda mais naves. A DefenseCorp tinha milhares, talvez milhões de embarcações cobrindo a galáxia, e Aurora queria enviar a mensagem para cada uma delas.

Rovo também notou que Aurora não havia assinado as mensagens como ela mesma. O nome anexado a todas elas pertencia ao oficial de comunicações que havia usado esta mesa antes do tiroteio. Uma guerra iniciada por alguém que já poderia estar morto, que nunca saberia para que havia sido usado.

— Eu não sou especialista em comunicações — disse Aurora, observando que ela estava enviando as mensagens uma por uma. — Você é. Espero que você possa encontrar uma maneira de fazer isso mais rápido.

— Se eu não morrer primeiro.

— Sobre isso — disse Aurora. — Vou falar com Lamya. Conseguir um médico para dar uma olhada, e assim que liberarmos a enfermaria, você vai voltar para lá.

— O que você vai fazer?

— Não temos notícias da ponte há muito tempo — disse Aurora. — Não sei o que isso significa para Sai e Eponi, mas quero descobrir. Vana e Gregor estão indo para lá, mas vou tentar obter mais informações. Não estarei longe, então me chame se precisar de algo.

Sua comandante deixou Rovo ali, encarando uma tela com a responsabilidade de despedaçar uma galáxia.

De volta à sua antiga estação espacial, em sua antiga carreira, com suas antigas responsabilidades, Rovo via toda a correspondência que passava por seu setor. Via muitas mensagens destinadas a minar um almirante aqui ou promover um oficial ali. Manobras políticas. Existiam lados em todo lugar, e a DefenseCorp frequentemente lidava com suas discordâncias internas enviando o perdedor para alguma missão distante em uma rocha esquecida como, bem, Wexer.

Rovo leu a mensagem que Aurora estava enviando, queria enviar. Não tinha a linguagem direta redigida por um especialista, e carecia do tom autoritário para exigir uma resposta imediata. Em vez disso, Aurora exigia ação em termos simples, apresentando os agentes como uma ameaça nebulosa que deveria ser apreendida para garantir a segurança.

Aurora queria uma guerra, mas do jeito que ela havia escrito isso, cairia bem dentro dos padrões habituais da DefenseCorp. Se alguém se desse ao trabalho de agir, dariam apenas um tapinha no pulso dos agentes até que estes os convencessem do contrário.

A ameaça não podia ser nebulosa. Não podia ser vaga. Os agentes precisavam ter um objetivo que deixaria cada soldado furioso. Que faria almirantes colocarem algemas paralisantes em qualquer agente que vissem.

Rovo conhecia palavras que poderiam causar isso. Evidências claras combinadas com passos específicos para neutralizar o perigo imediato. Acrescentando um pouco de formalidade oficial, e uma mensagem que poderia ser descartada como um estranho superlativo chegaria diretamente ao capitão de cada nave. Sem dúvida, faria com que alguns detivessem seus agentes até que a verdade viesse à tona.

Agentes suficientes protestariam contra a ação, brigas suficientes estourariam, para que o plano de Aurora pudesse funcionar por um tempo. Comprar algum tempo para Sever.

Rovo sentiu calafrios, recostou-se no console e olhou ao redor do centro de comunicações. Lamya tinha soldados postados do lado de fora das divisórias, vigiando algum ataque que não havia chegado. Aurora conversava com o comandante, parecia que os dois estavam discutindo sobre algo. Fora isso, o centro zumbia enquanto aqueles que ainda tinham mesas funcionando voltavam ao trabalho, enquanto outros ajudavam os robôs na limpeza. A fumaça diminuía, embora o cheiro de queimado impregnasse tudo.

Um sinal de que, por mais rápido que as coisas pudessem voltar ao normal, algumas simplesmente não voltariam. Não poderiam.

Provocar um confronto entre as duas principais divisões da DefenseCorp faria o mesmo.

Ela viera à porta quando Rovo bateu. Eles haviam se comunicado através de uma maçaneta que girava, os leves tremores e vibrações na porta. Rovo havia carregado Kaia por Dynas, perseguido pelas pessoas que poderiam ter sido os mesmos agentes contra os quais lutavam aqui. Caçando-a, querendo usar Kaia, seu sangue, para coisas que Rovo não queria imaginar.

Sim, ele podia enviar a mensagem.

O trabalho fluiu facilmente uma vez que ele decidiu fazê-lo. Rovo inseriu os termos, reorganizou o foco e então enfileirou a liberação para transmitir através das redes em uma difusão repetida. Aurora estava enviando mensagens isoladas para uma nave de cada vez. Rovo tinha a *Nautilus* transmitindo o aviso em um ritmo constante para qualquer satélite ao alcance, usando uma etiqueta geral da Defense-Corp que qualquer nave DC captaria e veria.

Levaria anos para o aviso atravessar a galáxia, mas as palavras chegariam lá.

— Está feito — disse Rovo, dirigindo-se lentamente até Aurora.

— Você parece melhor — respondeu Aurora, erguendo os olhos de seu console. As palavras soaram animadas, mas Rovo viu preocupação. — O médico fez seu trabalho?

O médico havia enchido Rovo com analgésicos suficientes para mantê-lo flutuando em uma nuvem entorpecente, sim.

— Estou bem por enquanto — respondeu Rovo. — O que há com Sai e Eponi?

Aurora tocou na tela, ampliou um scanner mostrando naves ao redor da *Nautilus*, — A *Prisa* está lá fora. Parece que alguém decidiu tentar abatê-los. Não estou recebendo resposta da nave, e ela está ficando para trás da *Nautilus*. Não podemos diminuir a velocidade do cruzador sem a ordem do almirante. — Os músculos de Aurora se tencionaram, como uma mola se enrolando. — Se Deepak ainda estiver vivo. Também não ouvi notícias de Gregor e Vana, o que me preocupa.

— Então temos problemas, é o que você está dizendo.

— Definitivamente problemas — Aurora olhou na direção de Lamya. — Lamya está seguindo suas ordens. Ela não quer deixar o centro de comunicações, especialmente se houver chance de a ponte estar comprometida.

— Não há outros esquadrões na nave?

— Esse é o problema — disse Aurora. — Todos estão sendo chamados para guardar pontos críticos. Já enviamos três para a ponte e não tivemos notícias de nenhum deles.

Então, por que enviar mais para a boca do lobo?

— Então, o que fazemos? — Rovo desejou ter algo mais inteligente para dizer, mas ele nunca havia lidado com uma tomada total da nave antes.

— Você deveria descansar um pouco — respondeu Aurora. — Acho que posso convencer outro esquadrão a ir até a ponte, e dessa vez irei com eles.

— Porque você fará a diferença. Uma pessoa.

— Uma comandante durona, você quer dizer.

— Isso não é uma piada, Aurora — disse Rovo. — Quero dizer, a vida de Kaia depende de sairmos vivos desta nave. Sai e Eponi podem precisar de ajuda. E, droga, eu preciso de ajuda.

— E nada disso importa se não pudermos tomar a ponte ou garantir que seja destruída — disse Aurora. — Caso contrário, eles saberão tudo o que fazemos. Podem fechar portas atrás de nós, virar torres de defesa contra nós ou pior.

Rovo se apoiou na cruz de topo de vidro, grato pelo suporte que a coisa dava às suas pernas exaustas, seu peito dolorido. Os analgésicos faziam um ótimo trabalho matando as dores, mas as drogas certamente deixavam muita porcaria para lidar.

Aurora estava certa: Rovo realmente precisava descansar.

Não que ele pudesse.

— Se você vai para a ponte, então eu vou para as baías de atracação — disse Rovo. — Vou buscar Sai e Eponi.

— Você é piloto?

— Para isso, não preciso ser.

Rovo teria rido do olhar que Aurora lhe deu então, teria

rido se empurrar tanto ar através de seus pulmões queimados não fizesse o novato sentir como se estivesse prestes a morrer.

Mas ele não havia morrido.

Ainda não.

VINTE E SEIS

GUERREIRA INQUIETA

Na próxima missão, Deepak colocou Sever em uma posição marginal. Um lugar garantido para ver pouca ação. Observar e proteger. Aurora não ficou animada, mas deu espaço a Deepak nessa. Sever tinha alguns novos recrutas para preencher as baixas de antes. Bom para ambientá-los.

Mas a seguinte? Depois de terem passado a noite assistindo a uma nebulosa girar em seus gloriosos tons de roxo e vermelho? Deepak colocou Sever na reserva novamente, fazendo serviço de guarda em torno de um grupo de burocratas ricos cujo dinheiro os tornava irritantes e irrelevantes para o trabalho de supressão de motins que a DefenseCorp realmente estava lá para fazer.

Na terceira tarefa insignificante, Aurora nem olhou para Deepak enquanto ele lia a missão medíocre de Sever. Após o briefing, ela não esperou por ele. Quando retornaram, Sever sem sofrer um arranhão, sem sequer disparar um tiro, Aurora manteve a boca fechada, olhando para outro lugar.

Somente quando Deepak esperou do lado de fora de sua cabine, quando ele a impediu de entrar, Aurora decidiu que era hora de conversar.

— Você está tentando me proteger, e eu não preciso disso. Eu não quero isso — disse Aurora, abrindo a conversa com a salva mais quente que ela havia disparado em meses. — Sever não merece isso. Somos bons o suficiente para o trabalho pesado, nós merecemos. Droga, nossas contas bancárias fazem parecer que estamos limpando banheiros.

— Você está viva — disse Deepak. — Você não está machucada. Isso não é melhor?

— Claro que não quero me machucar, mas esse é o trabalho — respondeu Aurora, passando o braço por Deepak para abrir a cabine. Ele a seguiu para dentro. — Eu não sou sua flor delicada que você precisa proteger.

— Não sou? — Os olhos de Deepak brilharam, e ele se apoiou na parede, tentando projetar uma arrogância que o homem nunca teve em nenhum dia de sua vida. — É meu trabalho fazer as designações.

— É — rebateu Aurora. — Você deve colocar a Defense-Corp na melhor posição para ter sucesso, e isso não está acontecendo quando estamos na retaguarda.

— Talvez eu não me importe com o que a DefenseCorp quer.

— Então e quanto ao que eu quero? — disse Aurora. — Você se importa com isso?

Mais uma vez, Deepak caiu em um protesto hesitante. Claro que ele se importava com ela, era só isso. Claro que ele queria que ela se saísse bem, mas sem se colocar em perigo. Claro que ele-

— Isso é uma péssima ideia — disse Aurora, interrompendo Deepak enquanto ele se aprofundava cada vez mais em um território patético. — Você é um cara legal, Deepak, mas eu não sou sua para salvar. Não me proteja, não prejudique meu esquadrão.

Deepak enrijeceu, viu que Aurora não tinha nenhuma

piada, nenhuma suavidade em seu olhar. Palavras pareciam ir e vir de sua boca por vários segundos, antes que ele caísse em um aceno formal da DefenseCorp, dissesse adeus e saísse.

Na próxima missão, Sever se viu caindo atrás das linhas inimigas. Durante o briefing, Deepak não olhou na direção de Aurora. Depois, ele não esperou por ela. E quando passaram por outra nebulosa, Aurora não a assistiu do convés superior.

Mas o dinheiro em sua conta crescia e crescia.

Algumas pessoas pulam pela borda, outras precisam ser empurradas. Deepak se colocava no último grupo, de pé na ponte com Renard. As duas divisões da Defense-Corp estavam em jogo ali na *Nautilus*, os agentes e os soldados, enfrentando-se sobre a direção da nave, sobre o futuro da empresa que, a essa altura, tinha a força da galáxia.

Se um almirante cedesse à pressão de Renard, quantos outros seguiriam o exemplo?

Aurora não podia saber o quanto Renard havia infectado. Se o homem falava apenas pelos agentes que ele havia reunido na *Nautilus*, se ele era apenas um ramo de uma teia maior espalhada por toda a DefenseCorp. De qualquer forma, ela havia aprendido, ela havia sido ensinada, que você tem que limpar a doença onde quer que ela apareça e impedir que se espalhe.

Que fazer isso aliviaria a pressão sobre as costas de Sever? Um bom benefício.

Acima de tudo, Aurora queria apagar aquele sorriso presunçoso e plástico do rosto de Renard.

Sai e Eponi haviam concordado com a ideia. Seu papel: proporcionar a distração, impedir que Deepak e Renard se acomodassem em seu acordo de servo-governante. Provocar uma briga na *Nautilus* que daria a Aurora tempo para enviar as mensagens.

Eles tinham conseguido. Agora, Aurora tinha que completar a missão.

Depois de ajudar Rovo a se dirigir para as baías de atracação - dois membros do esquadrão foram com ele para escolta e assistência para mantê-lo em movimento - Aurora contou Lamya e seis membros do esquadrão restantes segurando o centro de comunicações. A maioria dos outros havia saído para escoltar os prisioneiros agentes até a baía designada por Deepak.

Não era um grande número para se defender contra uma emboscada, embora Aurora sentisse cada vez menos que qualquer ataque aconteceria. Os agentes, até agora, haviam mostrado um desejo de trabalhar nas sombras, de aproveitar a surpresa para seus ataques.

Sentar aqui e esperar tornaria Aurora e os outros alvos fáceis.

— Você não vai para a ponte também — disse Lamya quando Aurora disse o que ia fazer. — Não posso deixar você ir.

— Deixar?

A comandante do esquadrão, com algumas queimaduras de laser no uniforme e uma bandagem cinza no ombro, acenou com a mão ao seu redor:

— Isto é, até ouvirmos o contrário, a ponte do *Nautilus*. Temos que defendê-la, e preciso saber o que está acontecendo. Vocês vão me informar e depois vamos nos estabelecer aqui até recebermos mais informações.

— Você está agindo como se fosse um confronto normal — respondeu Aurora. — Mas não é. Precisamos mantê-los confusos, em movimento. Se dermos-

— Não vamos dar nada a eles — Lamya colocou a mão

no ombro de Aurora. — Nossos esquadrões estão garantindo todos os sistemas principais da nave. Logo, mesmo que haja mais agentes a bordo, eles não terão controle sobre nada. Podemos varrer cada seção por vez, validar identidades e capturar qualquer suspeito.

Vasculhar a nave levaria tempo. Algo com o qual Lamya poderia estar acostumada, no papel padrão de seu esquadrão de garantir uma linha de frente e mantê-la por dias, por semanas. A ideia de ficar sentada neste centro de comunicações deixava Aurora inquieta. Ela pertencia à ação, não a manter um objetivo. Especialmente depois de ter alcançado o que Aurora precisava.

— Parece que você tem tudo sob controle — disse Aurora. — Deepak disse para levar os agentes para a baía C-17? Vou me dirigir para lá. Se Renard estiver lá, gostaria de fazer algumas perguntas a ele. Talvez enchê-lo de buracos.

— Aurora, estou mandando você ficar aqui.

— Lamya, não sei se você se lembra, mas eu não trabalho mais para a DefenseCorp. — Aurora virou-se e começou a andar em direção às portas do centro de comunicações. Lamya poderia atirar em suas costas, poderia tentar detê-la, mas Aurora tinha que apostar que Lamya não iria tão longe. Tinha que apostar que a crise mútua importava mais do que manter Aurora ali. — Você deveria tentar sair alguma vez. É muito libertador.

No reflexo da janela enquanto saía, Aurora captou o olhar furioso de Lamya, mas a comandante do esquadrão não tentou mais nada. Um soldado aproveitou a oportunidade, aproximou-se de Lamya e começou a fazer perguntas, e Aurora encontrou seu caminho de volta ao saguão sem ser molestada.

A caminhada de volta às baías de atracação — Aurora procurou por Rovo, mas o novato deve ter tomado um caminho diferente — foi rápida. Mais esquadrões se espalhavam pela nave, movendo-se em grupos enquanto limpavam salas em busca de agentes suspeitos. Aurora não ouviu nenhum tiroteio ao passar pelo Intendente, nenhum pedido de reforço ou alarmes sobre uma emboscada.

Talvez os agentes tivessem desistido, tivessem percebido que seu número menor não significava nada contra os soldados mais numerosos, melhor armados e protegidos.

Aurora podia ter esperança.

A comandante Sever alcançou o destacamento de escolta de Lamya quando eles se aproximavam da baía C-17. As baías do nível C foram projetadas para transportes de tropas maiores, aqueles destinados a invasões em grande escala. As grandes naves podiam abrigar cerca de mil soldados da linha de frente, sacrificando o conforto por proteção e espaço. Pareciam longas pontas de flecha achatadas, revestidas com tinta solar vermelho-escura. Aurora nunca havia descido em uma daquelas coisas — a Sever pertencia a naves menores e mais específicas — mas ouvira de outros que a experiência era como o purgatório: no final, você tendia a acabar no inferno.

O primeiro sinal de que as coisas poderiam não estar tão limpas quanto a ordem de Deepak garantia veio através do próprio saguão. Aquelas paredes limpas por robôs adquiriram manchas interessantes quando Aurora alcançou o esquadrão avançado de Lamya. Queimaduras escuras e borrifos rosa-avermelhados indicavam que houve combate ali, e o rigoroso regime de limpeza do *Nautilus* ecoava que o combate havia acontecido recentemente.

O que explicaria o movimento cauteloso do esquadrão. Os agentes prisioneiros permaneciam no centro, desarmados e com algemas de choque, mas andando como vítimas expectantes em vez de criminosos humilhados. Na frente, um trio do esquadrão mantinha os rifles erguidos enquanto se aproximavam da baía C-17, atentos a sons além do zumbido dos robôs e do contínuo ronco do *Nautilus*. Nenhum anúncio no sistema de som quebrava o silêncio, trazendo uma aura de instabilidade a todo o conjunto.

Aurora poderia estar em um sonho, um pesadelo.

Em vez disso, ela sentiu o aperto sólido de seu rifle ao se aproximar e então se juntar às fileiras da frente que se aproximavam da porta da baía. Diferentemente do centro de comunicações, nenhuma janela adornava as paredes ao redor das baías, uma característica projetada mais para proteção contra vazamentos acidentais de vácuo do que qualquer outra coisa.

Mas era perfeito para emboscadas mortais.

— Vamos presumir que não estamos do lado vencedor — disse Aurora quando tomou seu lugar na frente. — Qualquer coisa pode acontecer, e provavelmente não será agradável.

— Deveria haver mais de nós aqui — concordou o líder provisório do esquadrão. — Não estou recebendo nada em nossa frequência local.

Não eram boas notícias.

— Então é isso que faremos — respondeu Aurora. — Divida sua equipe. A metade de trás fica com os prisioneiros, esconda-os em um desses armários e monte guarda. O resto de nós vai explorar à frente.

— Dividir minha força pela metade? — O líder levantou a mão, interrompendo o avanço enquanto a porta C-17, larga e fechada e livre de qualquer pessoa viva, estava a poucos metros à frente. — Por que eu faria isso?

— Porque se as coisas ficarem sombrias, ter reféns pode ser importante — respondeu Aurora. — E a última coisa que você precisa é vigiar prisioneiros no meio de um tiroteio.

O homem, jovem e sem cicatrizes suficientes para mostrar muita experiência em missões, lançou um olhar desconfiado na direção de Aurora. Ela reconheceu o olhar, alguém que se viu com um gosto de poder no campo de batalha e queria mantê-lo.

— Quer saber por que deveria me ouvir? — disse Aurora. — Porque eu sou aquela que vai tirar você dessa vivo. Assim como tenho feito com meu esquadrão há anos.

— Eu nem sei quem você é.

— E eu não me importo — disse Aurora. — Faça isso. Ou vou pedir para Lamya substituir você por alguém mais inteligente.

Diplomacia exigia tempo, exigia tato, e eles não tinham muito do primeiro, e Aurora nunca teve nada do segundo.

O pequeno líder de Lamya decidiu não questionar a experiência de Aurora. Ele colocou suas sugestões em prática, deixando cinco soldados, incluindo ele mesmo, cercando a porta da baía enquanto os outros conduziram os agentes capturados para uma sala de suprimentos próxima.

— Dedos nos gatilhos — disse Aurora, tomando sua posição na extremidade direita da porta, com um soldado atrás dela. Três na outra extremidade. — O que quer que vejamos lá dentro, provavelmente não será amigável. Não brinquem de ser bonzinhos.

Aurora captou os olhos que pôde. Não tão polidos, tão endurecidos quanto Sever, mas prontos. Ainda eram profissionais, e o esquadrão de Lamya tinha visto ação suficiente para prepará-los para o que estava do outro lado desta porta. Com seu aceno, o líder do esquadrão, seu oposto, tocou seu bracelete no scanner do C-17.

A porta se abriu em um segundo, expondo o grande transporte e tudo ao seu redor. A baía deveria estar limpa, deveria ter suas baterias, possíveis provisões, equipamentos e robôs de manutenção agrupados nas laterais. Um piso de metal azul-escuro limpo deveria ter recebido Aurora e o esquadrão.

Deveria. Não estava.

Os materiais estavam espalhados pela baía, empilhados e jogados uns sobre os outros em barreiras improvisadas. O transporte, atrás deles, tinha suas grandes rampas abaixadas e prontas para o embarque, as luzes amarelas de funcionamento da nave se misturando com o branco brilhante da baía. Essas luzes passavam pela barreira e iluminavam corpos, muitos corpos, misturados no chão da baía. Soldados, sim, mas o vermelho-escuro pertencia também aos agentes. Marcas de laser danificavam o chão, as paredes e o teto da baía, e até mesmo o transporte atrás. Vários corpos ainda fumegavam, a violência recente deixando sua marca.

Aurora teve que se conter para não tossir. O homem atrás dela não conseguiu. O *Nautilus* mantinha seus filtros funcionando intensamente, mas eles não podiam competir com o cheiro cru e nauseante de pele queimada. O odor infernal de queimado inundou o corredor, forçando Aurora a prender a respiração enquanto espiava ao redor da porta e procurava por inimigos.

Nenhum apareceu. Nem mesmo atrás das barricadas, onde Aurora esperaria que qualquer força desafiadora estivesse esperando. Talvez eles tivessem corrido para o transporte, mas então por que as rampas estavam abaixadas?

— Fiquem próximos, fiquem cautelosos — disse Aurora. — Dois acima, dois abaixo.

Aurora e o líder do esquadrão se deslocaram pela borda enquanto os soldados atrás de ambos tomavam posições na porta, rifles prontos e cobrindo. Aurora lançou um olhar duro à direita, procurando por alguém esperando logo ali dentro. Uma parede vazia a recebeu, embora a própria parede já tivesse visto dias melhores. Como todo o resto na maldita baía, ela carregava cicatrizes de batalha em toda sua superfície.

O que não fazia sentido era que isso parecia um confronto. Um campo de batalha real, quando deveria ter sido uma luta controlada entre agentes capturados e soldados. Aurora podia imaginar alguns agentes fazendo um ataque surpresa aqui, esperando libertar seus amigos capturados, mas isso falava de um conflito tradicional. E os corpos espalhados onde estavam? Parecia que os soldados tinham entrado em uma emboscada entrincheirada.

Mantendo seu rifle erguido e pronto, Aurora voltou-se para a barricada. Lançou um olhar para o líder do esquadrão, cujo lado também estava vazio. Juntos, com acenos sincronizados, eles avançaram em direção à própria barricada. Os objetos misturados forneciam uma linha heterogênea, talvez um pouco mais de um metro de altura em seu ponto mais alto. Atrás dela, as rampas do transporte brilhavam vazias, mas os motores da grande nave zumbiam em um baixo ronco.

Ligando e se preparando para partir. Não era um bom sinal.

Engolindo um pouco de ar, piscando para afastar as lágrimas que ardiam devido ao cheiro, Aurora se aproximou da barricada. Ao chegar perto, seus sapatos raspando no chão enquanto passava por cima dos corpos, Aurora fez um rápido passo lateral e se lançou para a própria barricada. Tentou quebrar as expectativas.

Embora as suas próprias tenham morrido quando ela viu sobre a borda, viu o que os esperava.

Agentes, deitados quase cabeça com pé, com rifles e pistolas seguras sobre seus peitos. Olhos abertos, olhando para Aurora. Ela não tinha visto nenhum porque os malditos estavam grudados no chão, e não de uma maneira para conseguir bons tiros. Da maneira como estavam agora, Aurora poderia abater metade deles antes que eles-

O líder do esquadrão gritou, e não o grito triunfante de pegar um inimigo comprometido e pronto para destruir. Aurora, com o dedo escorregando para o gatilho enquanto os agentes começavam a se mover, voltou os olhos para o líder do esquadrão e o viu voar para trás da barricada. Com seu segundo no ar, Aurora viu três flashes brilhantes virem do nada, disparando e atingindo o líder do esquadrão antes que ele atingisse o chão, onde o homem não se moveu.

Havia momentos para lutar e momentos para correr. Aurora se considerava corajosa, até mesmo imprudente.

Mas agora? Com inimigos surgindo atrás dela e alguma coisa invisível na baía com eles?

Aurora correu de volta para a porta, segurando seu rifle atrás dela, o dedo pressionando o gatilho e espalhando disparos na barricada. Não tentando acertar ninguém, nada.

Apenas comprando mais um segundo para viver.

VINTE E SETE

NUNCA PARE

Sai não apertou os gatilhos esperando sobreviver. Qualquer bombardeiro entendia que não se fica perto da explosão se quiser estar lá depois. Os donos anteriores da *Prisa*, no entanto, tinham investido muito em sua nave. As placas ao redor da torre eram grossas, o vidro que cobria o para-brisa havia sido reforçado.

Quando a torre disparou seu tiro sobrecarregado, drenando toda a energia que Sai podia extrair, os bicos mal conseguiram focar todo aquele poder em um único raio. Na verdade, do ponto de vista de Sai, foi mais como uma inundação. Uma grande e ampla rajada de poder ardente, ondulando da *Prisa* e incinerando o caça em forma de adaga da mesma maneira que uma mosca poderia desaparecer no laser de um rifle.

É claro que Sai teve que inferir tudo isso da chuva de estilhaços que caía ao redor de seu pequeno bangalô. O apelido carinhoso, como ele chamava a casa de sua família, veio nas consequências sombrias, com seus ouvidos zumbindo, seus nervos em chamas e seu corpo reacendendo queimaduras recebidas em Wexer que não tiveram tempo de curar. A *Prisa* havia sofrido danos, e esses danos fizeram do pino esquerdo da nave uma bagunça rachada. Armários e dutos haviam estourado, e algum reciclador de ar chiava e sacolejava.

Todas as luzes se apagaram depois que Sai puxou o gatilho, deixando-o sentado na cadeira da torre, banhado pela luz estelar que conseguia encontrar. Os intercomunicadores não funcionavam, e a *Prisa* seguia à deriva, com Sai se perguntando se poderia ser a única pessoa que restava viva. Não que ele pudesse fazer muito com isso.

A explosão fritou os controles da torre, enviando seu calor em cascata através das alavancas e para o espaço de Sai. A cadeira derreteu em suas roupas, as empunhaduras selaram-se às mãos de Sai. Por longos momentos, Sai ficou sentado ali, perguntando-se como ainda estava vivo, imaginando quando deveria soltar. Sai observou o *Nautilus* se afastar, seu volume passando por sua janela de visão, sem nenhum resgate à vista.

Então seu bangalô, um pequeno ponto em uma nave maior, isolado e confortável – uma vez que Sai se acostumou com a dor, não era tão difícil, visto que um lugar em Sever significava se familiarizar muito bem com o sofrimento – começou a parecer um caixão adequado. Partir com uma bela vista estelar, seguro no conhecimento de que havia caído tentando salvar seu companheiro de esquadrão.

Morrer lutando, uma visão enraizada nos contos heroicos que seus próprios pais haviam contado a ele quando criança, cultivada pelos guerreiros com quem Sai havia servido na DefenseCorp. Talvez não com sua katana, mas Sai poderia aceitar esse final.

Então a maldita *Prisa* virou. Girou de cabeça para baixo e acelerou, cortando o *Nautilus* e sua distância. O grande cruzador não iria escapar tão facilmente, não de uma nave que não estava mais morta.

— Eponi — disse Sai, seu tenor habitual agora um cascalho áspero com uma garganta que chegara perto demais de inalar fogo. — Você é incrível...

As palavras foram interrompidas por um acesso de tosse, um aumento causado pelos pulmões, por um corpo compelido à ação por uma equação de vida que não resultava mais em zero. A bomba havia explodido, mas o demolidor tinha uma chance de sobreviver.

Mas para sobreviver, Sai teria que sair desta cadeira. Algo que deveria ter sido fácil em gravidade zero, fácil em gravidade normal e, diabos, fácil na gravidade mais alta reservada para planetas grandes e densos, provou ser uma proposição difícil. Por um lado, as mãos de Sai ainda estavam presas à alavanca de mira da torre, graças às suas luvas, agora derretidas no lugar.

Um puxão com os dedos não produziu nada além de uma sensação pegajosa. Nenhum progresso. As palmas das mãos de Sai não se saíram melhor. Havia animais que, quando presos, roeriam membros para se libertarem, e Sai olhou para baixo e se perguntou. Ele teria que morder ambos os pulsos e ambas as pernas, uma ideia nojenta e suicida.

O que deixava uma opção.

Inclinando-se para frente, Sai foi primeiro para sua mão esquerda. As luvas, destinadas a ajudar a manter o controle de algo como a torre ou a coronha de um rifle, escorregaram apertadas e se moldaram às suas mãos. Elas não foram projetadas para resistir a arranhões, mordidas e puxões. Como um cão, Sai usou os dentes para agarrar o tecido fino, material preto que tinha gosto de gelatina queimada, e rasgá-lo.

Um fio de cada vez até que os únicos pedaços restantes fossem aqueles ligando seus dedos à alavanca de voo.

Embora a garganta de Sai parecesse ter tirado longas férias em um deserto, ele conseguiu espremer saliva suficiente para cuspir nos dedos presos. O líquido foi o bastante, funcionando para lubrificar os fios derretidos, para corroer as ligações com a pele de Sai, de modo que, com outro puxão, Sai arrancou sua mão esquerda, deixando alguns pedaços de pele grudados na luva.

Mais uma queimadura para curar. Logo Sai seria apenas isso, todas queimaduras, em vez de um corpo.

Com uma mão livre, Sai trabalhou na direita, um dedo de cada vez. Enquanto trabalhava nisso, Sai continuava a ouvir sons ecoando pela *Prisa*. Eponi resmungando, colocando as coisas de volta no lugar. Talvez até tentando chegar até ele.

O *Nautilus*, à frente, escapava cada vez mais longe.

Uma vez que libertou sua mão direita, com o esforço gradual poupando aqueles dedos e palma de tanta dor quanto a esquerda de Sai, a situação terrível deslizou em direção à esperança. Os dois iriam sobreviver a isso. Eles encontrariam um jeito, mesmo que o *Nautilus* os deixasse para trás.

As pernas de Sai se provaram as mais fáceis. Com ambas as mãos, e o material mais grosso de suas calças, Sai arrancou suas pernas, deixando-se vestindo o primeiro, e possivelmente único, par de shorts espaciais já existente. A *Prisa* mantinha as coisas frias – aquecer coisas no vácuo exigia energia, e Eponi certamente não pouparia nada para conforto – então arrepios cobriram a pele exposta de Sai.

Mas, caramba, ele estava livre da cadeira. Flutuar nunca se sentiu tão bem.

Sentiu-se ainda melhor quando Sai notou um novo

ponto voando para longe do *Nautilus*. As luzes da pequena nave brilhavam em sua direção, dividindo-se em arco-íris ao atingir as rachaduras de estilhaços no vidro do bangalô de Sai. Alguém vindo buscá-los.

Sai se virou e chutou de volta pelo prong lotado, afastando os destroços enquanto ia em direção à porta de conexão. Um portal circular pronto para selar o prong e manter o vácuo do lado de fora, a *Prisa* havia feito o movimento seguro e fechado suas portas tingidas de vermelho com a sobrecarga de energia. Sem energia e com luz mínima, Sai olhou para o objeto e tentou descobrir uma boa maneira de abri-lo.

Mais fácil fazer isso com duas mentes em vez de uma, então Sai bateu na porta. Os estrondos ocos ecoaram pela nave e, depois de um minuto, vários estrondos voltaram do outro lado.

— Não pode me ouvir aí, não é? — Sai perguntou, e então se sentiu estúpido.

A porta havia sido projetada para evitar vazamento de vácuo. Não havia como deixar as vozes passarem. A não-resposta de Eponi confirmou a avaliação, então Sai bateu novamente.

Desta vez, Eponi não respondeu. Sai esperou, então olhou de volta para o prong para ver a nave que se aproximava. A silhueta parecia familiar agora, cinza prateado se aproximando rapidamente. Uma nave de desembarque da DefenseCorp. Se os que estavam dentro eram amigos, quem saberia.

Um ping brilhante atraiu os olhos de Sai de volta para a porta. Pequenas luzes surgiram ao redor dela, verde-limão e alegres. Seguindo a evidência clara, Sai tocou o botão de abrir e a porta obedeceu ao seu comando, abrindo-se com um whoosh para revelar a câmara central da *Prisa* e a cabeça de Eponi enquanto ela subia as escadas.

— Ei — Sai conseguiu dizer, antes que Eponi se lançasse em sua direção e agarrasse o demolidor em um abraço apertado.

— Estamos vivos — disse Eponi, esmagando o rosto no ombro de Sai. — Pode acreditar nisso?

— Na verdade, não — respondeu Sai. — Pensei que estaria morto quando disparei aquele tiro.

— Eu também — Eponi se afastou, olhos brilhantes, um sorriso travesso surgindo. — Pensei que você tinha feito uma jogada de herói.

— Eu tentei.

— É, você tentou me deixar para morrer aqui sozinha. Idiota.

Sai riu disso, sentiu seus pulmões doerem, e o olhar de Eponi mudou para preocupação. Ela levantou a mão esquerda dele, franziu a testa. Observou seus shorts, franziu a testa ainda mais.

— Não foi fácil sair de lá — disse Sai. — Acha que posso conseguir um pouco de pomada?

— Eu pego a pomada, você pega umas calças — respondeu Eponi. — Tem uma nave se aproximando, e ninguém quer ver o que você tem aí agora.

Sai encontrou roupas novas nos alojamentos da tripulação - os proprietários anteriores da *Prisa* tinham bastante, e embora Sai não dissesse que não sentia culpa por pegar todas as suas posses, os riscos contínuos às suas vidas o impediam de pensar muito nisso - e se untou com pomada, juntando-se a Eponi com uma katana pronta quando a nave de desembarque atracou. A *Prisa* não tinha comunicações que funcionassem direito, então eles não tinham ideia se seus visitantes eram amigos, inimigos ou algo entre os dois.

Com a katana e uma pistola, Sai desceu para a sala de máquinas da *Prisa*. Enquanto Eponi esperaria lá em cima com seu rifle para uma saudação inicial, Sai ficaria de prontidão para uma emboscada. Saltaria por trás e cortaria qualquer um vindo da nave. Se as coisas ficassem realmente ruins, Sai usaria sua pistola para atirar na bateria da *Prisa* até que a coisa sobrecarregasse e explodisse, levando ambas as naves.

O plano morreu quando a saudação de Rovo voou pela escotilha aberta, levando consigo as preocupações resignadas de Sai e provocando um grito de alegria de Eponi. Ambos encontraram Rovo no meio do caminho, pegando o novato enquanto ele mancava para dentro da *Prisa*.

— Você pilotou a nave de desembarque? — disse Eponi, minutos depois, quando tomaram seus lugares na cabine da nave de desembarque, Eponi nos controles e Rovo sentado ao lado dela.

— Palavra forte — respondeu Rovo. O novato tinha a palidez que vinha com ferimentos graves, e se Sai achava que sua própria respiração soava ruim, a de Rovo parecia lixa arranhada. — Eu disse à nave para atracar com vocês, e ela fez o resto. Tudo que eu fiz foi ligá-la.

— Bem, eu vou te agradecer — disse Sai. — Não me importo como você chegou aqui, só estou feliz que chegou.

— Com certeza. — Eponi se voltou para o console, começou a digitar. — Estou selando as garras da nave de desembarque à *Prisa*. Devemos ser capazes de rebocar meu bebê de volta.

— Seu bebê? — perguntou Rovo.

— Você me ouviu — respondeu Eponi. — Quais são as notícias sobre a *Nautilus*? Nós vencemos?

Rovo despejou a história, soltando um detalhe após o outro que deixava claro que os esquadrões, até agora, não haviam vencido. Que eles estavam, na verdade, presos em uma longa luta com um adversário que não podiam contar.

— Quer dizer, eles podem ser qualquer um. — Rovo tentou levantar as mãos, tremeu e as colocou de volta nos apoios de braço. — Os agentes estão em todo lugar, e não estão se rendendo.

— Os esquadrões não estão reunindo eles? — perguntou Sai. — Levando-os para aquela baía?

— Sim, se você conseguir reunir alguém que não pode ver, não pode rastrear.

— Então teremos que ser mais espertos — disse Sai. — Eponi, você consegue contatar Aurora? Precisamos saber nossos próximos passos.

A chamada para o centro de comunicações da *Nautilus* foi curta e ríspida. Lamya entrou na transmissão para dizer que Aurora tinha ido sozinha para a baía C-17. Vários outros esquadrões haviam sido enviados para a baía e não tinham sido ouvidos desde então. Agora, disse Lamya, eles estavam isolando aquela parte da nave.

— Algo deu errado lá, e não podemos arriscar mais tropas até entendermos o que — disse Lamya. — Ainda há muito desta nave que não controlamos para nos comprometermos com um ponto.

Rovo estava com os olhos fechados, parecia que precisava dormir por mil anos. Eponi mordia o lábio. Sai sentia a ardência ondulante nas costas, nas mãos, nas pernas enquanto a pomada mantinha a dor sob controle, mas não a entorpecia completamente. Eles não tinham armaduras, não tinham muitas armas e não estavam em ótimas condições.

Mas Aurora precisava de ajuda.

— Vamos dar uma olhada na C-17 e reportar de volta — disse Sai. — Estabeleçam seu perímetro e continuem limpando a nave.

— Sai, eu te respeito, mas não recebo ordens suas — disse Lamya. — Se você quer salvar a C-17, por favor, vá em frente, mas não espere reforços. Não vou arriscar minhas forças para salvar desertores.

— Entendido. — Sai fez sinal para Eponi cortar a transmissão e, quando ela o fez, Sai bufou. — Não acredito que ela está puxando lealdades agora.

— Não acredito que você acabou de dizer que vamos entrar em território inimigo — Eponi retrucou. — O que você está pensando?

— Que é isso que fazemos, Eponi.

A declaração de Sai não pareceu mudar a opinião da piloto, mas Eponi não contestou a decisão e dirigiu a nave de desembarque em direção à baía C-17. Eponi, no entanto, exigiu deixar a *Prisa* em uma baía vazia primeiro. O pouso suave levou vários minutos irritantes, mas Sai não podia argumentar contra a preservação da única nave de Sever. Eponi acomodou a *Prisa*, com os suportes de aterrissagem definitivamente não engajados, no chão da baía, fazendo careta o tempo todo.

— Você está pedindo desculpas à nave? — perguntou Rovo, sem abrir os olhos.

— Eu sinto muito — respondeu Eponi, desconectando o gancho e impulsionando a nave em direção ao espaço. — É minha culpa que a *Prisa* tenha sido atingida.

— Você pilotou bem — disse Sai. — Estávamos em desvantagem numérica. É graças a você que sobrevivemos, com ou sem danos.

— Isso não significa que eu não deva um pedido de desculpas a ela.

Com a *Prisa* abandonada e relativamente segura em sua baía, Eponi manobrou a nave de desembarque em direção a C-17.

— Não há nada como atacar uma nave muito melhor que a nossa — disse Eponi. — Como vamos fazer isso?

Sai estivera ponderando exatamente isso durante o abandono da *Prisa*, e embora não gostasse de sua resposta, era a única que fazia sentido.

— Dê os controles ao Rovo — disse Sai. — Ele vai nos dar cobertura enquanto aterrissamos e procuramos a Aurora.

— Então eu mal sou piloto, mal sou atirador, e agora tenho que fazer os dois? — retrucou Rovo enquanto a baía se aproximava. — Oba.

— Mostre seu valor — disse Sai. — Assim que nos der cobertura, quero que você fuja. Não fique por perto, porque aquele transporte pode torrar esta nave num piscar de olhos. Eponi e eu vamos encontrar Aurora e evacuar, depois nos encontraremos na próxima baía acima.

— Tenho que dizer, parece que isso vai ser um saco — murmurou Eponi, mas ela se levantou mesmo assim depois de colocar a nave de desembarque em um vetor de entrada para a baía.

— E quando não é com este esquadrão? — perguntou Rovo.

Eponi cedeu a cadeira do piloto a Rovo enquanto a nave de desembarque entrava na baía. Assim que a nave ultrapassou a blindagem magnetizada, Rovo abriu as laterais, dando a Sai e Eponi uma visão clara do massacre abaixo. Soldados e agentes jaziam no chão, embora outros estivessem se movimentando, embarcando no transporte.

— Parece que perdemos — disse Sai, olhando para os uniformes pretos e carmesim entre os que ainda estavam de pé, agora se movendo para mirar na nave. — Vamos evacuar?

— Agora você quer ser esperto? — disse Eponi. — Temos o elemento surpresa, vamos usá-lo.

Em menor número e com menos poder de fogo, Sai e Eponi saltaram da nave. Sai estava com sua katana em uma mão e a pistola na outra, disparando os primeiros tiros contra os agentes. O inimigo alcançou seus rifles, ergueu-os e recebeu rajadas enquanto Rovo acionava as torretas da nave de desembarque. O tiro de varredura pode não funcionar bem contra caças, mas em combate próximo? Contra humanos?

Sai aterrissou em meio a um dilúvio de lasers, largando sua pistola, erguendo sua espada e, sentindo aquela descarga de adrenalina, partiu para a caçada.

VINTE E OITO

MUDANDO AS APOSTAS

A essa altura, o corredor experimental já parecia familiar. Gregor, saindo do elevador atrás de Vana, olhou fixamente para seu longo comprimento em direção à proa do *Nautilus* e deixou seu olhar pairar sobre o *Laboratório de Armas 3*. Sim, ele conhecia este lugar e não, ele não queria voltar aqui nunca mais.

Vana parecia sentir o mesmo, apesar de tê-lo trazido aqui. As primeiras palavras que saíram de sua boca quando deixaram o elevador foram um xingamento, e ela passou as mãos pelo rosto, afastando o cabelo e lançando um olhar de aço para Gregor.

— Deixe que eu falo — disse Vana.

Quanto a com quem Vana falaria, eles inundavam o corredor. Um esquadrão completo, não muito além de Vana e Gregor, avançando e limpando as salas conforme seguiam. Umas quinze pessoas, incluindo soldados e os cientistas que lhes concediam acesso às salas. Lamya e os outros cumprindo sua tarefa de varrer a nave.

Sair do elevador em uma armadura potencializada completa serviu para atrair toda a atenção errada, com gritos alarmados marcando a entrada de Gregor no corredor, seguidos por rifles girados. Vana ergueu as mãos, e Gregor abriu as manoplas da armadura o máximo que o corredor permitia, mostrando que não portava nenhuma arma.

Os soldados estavam apenas fazendo seu trabalho. Não havia necessidade de tornar as coisas mais difíceis.

— Estamos protegendo material valioso — disse Vana quando a líder do esquadrão se separou o suficiente para perguntar o que diabos Vana, vestida em sua versão fortemente armada do uniforme do Intendente, e um homem em armadura potencializada estavam fazendo aqui embaixo. — Mais adiante, há equipamentos que não podemos deixar cair em mãos de agentes.

— Mais adiante onde?

— *Laboratório de Armas 5* — disse Vana. — Eu aconselharia você e seu esquadrão a ficarem para trás. Deixe que nós cuidamos disso.

— Você não é quem dá as ordens nesta situação — respondeu a líder do esquadrão. — Estaremos logo atrás de vocês.

Vana hesitou, então deu de ombros. — Tudo bem. Não vou discutir contra a ajuda.

E ainda assim, Gregor tinha certeza de que Vana não queria os soldados junto. A líder do esquadrão também sentiu isso, e enquanto seus soldados abriam caminho para deixá-los passar, o visor de Gregor pintou vários com ameaças potenciais em vermelho. Aqueles rifles dos soldados apontados, ainda que vagamente, em sua direção.

— Vamos — disse Vana enquanto passavam pelo esquadrão. — Antes que eles comecem a fazer as perguntas de verdade.

— Como?

— Como quem é você. Quem sou eu. Por que eles vão morrer.

Vana continuou andando, o esquadrão se movendo atrás deles. Os estrondos de Gregor abafavam o barulho da marcha, mas não as conversas que surgiam em seu rastro. A armadura captava mais do que os ouvidos de Gregor teriam captado, pegando perguntas murmuradas sobre o que uma armadura como a dele estava fazendo no *Nautilus*.

— Por que eles vão morrer? — perguntou Gregor.

— Você já ouviu a frase "lugar errado, hora errada"?

— Parece familiar.

— Aplique-a. — Vana parou em frente ao *Laboratório de Armas 5*. — Fique preparado. Se eu estiver certa, é aqui que tudo desmorona.

Vana transmitiu a mesma instrução ao esquadrão, que se espalhou atrás deles. A entrada do *Laboratório de Armas 5* se estendia em largura dupla, projetada para trabalhos mais pesados do que a pequena câmara que abrigava a armadura potencializada de Gregor. Quando Vana tocou seu bracelete, a porta obedientemente deslizou para o lado, abrindo-se para outra sala de intervalo.

— Vocês todos esperem aqui fora — Vana gritou de volta para o esquadrão. — Cubram a saída.

A líder do esquadrão começou uma resposta, talvez um rosnado dizendo, novamente, que Vana não podia dar ordens a ela, mas a agente virou as costas para os soldados e entrou. Gregor seguiu, disposto a ignorar a briga entre os dois lados. O conflito não envolvia esmagar coisas, e Gregor já havia feito sua diplomacia do dia com Lamya.

Além disso, seu visor emitiu um aviso sobre assinaturas de energia à frente. Normalmente, um aviso como esse significaria que rifles ou outras armas de energia estavam apontados na direção de Gregor. Com uma porta fechada bloqueando qualquer visão, bloqueando a maior parte de qualquer poder irradiante, devia haver algo particularmente desagradável acontecendo lá dentro.

— Cuidado — disse Gregor enquanto a primeira porta se fechava atrás deles, separando a dupla de sua escolta de soldados. — Algo está ativo do outro lado.

— Eu imagino — Vana hesitou ao lado do scanner interno. — Gregor, preciso saber de uma coisa.

— O quê?

— Seu esquadrão. O que vocês querem?

— Não entendo.

— Qual é o seu objetivo? — Vana se apoiou na parede ao lado do scanner. — Sua comandante, Aurora, falou como se tivesse algumas ideias importantes em mente. É isso que você está buscando?

Havia um momento para discussões elevadas sobre objetivos de vida, filosofia e assim por diante. Esse momento não era agora. Gregor tinha um esquadrão para o qual voltar, uma ponte para visitar sob as ordens de sua comandante.

— Abra a porta — disse Gregor. — Vamos terminar isso e ir para a ponte.

— Então você não sabe o que está procurando.

— Você me ouviu.

Vana deu de ombros, virou-se para o scanner. — A escolha é sua. Acho que é mais fácil trabalhar com aliados quando sei seus objetivos, mas faça do seu jeito.

— Farei.

Gregor ajustou sua postura, colocou-se no centro da porta e equilibrou-se nos pés, pronto para avançar. A armadura não tinha nenhuma arma além de seus grandes punhos de metal, e embora isso devesse ser suficiente, Gregor teria que se aproximar da distância de esmagamento para causar algum dano.

O scanner clicou e a porta deslizou para abrir. A preparação de Vana fez parecer que o *Laboratório de Armas 5* seria uma câmara de horrores, como as salas em Dynas onde as criações virais de Felix se desintegravam em segredo.

Em vez disso, o local brilhava com a perfeição imaculada que vem de uma limpeza meticulosa, o tipo que não vinha de robôs seguindo um algoritmo, mas de humanos pacientes com carreiras em jogo. Pretos e vermelhos reluzentes cobriam a sala, com círculos amarelo-mostarda colocados sob o que pareciam ser ganchos vazios e suspensos.

Bem, na maioria vazios.

Cinco ganchos, espaçados em conjuntos de dois, estavam abertos, cada um ligado a um console de controle. O sexto, na parte central do fundo da sala, segurava seu prêmio. Um traje branco como neve entrelaçado com metais vítreos, como uma armadura potente para uma festa fashion. Nenhum acessório de arma pendurado em seu corpo, nenhum grande pacote de energia pronto para transformar força cinética em saltos propulsores. O tipo de traje que um agente poderia projetar: bonito e inútil em uma batalha real.

O visor de Gregor o detectou, e também captou outras duas assinaturas na sala, grudadas nas paredes esquerda e direita. Apesar dos avisos, Gregor se concentrou na ameaça mais imediata no centro.

Renard, com um uniforme queimado, rosto machucado e segurando o pulso esquerdo, se apoiava no traje pendurado. Ele olhou para Vana com uma expressão que dizia que estava tentando demonstrar algum triunfo arrogante, mas simplesmente não conseguia chegar lá. Quando tentou falar, o homem tossiu, e algo decididamente mais vermelho espirrou no chão aos seus pés.

— As coisas não estão saindo exatamente como você planejou, Renard? — disse Vana, entrando na sala.

— Cuidado — alertou Gregor. — Há outros aqui.

— Seu amigo está certo — disse Renard, recuperando-se o suficiente para rouquejar uma frase. — O plano pode ter precisado de alguns ajustes, Vana, porque algumas pessoas não são inteligentes o suficiente para perceber quando perderam, mas ainda estamos no controle.

Vana, aparentemente não se importando com o aviso de Gregor, foi direto para Renard. Ela não levantou o rifle, mas entrou com toda a confiança de alguém que era dona da sala e de tudo nela. Gregor ficou para trás, perto da porta, onde ninguém poderia ficar atrás dele. Mais preocupantes eram as leituras de energia do visor, que diziam que deveria haver coisas à sua esquerda e direita, mas seus olhos não viam nada perto daquelas paredes.

Não, não exatamente nada. Gregor apertou os olhos, olhando para a direita, enquanto Vana e Renard mergulhavam em uma discussão mais silenciosa. Ao longo da parede preta, uma linha carmesim correndo bem no meio, a luz branca projetada pelas fileiras iluminadas ao longo do teto se dobrava aqui e ali. Como se estivesse passando por um filtro, respingando em ângulos estranhos na parede atrás. As sombras mais leves corriam através do vermelho.

No que dizia respeito à tecnologia, Gregor, Sever e DefenseCorp já haviam brincado com tecnologia de furtividade e dobra de luz antes. As coisas caprichosas geralmente exigiam todo tipo de energia louca para manter a ilusão e eram terrivelmente frágeis. Um único arranhão ou queimadura de laser derrubava o show, tornando a principal vantagem do traje inútil logo no início de um tiroteio.

Por isso haviam sido descartadas. Se Vana estava toda empolgada com um novo traje furtivo, então ela tinha perdido a história da ideia.

— Gregor — disse Vana, virando-se de Renard e olhando em sua direção. — Se importa de entrar um pouco mais?

— Por quê?

— Porque Renard parece pensar que encontrou uma fórmula vencedora, e eu quero que você prove que ele está errado.

— Eu não sou um brinquedo — disse Gregor.

— Não — respondeu Renard —, não um brinquedo, mas uma prova inestimável. Vana me diz que você faz parte do esquadrão Sever, e não posso dizer que estou surpreso em ver mais um de vocês enfiando uma faca no meu lado. Aqui, agora, você tem a chance de empurrá-la até o fim. Pôr um fim às minhas tentativas.

Gregor não se moveu. As assinaturas de energia sim. Ambas se deslocaram para mais perto, movendo-se ao redor das paredes e em direção à sua postura de armadura potente que abrangia a porta.

— Vê, Vana? — disse Renard. — Helix era apenas uma parte do nosso trabalho. Um ramo em nossa árvore. Isto, isto aqui? Isto é o tronco, as raízes e as folhas.

Vana, com o rifle pendurado, cruzou os braços e olhou na direção de Gregor. — Você fala demais, Renard. Eu prefiro mostrar a contar.

— Então observe.

Gregor prestou meia atenção às palavras. Concentrando-se nos sinais de energia, Gregor esperou até que eles se fechassem a poucos metros, então mudou seu peso para o pé direito. A armadura potente obedeceu, sua massa estalando para a vida quando o próprio movimento de Gregor, sua frequência cardíaca em disparada, ativou o modo de combate ativo da armadura. Gregor poderia não ter um rifle, poderia não ter um martelo, mas as luvas serviriam muito bem.

Com seu punho direito balançando para cima e o esquerdo vindo por baixo, o ataque de salto de Gregor pegou o inimigo invisível de surpresa. Quem quer que estivesse dentro do traje aparentemente pensou que estava seguro, porque as luvas de metal de Gregor acertaram em cheio, batendo e dobrando seu alvo, o golpe jogando o inimigo para trás. Gregor não pôde ver o impacto, mas ouviu o baque metálico e mole atingir a parede direita da sala, seguido por um baque quando seu alvo caiu no chão.

Girando, Gregor enviou um chute carregado cineticamente de volta para o segundo sinal, que se aproximava por trás. Este foi mais esperto, dançando para trás, longe do pé de metal letal. Gregor percebeu as mudanças de luz enquanto o traje se mantinha afastado. Um erro, deixando Gregor se acomodar novamente. Agora as coisas invisíveis tinham perdido sua vantagem numérica.

E com o visor, aquela invisibilidade não fazia muita diferença de qualquer maneira.

— Não estou impressionada, Renard — disse Vana.

— Não culpe a máquina pelo erro do piloto — retrucou Renard.

— Então talvez você precise de melhores pilotos.

Gregor se aproximou do traje invisível restante. A adrenalina do combate fluía através dele, mantendo seus olhos sintonizados naquela assinatura de energia, seus braços e pernas sentindo sua armadura potente maior, seus limites e suas habilidades. O traje se movia mais lentamente do que o antigo de Gregor, suas placas maiores pesando sobre os membros naturais de Gregor, mas o monstro havia sido projetado com movimento fluido em mente, deslocando rapidamente o momentum de uma parte para outra, de modo que, uma vez que Gregor começava a se mover, não parava facilmente.

Seu alvo não conhecia as capacidades de Gregor. O espectro invisível disparava para frente e para trás como se lutasse contra uma armadura potente mais tradicional, com suas paradas, partidas e funções de combate padrão. Em vez disso, Gregor avançava pesadamente, girava, socava e chutava em uma sequência maciça e contínua, cada movimento alimentando o próximo quase sem o consentimento de Gregor. A armadura empurrando Gregor de um golpe para outro por conta própria.

Esse fluxo constante poderia ter sido o motivo pelo qual o traje estava no laboratório experimental. Para Gregor, dançando atrás do inimigo, o experimento foi bem-sucedido.

O traje invisível finalmente tentou um ataque, deslizando por baixo de um soco pesado de Gregor e confundindo o movimento de investida como uma abertura. Em vez disso, enquanto Gregor sentia e ouvia algum tipo de lâmina deslizar sobre a placa do peito de seu traje — outra arma que dobrava a luz? —, Gregor trouxe seu braço direito da investida, agarrando e esmagando o inimigo invisível contra si.

Um abraço letal. A armadura invisível, no entanto, não estalou e quebrou como uma armadura normal faria. Em vez disso, dobrou-se ao redor do esmagamento de Gregor, derretendo para dentro como um corpo biológico poderia. O invisível se contorceu, e um grito distorcido escapou, antes de Gregor sentir o movimento congelar. Ele afrouxou o braço, deixou a coisa cair no chão.

E ficou olhando.

Trajes furtivos, uma vez danificados, deveriam ficar visíveis. Deveriam ser inúteis. Este ainda dobrava a luz, ainda permanecia quase impossível de rastrear, exceto por sua assinatura de energia diminuindo. Se a DefenseCorp tivesse descoberto como manter um traje invisível enquanto levava golpes, então isso-

— Um desperdício — disse Vana, e Gregor olhou em sua direção.

Ou para onde Vana deveria estar. Em vez disso, Renard havia recuado para a parede dos fundos da sala, com um sorriso sombrio no rosto. Vana e o traje restante haviam desaparecido, e com isso, uma nova assinatura de energia apareceu no visor.

— Pilotos incompetentes desperdiçando nossos recursos — disse Vana, sua voz ecoando enquanto ela se movia pela sala. — Você deveria ter me dito que tinha chegado tão longe, Renard. Isso muda as apostas.

— Eu nem sabia que você tinha conseguido entrar em nossa pequena nave — respondeu Renard enquanto Gregor tentava manter os olhos em ambos. — Mas você não vê? Isso, e a garota, mudaria tudo.

— O que os Casparianos acham?

Os Casparianos?

— Não há suficientes deles para se importar — disse Renard, e então soltou outra tosse sangrenta. — Se você puder, Vana, temo que já estejamos atrasados.

— Suponho que você esteja certo. — A voz de Vana veio do canto mais distante da sala, perto de onde Gregor havia nocauteado o primeiro. — Gregor, sinto muito por tê-lo guiado até aqui. Tive uma mudança de coração, e agora não posso deixá-lo partir.

Traição. Gregor desejava nunca tê-la visto, mas lealdades tendiam a mudar rapidamente com o dinheiro reivindicando a causa central da galáxia.

Além disso, Vana era uma agente, e Gregor nunca ficaria muito chateado por acabar com uma delas.

— Sem ressentimentos — respondeu Gregor, e avançou direto para a assinatura de energia de Vana.

Ele abriu os braços, tentando cortar as rotas de fuga de Vana. A armadura invisível era fina o suficiente para que, se Gregor acertasse um bom golpe, ela estaria fora do jogo antes mesmo de a luta começar. Dois passos levaram Gregor pelo meio da sala, e quando ele deu o terceiro, seu visor rachou.

Uma lâmina, como uma ponta de flecha de diamante, atravessou diretamente o vidro do visor. Sua ponta parou a poucos centímetros do rosto de Gregor. Gregor tropeçou até parar, levou a mão e arrancou a lâmina, puxando o vidro do visor junto, deixando o rosto de Gregor exposto.

Deixando-o sem nenhuma maneira de rastrear aquelas assinaturas de energia.

— Viu, Renard? — disse Vana, sua voz vindo de trás de Gregor. — Pilotagem adequada. Conheça as fraquezas e explore-as.

— Não fale comigo — respondeu Renard. — Mate o homem e acabe logo com isso.

Gregor girou, lançando os braços em um amplo movimento. Se Vana estivesse avançando contra as costas de Gregor, os socos a teriam pego de jeito. Seus punhos só acertaram o ar, e quando Gregor completou a volta, a única coisa que viu foi Renard, parado ali parecendo doente.

Para onde ela foi?

Tentar encontrar a luz distorcida provou ser mais difícil sem o visor guiando os olhos de Gregor. Ele piscou, girou, batendo em círculo e não vendo nada.

— Pare de brincar, Vana. — Renard tossiu.

As palavras mudaram o jogo. Gregor não podia ver

Vana, mas com certeza podia ver Renard. Gregor virou-se bruscamente e começou um salto em direção ao líder dos agentes. Quando a armadura atendeu ao comando de Gregor e agiu, uma queimação ardente veio das costas de Gregor. O grande traje vacilou enquanto as baterias que mantinham a armadura de Gregor funcionando explodiam uma por uma, seus condutos cortados.

Gregor não saltou, não se lançou contra Renard.

Ele caiu para frente, bateu no chão com um estrondo que ecoou por toda a sala e além. O peso do traje esmagou Gregor, que havia perdido o fôlego na queda e lutava para recuperá-lo, para conseguir ar suficiente em seus pulmões para falar a palavra-chave que explodira a armadura.

— Muito bom — disse Renard — e o golpe de misericórdia?

— Novamente, desculpe-me por ser tão rude — disse Vana, sua voz bem ao lado do ouvido de Gregor, algo com ponta afiada tocando sua garganta. — Às vezes, surpresas acontecem.

Gregor nem conseguia encontrar fôlego para uma resposta. Frustrante.

A porta do laboratório se abriu. O líder do esquadrão gritou para Renard, exigindo que o homem se rendesse. Que ele era o alvo. A ponta pressionando a garganta de Gregor desapareceu, e ele ouviu novos e terríveis sons segundos depois.

Vana, fazendo seu trabalho sangrento.

VINTE E NOVE

ESGOTAMENTO

Eponi podia contar nos dedos de uma mão as missões que fizera com Sever com apoio de fogo. Sem usar nenhum dedo.

No momento em que Eponi atingiu o piso da doca de atracação, à sombra do enorme transporte, as torres da nave de desembarque de Rovo inundaram o ar ao seu redor com disparos. Os agentes, que haviam começado a se dispersar quando a nave de desembarque entrou na doca, correram em direção às rampas de embarque do transporte, abandonando qualquer fogo de retaliação enquanto seus aliados se desintegravam ao redor deles.

As torres da nave de desembarque foram projetadas para lidar com combates entre naves, e seu poder fazia mais do que apenas fritar seus alvos indefesos. Os lasers golpeavam o piso desprotegido da doca, deformando os ladrilhos e rompendo o que havia por baixo, provocando jatos de faíscas, explosões de vapor e uma rápida mudança na iluminação da doca para um laranja alarmante.

A DefenseCorp associava essa cor a brechas no vácuo, e se Eponi tivesse que adivinhar, o *Nautilus* achava que os escudos da doca poderiam falhar. Se isso acontecesse, o fogo do rifle de Eponi não faria diferença. A katana de Sai e suas vítimas – já várias, a julgar pelos respingos vermelhos na espada – não importariam. Até mesmo o grande transporte, com suas rampas de embarque abertas, seria despedaçado quando o espaço exterior atacasse.

— Hora de ir! — gritou Eponi, seguindo na esteira de Sai e eliminando qualquer um que as torres de Rovo tivessem perdido. — Vamos para a porta, ou estaremos mortos.

A porta da doca de atracação, pelo menos, não oferecia muita resistência. Enquanto a dupla corria naquela direção, os agentes seguiam para o lado oposto, em direção ao seu transporte.

— E se ela estiver na nave deles? — disse Sai, esquivando-se de um golpe desajeitado de um agente que tentava usar os punhos depois que Sai havia cortado seu rifle ao meio. Quando Sai se abaixou, Eponi disparou um tiro por cima de sua cabeça, derrubando o agente. — Vamos perder...

— Morreríamos naquela nave, Sai — interrompeu Eponi, quase tropeçando em outro corpo. O fogo das torres de Rovo mudou, agora cobrindo Sai e Eponi por trás. — Não temos chance de derrotar tantos, só nós dois.

Sai grunhiu em concordância e continuou se movendo. Seus alvos diminuíram à medida que se aproximavam da porta, o portal se abrindo quando chegaram perto.

Aurora voou para fora. Não como um pássaro, mas como uma pedra. A capitã de Sever atingiu o chão e rolou com o impulso, apoiando-se em um corpo meio queimado. Aurora tinha um corte profundo no rosto e descendo pelo braço, uma pistola quebrada em uma das mãos. Buracos queimados marcavam seu colete, e em um instante, Eponi imaginou que estava prestes a testemunhar a morte prematura de Aurora.

Sai ajustou seu curso como um ímã encontrando seu polo oposto, desviando-se para a direita e em direção a Aurora. Eponi olhou para a porta, para o que poderia ter arremessado Aurora daquela maneira, e não viu nada. Estava prestes a dizer que não via nada, quando a luz laranja da doca desapareceu em um brilho novo e aterrorizante.

Lançados contra o vazio, os lasers massivos disparados de nave para nave pareciam pequenos. Chocando-se contra os escudos do *Prisa*, pareciam perigosos.

Disparados pelas enormes torres do transporte, projetadas para apoiar invasões terrestres em larga escala, os raios brilharam através dos olhos fechados de Eponi, seu calor ferveu o ar na doca de atracação, e sua energia atingiu a nave de desembarque de Rovo e o casco acima e ao redor dela, rachando a frágil blindagem da nave e enviando-a em uma queda rápida e espiral em direção à parede distante da doca. Em sua queda, a nave de desembarque colidiu com o corpo blindado do transporte, dobrando e quebrando uma ou duas torres antes de virar, fumegante, e ficar presa na abertura entre a extremidade direita do transporte e a parede da doca.

Eponi percebeu que havia caído no chão, pulando os estados intermediários. Seu rifle pressionava contra seu peito, sua pressão um lembrete de que ela ainda estava, muito, em combate ativo. Isso não era uma corrida de kart, onde um acidente a deixaria em uma espécie de paz, esperando o resgate.

— Cuidado! — O aviso de Aurora perfurou os ouvidos zunindo de Eponi, trazendo-a de volta à doca crepitante e quebrada. — É um traje novo!

Traje novo? Eponi se levantou, viu Sai em pé na frente de Aurora, katana em posição. Pronto para quê, Eponi não sabia dizer. Nada parecia estar entre Sai e a porta da doca de atracação, e além dela havia um corredor vazio, embora marcado por explosões.

— Do que você está falando? — disse Eponi, não vendo nada. Ela arriscou olhar para trás, testemunhando as rampas do transporte subindo para dentro da nave gigante.

O que apresentava seu próprio problema. Se aqueles motores ligassem enquanto alguém estivesse na doca de atracação, todos derreteriam como gelo em um dia quente. E Rovo, se ainda estivesse vivo, viraria cinzas.

Eponi começou a correr enquanto Aurora gritava uma resposta à pergunta da piloto. As palavras da capitã de Sever foram interrompidas rapidamente quando sons de metal contra metal ecoaram. Eponi, correndo sobre partes de corpos, não precisava olhar para ver o que fazia aquele barulho.

Sai e sua katana haviam encontrado um inimigo. Bom para ele.

À frente, a nave de desembarque espalhava suas partes no chão. Placas queimadas e quebradas formavam uma cascata de estilhaços enquanto a estrutura da nave se fraturava. Cada peça se encaixava nas fissuras sônicas deixadas pela luta de Sai, ecoando no chão enquanto Eponi passava pelos corpos e disparava em uma corrida completa.

Em algum momento, ela havia perdido o rifle. Em algum momento, ela havia deixado de se importar com a arma.

— Rovo! — gritou Eponi ao chegar à nave, olhando para os motores cintilantes enquanto a traseira da nave destruída causava uma péssima primeira impressão. — Me diz que você ainda não está morto?

De perto, a contínua desintegração da nave adicionava faíscas azuis e brancas enquanto suas fontes de energia se extinguiam. O cheiro de tudo queimando impregnava o ar, e Eponi lutou contra a vontade de tossir, espirrar e vomitar ao mesmo tempo devido à fumaça empoeirada que se espalhava dos destroços.

A cabine da nave, onde Rovo deveria estar, estava suspensa a vários metros acima da cabeça de Eponi, e ela não tinha uma boa maneira de escalar tão alto. Em qualquer planeta normal, Eponi teria ficado presa.

Mas o *Nautilus* não era um planeta. Era uma grande rocha com motores acoplados.

— Estou indo te buscar, novato! — gritou Eponi. — Não faça nada estúpido!

Antes de saltar, Eponi lançou um olhar para trás ao longo do compartimento, esperando ver Aurora e Sai vindo atrás, prontos para ajudar. Ou, na falta disso, fazendo algo para atrasar a decolagem do grande transporte. Em vez disso, parecia que tanto Sai quanto Aurora estavam fazendo algum tipo de dança um ao redor do outro. A katana de Sai girava e golpeava, ricocheteava em algo e voltava, enquanto Aurora se esquivava e balançava, usando a pistola quebrada como arma, mirando no ar.

— Que diabos eles estão fazendo? — murmurou Eponi, então piscou os olhos de volta para o problema em questão.

Talvez Sai e Aurora tivessem enlouquecido. Isso podia esperar.

Eponi correu em direção à parede interna do compartimento, uma superfície plana marcada aqui e ali com os restos de motores passados. O aço cromado prateado normalmente não ofereceria muito apoio para os pés, mas o leve toque da gravidade ajudou Eponi a ajustar seu salto o suficiente para plantar o pé direito contra a parede e impulsionar-se de volta em direção à nave de descida, ainda subindo mais alto.

A gravidade reduzida fazia a vida parecer mágica.

Flutuar em uma névoa fumacenta e cheia de faíscas arruinou a maior parte dessa magia.

Eponi colidiu com o lado direito aberto da nave de descida, o que estava voltado para a parede. Placas do casco arruinadas por queimaduras de torretas cobriam a abertura, e pelo menos uma cortou as roupas de Eponi, arrastando o tecido e provavelmente fazendo sangrar por baixo. Os olhos de Eponi ardiam enquanto ela piscava através das cinzas, seus pés pousando nos restos caóticos da nave.

A nave havia capotado na queda, colocando Eponi em um teto cruzado por alças destinadas às tropas de desembarque. Agora, as malditas alças serviam como pequenas armadilhas, balançando perto de seus pés enquanto Eponi se dirigia à cabine. Manter-se abaixada fazia a fumaça passar por cima de sua cabeça, dando a Eponi a chance de ver um caminho à frente, iluminado por conduítes explodidos e pequenos incêndios ainda queimando do ataque do transporte.

— Fala comigo, Rovo! — Eponi chamou enquanto avançava.

Ela ficaria muito, muito irritada se tivesse vindo até aqui para Rovo estar morto.

A cabine de uma nave de descida tinha todas as comodidades proporcionadas por uma pilha de sucata enferrujada. Com as naves projetadas para serem descartadas a qualquer momento, todas as despesas eram poupadas, exceto no departamento de colisão. Acolchoamento protetor, gaiolas antichoque e amortecedores embutidos nas naves davam a elas a chance robusta de permitir que passageiros e pilotos sobrevivessem a uma queda selvagem na superfície. Eles faziam pouco para ajudar contra o fogo laser, então o primeiro olhar de Eponi para os assentos mostrou uma bagunça derretida e carbonizada.

Pelo menos para todos, exceto o par da frente, os mais distantes do desastre que reivindicava a metade traseira da nave. Fumaça azul-escura e preta fluía ao longo dos assentos arruinados, passando para cima e através do para-brisa estilhaçado da nave em direção ao compartimento. Como algum profeta meio morto, Rovo pendia em sua cadeira, seu corpo dividindo a fumaça. Eponi se aproximou, evitando os assentos traseiros fumegantes e alcançando as fivelas que prendiam Rovo.

— Você pode me ouvir? — Eponi perguntou. Os olhos de Rovo pareciam fechados, sua cabeça pendia flácida, e havia um corte novinho cruzando a testa do garoto, mas parecia superficial. Vidro, talvez. — Hora de ir, Rovo.

O novato não disse nada. Não se moveu.

Não era um bom sinal.

— Acho que vamos fazer isso do jeito difícil, então.

Eponi alcançou as fivelas, sentiu-as queimarem seus dedos com o calor residual, e ela puxou suas mãos de volta. Estremeceu ao perceber o que essas correias quentes deviam estar fazendo ao corpo de Rovo, preso a elas. O novato não merecia isso. Ninguém merecia.

Bem, talvez aqueles agentes.

Reunindo aquela coragem de piloto de kart, Eponi foi novamente para as correias. Mordendo o lábio, ela ignorou a queimadura, desafivelou os fechos, que, soltos, desmoronaram em pedaços de qualquer maneira. Rovo caiu do assento, uma descida que deveria ter feito sua cabeça bater no teto da nave de descida. A gravidade desempenhou seu papel reduzido novamente, no entanto, e Eponi pegou Rovo pelos ombros.

Antes que ela pudesse descobrir uma maneira de endireitar o novato, toda a nave de descida sacudiu. Um novo zumbido sobrepôs-se a todos os sons de estalidos e estalos ao redor de Eponi, como se o universo tivesse decidido adotar um tom monótono de baixo grau. Eponi começou a xingar, porque ela sabia muito bem o que aquele zumbido significava.

Eles tinham ficado sem tempo.

A nave de descida inclinou-se para a esquerda, enviando tanto Eponi quanto Rovo cambaleando em direção ao seu lado quebrado. O ombro de Eponi, cortado pelo metal, liderou o caminho, colidindo com o lado esquerdo da nave, agora voltado para baixo, com Rovo se aninhando nela. Outro solavanco, e a nave de descida... desceu.

A descida não foi tão longa, eles não caíram tão rápido, mas o impacto quebrou o que restava da estrutura da nave. O lado acima dela, suas placas já perfuradas pelo fogo das torretas, pela queda, rachou-se e estilhaçou-se. Se Eponi não se movesse, ela e Rovo seriam enterrados em metal em chamas.

Pés, mãos, vontade. Todos se juntaram ao desespero para fazer Eponi se mover em direção àquele para-brisa estilhaçado, puxando Rovo com ela enquanto passava sobre o vidro quebrado e saía para o chão do compartimento de atracação. Atrás deles, por pouco não atingindo os dedos dos pés mais altos de Rovo, a nave desabou em uma fumegante cova ardente. Um último alarme deu um último uivo enquanto a nave morria, um epitáfio apropriado para uma embarcação que havia cumprido seu propósito.

Outra nave vivendo à altura de seus ideais ganhou vida sobre a cabeça de Eponi. O transporte massivo tinha seus jatos de manobra zumbindo, levantando-se do chão do compartimento e se preparando para a partida. A menos que Eponi e Rovo quisessem uma morte rápida e ardente, eles tinham que se mover.

— Você vai me dever muito por isso — disse Eponi, levantando-se junto com Rovo e iniciando uma corrida desajeitada de volta às portas da baía.

Apenas para ver Sai correndo em sua direção, com a katana embainhada e os braços bombeando enquanto corria para encontrá-los. Sem dizer uma palavra — o ar era melhor usado para continuar correndo — Sai pegou o outro ombro de Rovo e juntos, com um último beijo ardente dos motores do transportador, eles correram para fora da baía. Aurora, em pé ao lado da porta, fechou-a com força quando a nave aumentou sua aceleração.

Eponi deitou Rovo no chão do corredor, depois desabou ao lado dele, piscando para as luzes vermelhas do *Nautilus*. Ela respirou uma vez. Duas vezes. Tentou pensar em coisas que não tivessem nada a ver com fogo, com cinzas, com os destroços presos em seu cabelo e entre seus dentes.

— Ele está vivo — disse Sai, ajoelhando-se entre Eponi e Rovo. — Mas precisa chegar à enfermaria rapidamente.

— Você é o mais saudável de nós — disse Aurora, e Eponi se sentou para ver que a capitã tinha alguns novos hematomas desde o resgate. — Leve-o. Eponi e eu podemos cuidar da ponte.

— Aurora, você não está em condições...

— Você me ouviu — disse Aurora. — Vá, agora. Quando terminar, volte para as baías. Não acho que Renard esteja naquela nave.

Sai parecia que poderia prolongar a discussão um pouco mais, mas o homem sempre seguia as ordens de Aurora, e agora não era diferente. Com um suspiro, Sai levantou Rovo, ainda mole, ainda silencioso, sobre seus ombros e partiu pelo corredor. Eponi os observou correr até que Aurora estendeu a mão.

Eponi olhou para os dedos e a palma ensanguentados oferecidos, — Você quer que eu pegue essa coisa?

— Você também não está com uma aparência muito boa — Aurora riu, de alguma forma rouca e úmida ao mesmo tempo.

— Foi um longo dia — disse Eponi, colocando seus músculos doloridos em ação o suficiente para ficar de pé. — O que tem na ponte?

— Quero ver o que você e Sai conseguiram fazer — respondeu Aurora. — E preciso saber se Deepak está vivo.

TRINTA

PARCEIROS

Recuperar a consciência de cabeça para baixo, com o mundo balançando ao ritmo dos passos de outra pessoa, fez com que Rovo, superando as dores que sentia por todo o corpo, se debatesse como um peixe fisgado. Seu carregador parou com o movimento e girou Rovo para cima e para o lado, colocando o novato no chão frio, duro e reconfortante.

— E aí, Rovo — disse Sai, agachando-se com um sorriso cauteloso. — Voltou a si?

— Não sei — respondeu Rovo, piscando sob a luz vermelha do corredor e mapeando mentalmente os nervos que se faziam notar. — O que aconteceu?

— O transporte derrubou você. Eponi salvou sua pele, e agora estou tentando levá-lo para a enfermaria — Sai indicou o corredor com um aceno. — Vamos, estamos quase chegando ao elevador.

— A enfermaria? É, seria bom — disse Rovo. — Acho que o cirurgião não vai ficar feliz em me ver de novo.

— Esse não é seu maior problema.

Rovo estendeu um braço e Sai levantou o novato. As pernas de Rovo não estavam exatamente firmes, mas ele conseguia andar, e juntos os dois seguiram em direção ao elevador. O corredor agora tinha pessoas, soldados que lançavam olhares a Sai e Rovo enquanto passavam, correndo de volta para as baías de ancoragem. Robôs também zumbiam por ali, procurando oportunidades para reparos, para encontrar alguém que precisasse urgentemente de atenção médica.

Sai tinha que ficar afastando esses últimos.

— Você poderia deixá-los me levarem, sabe — disse Rovo. — Assim você poderia ajudar Aurora.

— Nem pensar — disse Sai. — Os agentes partiram em seu transporte, mas Aurora acha que pode haver alguns ainda a bordo. Você sabe onde Kaia está, o que significa que você é o alvo mais valioso deles.

— Não só eu — respondeu Rovo. — Um agente enviou uma mensagem. Eles sabem em que planeta ela está.

Sai riu.

— Planeta? Só isso? Não sei se você já viu um planeta, Rovo, mas eles não são tão pequenos.

O homem tinha razão. Rovo só precisava se lembrar de Dynas - o que parecia ter acontecido há um milhão de anos - para saber que, mesmo com a localização precisa de um alvo, as coisas podiam dar muito errado antes de você chegar ao objetivo.

— Ela pode partir também — disse Rovo.

— O quê?

— Kaia. Não dá pra dizer que o pai dela não embarcaria em outro transporte indo para mais longe. Wexer não teria muitas opções, mas Gillane Quatro?

— Mais do que algumas.

Dois soldados estavam de pé do lado de fora do elevador, segurando rifles e lançando olhares suspeitos a Sai. Rovo não podia realmente culpá-los por isso, já que nem ele nem Sai vestiam uniformes da DefenseCorp, e a *Nautilus* estava em alerta para agentes.

Sai e Rovo ergueram os braços livres, Rovo fazendo uma careta com o movimento, como um gesto pacífico. Isso não impediu um dos soldados de levantar seu rifle enquanto o outro avançava para cumprimentá-los.

— Querem usar o elevador? — disse o que os recebeu. — Vou precisar de identificação.

— Chame Lamya — disse Rovo. — Ela vai nos liberar. Rovo e Sai, Esquadrão Sever.

O soldado assentiu, ergueu seu comunicador de pulso, e a porta do elevador se abriu atrás deles. O soldado com o rifle levantado girou em direção à porta que se abria e hesitou. Rovo não podia ver o que havia dentro, mas viu o soldado do rifle ser levantado e voar pelo corredor, um movimento repentino que o atirou contra a parede oposta com uma força de quebrar os ossos.

O parceiro do homem arremessado não se saiu muito melhor, virando-se e começando um grito antes que algo o pegasse e o jogasse sobre seu amigo caído. Sai empurrou Rovo para trás, mandando o novato contra a parede próxima. Com a mão direita, Sai sacou a katana e enfrentou...

Um borrão? Um fantasma?

Rovo piscou e tentou entender o que via. O que era, na maior parte, nada. A luz tremeluzia, distorcida em partes, como se alguém tivesse colocado um plástico amassado sobre seus olhos, com as dobras quebrando a visão. Sai parecia um pouco mais confiante, posicionando-se no meio do corredor, katana à frente e rastreando um alvo.

Outra pessoa saiu do elevador. Arrastando-se, na verdade, muito parecido com o próprio Rovo. O homem tinha levado golpes, ou queimaduras de laser, e seu uniforme, de alta patente, apresentava manchas de sangue no vermelho. Seu rosto tinha uma qualidade falsa, marca de cirurgião, e Rovo o reconheceu: a projeção de Wexer.

— Você já lutou contra um antes — disse o homem, olhando para Sai. — Onde?

— Rovo — disse Sai, ignorando a pergunta. — Conhece esse cara?

— Reconheço o visual — respondeu Rovo. — Mais feio pessoalmente.

O homem torceu um lábio machucado.

— Vana, vamos nos mover. Cada segundo que perdemos é um risco.

Sai moveu a katana para a esquerda, e algo a atingiu, faíscas voando e aquele clássico som de metal contra metal ecoando pelo corredor. Sai transformou o bloqueio em um golpe cruzado, que Rovo imaginou ter dado a Sai mais distância do que qualquer outra coisa. O golpe não atingiu nada, aquelas cintilações dando espaço a Sai.

— O nome dele é Renard — disse Sai para Rovo, retornando a katana à posição de prontidão. — Se você quer derrubar o líder de tudo isso, ele é seu alvo.

— Não acho que vou derrubar ninguém tão cedo.

Quem quer que Sai estivesse lutando — Vana? — mergulhou em outro ataque furioso. Sai girou a katana, bloqueando o que pareciam ser duas armas. O comprimento da lâmina, combinado com o jogo de pés de Sai, manteve o homem seguro, e novamente Sai transformou as deflexões em um ataque.

Abandonando o golpe cruzado, Sai avançou com um chute. O golpe fez um barulho de esmagamento, como se Sai tivesse atingido uma bola de papel particularmente densa. Seguiram-se leves tinidos enquanto o oponente de Sai recuava com o impacto.

O laser brilhou, disparando da pistola de Renard. Sai, aparentemente lendo o ambiente melhor que Rovo, previu o ataque sorrateiro e esquivou-se do tiro. Rovo poderia ter comemorado, poderia ter dito a Renard para fazer algo específico com sua própria anatomia, exceto que aqueles borrões se moveram aproveitando o recuo de Sai e o agarraram pelo pescoço. Largando sua katana, Sai levou as mãos para envolver o que parecia ser ar tremulante. Seu rosto se contraiu enquanto ele lutava para respirar.

Rovo não tinha uma arma, não tinha força para se levantar e dar um soco.

Mas ele podia fazer uma oferta.

— Parem! — disse Rovo, tentando gritar, mas, em vez disso, soltando uma exigência decididamente fraca. — Soltem-no, e eu ajudarei vocês.

O que quer que estivesse segurando Sai não respondeu, mas Renard, apontando sua pistola para Rovo, deu um passo na direção do novato.

— Que ajuda você poderia nos oferecer? — disse Renard, e Rovo percebeu curiosidade genuína suficiente na pergunta para encontrar alguma esperança.

— Vocês querem a Kaia, certo? — disse Rovo. — Posso levá-los até ela. Mas apenas se Sai sobreviver.

As lutas de Sai diminuíram, seu rosto ganhou um tom arroxeado.

— Já sabemos onde ela está — disse Renard. — Você não nos oferece nada.

— Vocês sabem de um planeta. Eu sei como encontrá-la nele.

— Como?

— Soltem-no, e eu direi.

Renard estudou Rovo, e o novato se sentiu como um livro sendo lido. O oficial procurava por planos, pontos de interesse e peculiaridades no homem ferido no chão diante dele. Tanto quanto podia, Rovo tentou projetar honestidade. Ele encarou os olhos de Renard com igual foco, tentando ignorar que Sai havia ficado imóvel.

— Solte-o — disse Renard. — Temos um prêmio diferente.

A coisa que segurava Sai arremessou o amigo de Rovo pelo saguão, deixando-o em um monte junto aos dois soldados caídos. Rovo tentou se sentar, tentou ver se Sai se movia, mas antes que pudesse ter uma boa visão, sentiu uma mão agarrar seu braço direito e puxá-lo para ficar de pé.

— Você consegue andar? — Uma voz feminina em seu ouvido, fria de propósito.

— Com ajuda — disse Rovo. — Devagar.

Aparentemente, essa resposta não era suficiente. As pernas de Rovo foram levantadas e braços o pegaram, carregando o novato como um civil resgatado. Sua portadora não esperou por mais instruções, marchando pelo saguão com Renard se arrastando atrás, o oficial ferido ofegando enquanto se esforçava para acompanhar.

De perto, Rovo juntou as peças do que via: um traje que podia refratar a luz, ou redistribuí-la para parecer transparente, mesmo que as bordas deixassem marcas na continuidade visual. Como vidro com rachaduras capilares.

Mas o traje invisível não era a maior preocupação de Rovo.

— Você o matou? — disse Rovo para a mulher que o carregava, arriscando um palpite sobre onde estaria a cabeça dela.

— Não — respondeu a mulher, mantendo a voz baixa. — Você falou rápido o suficiente para poupar a vida dele. Orgulhe-se disso.

— Eu me orgulho — disse Rovo, porque era verdade. — Para onde estamos indo?

— Para outra nave — disse a mulher enquanto se aproximavam das baías de atracação. — Vou colocá-lo dentro, e você vai cooperar, porque se não o fizer, receberá o que seu amigo não recebeu.

— Um olá amigável e um café quente?

A mulher sufocou uma risada. — Como a Aurora consegue lidar com todos vocês?

Rovo arregalou os olhos levemente antes de se conter. A mulher conhecia Aurora? E não falava dela como uma rival, ou uma inimiga? Interessante. Algo para explorar ali.

— Aurora sabe o que está fazendo — disse Rovo enquanto chegavam às baías de atracação, embora menores, nas bordas reservadas para naves privadas e especiais. — E você?

— Estamos arriscando para mudar a galáxia — a mulher falou como uma profeta. — Acho que você não pode pedir mais que isso.

— Não acho que trabalhar com um capanga como aquele cara vá mudar a galáxia para melhor.

— Às vezes, você não pode escolher seus parceiros.

A mulher esperou enquanto Renard os alcançava, enquanto o homem batia seu bracelete contra a porta da baía de atracação. O portal deslizou, revelando uma esguia nave que lembrava uma folha, ou uma lágrima. Seus painéis pretos e salpicados exibiam um design que Rovo havia lido muitas vezes: os salpicos não eram apenas estéticos, mas adotavam uma textura física irregular que confundia os scanners tradicionais. A textura irregular fazia a nave parecer um asteroide para observadores casuais, dando-lhe a chance de entrar e sair sem chamar muita atenção.

— Linda, não é? — disse Renard, liderando o caminho

para dentro da baía. — Minha própria encomenda personalizada.

— Precisa de mais armas — provocou Rovo.

— Apenas abra a rampa, Renard — disse a mulher. — Não me importo com sua nave ou como você a adquiriu.

O oficial lançou um olhar feio na direção de Rovo, mas não exatamente para ele. O novato imaginou que mil insultos passavam pela mente e boca de Renard naquele momento, mas a razão — ou as possíveis consequências de irritar alguém usando uma armadura invisível — o manteve quieto. Tocando no bracelete, Renard fez sua nave baixar uma rampa de embarque muito comum.

Isso só mostrava que você podia parecer legal por fora, mas ser bem sem graça por dentro. Depois de Calico Max e sua aparência maluca com colete combinada com uma unidade familiar padrão em Wexer, Rovo não dava mais crédito às pessoas por suas aparências extravagantes.

O interior da nave de Renard não fez nada para mudar a filosofia de Rovo. O homem deve ter gasto todo o dinheiro no exterior, porque o interior tinha apenas algumas pequenas cabines, uma área central com armazenamento de alimentos e uma mesa carmesim que se dobrava da parede em um espaço não muito maior que os aposentos que Rovo tinha para si na *Nautilus*. Renard se dirigiu à cabine de pilotagem individual enquanto dizia a Rovo e à pessoa que o carregava para se acomodarem.

— Vou colocá-lo no chão agora — disse a mulher enquanto a rampa de embarque se fechava atrás dela. — Não faça nada estúpido.

— Estou quase morto — respondeu Rovo enquanto ela o colocava no sofá de emergência, uma fina coisa carmesim - sempre carmesim aqui dentro - revestindo a parede oposta à rampa. — Vou estar completamente morto se não receber ajuda em breve.

Rovo não estava certo disso, mas os últimos efeitos entorpecentes de sua breve passagem pela enfermaria haviam desaparecido. Se Renard e sua cúmplice invisível queriam fazer de Rovo um refém, eles poderiam pelo menos deixá-lo confortável.

— Renard — chamou a mulher —, você tem suprimentos médicos nesta nave?

— Verifique o depósito, direto lá atrás — Renard parecia precisar de ajuda também, engasgando e tossindo entre as palavras. — Deve haver uma caixa. Estou decolando agora.

Rovo recostou-se no sofá enquanto o traje de camuflagem desaparecia. Os motores da nave zumbiram para levantar voo, e Rovo sentiu aquela sensação sempre estranha quando a nave flutuou, girou e disparou para fora da *Nautilus*.

Um refém.

Mas, assim como Sai, Rovo poderia conviver com isso.

MENSAGENS

Desta vez, Aurora esperou por Deepak do lado de fora da sala de briefing. A vez de Sever para sua missão só chegaria em algumas horas, mas o recém-promovido almirante disse que teria uma pausa por volta daquele horário, depois de distribuir outro contrato de patrulha para um dos esquadrões mais jovens da *Nautilus*. Aqueles soldados, parecendo terrivelmente jovens e inexperientes, passaram por Aurora com alguns olhares nervosos para sua patente e seus olhos duros.

— Parabéns — disse JJ, o comandante de longa data do Beacon, enquanto seguia seu esquadrão. — Fico feliz que Sever estará em boas mãos.

— Há uma vaga aberta, se você quiser se juntar a nós — respondeu Aurora, lançando ao velho conhecido um sorriso desgastado. Sempre havia uma vaga aberta.

Sempre.

— Prefiro meus inimigos à frente, onde posso vê-los — disse JJ, dando um tapinha no ombro de Aurora. — Além disso, você já roubou um dos meus melhores. Acho que já é o suficiente.

— Sai é um matador. Obrigada por deixá-lo ir.

Os olhos de JJ brilharam.

— Sai é um pai. Não se esqueça disso.

O comandante do Beacon deu um último aceno a Aurora e depois seguiu pelo corredor atrás de seu pessoal. Deepak tomou seu lugar, medindo Aurora com um olhar direto que não carregava absolutamente nenhuma emoção.

— Muito bem, comandante — disse Deepak, iniciando a conversa da mesma maneira que haviam terminado a última: com todas as formalidades. — Fiquei feliz em ver seu nome recomendado para o cargo principal de Sever.

— Ficou mesmo?

Aurora não tinha vindo aqui em busca de uma briga. Na verdade, ela queria o oposto. Alguma reconciliação, alguma maneira de voltar atrás nas diferenças que haviam tido. Com sua nova posição, Aurora não podia se dar ao luxo de estar no lado ruim de Deepak, não podia se dar ao luxo de deixar algo fermentando entre eles. Deepak estaria escolhendo as missões de Sever como almirante da *Nautilus*, e qualquer coisa menos que o melhor para seu esquadrão não seria aceitável.

— Ande comigo — disse Deepak, falhando em esconder um leve sorriso. — Acontece que ser o chefe significa uma agenda lotada.

— Você não respondeu à minha pergunta — Aurora acompanhou os passos de Deepak enquanto se dirigiam à ponte.

— Se eu fiquei feliz em ver que você chegou onde pertence? — disse Deepak. — Claro. Qualquer almirante quer sua tripulação onde ela terá o melhor desempenho. — Ele respirou fundo, e Aurora se preparou para a resposta não oficial que viria. — Além disso, tenho certeza de que o dinheiro extra vai te deixar feliz.

Aí estava. Deepak tinha um jeito de revestir opiniões duras com adornos açucarados e oficiais.

— Estou aqui porque não é mais só sobre mim — disse Aurora, optando por não se envolver nos termos de Deepak. Trocar farpas em uma luta verbal podia ser divertido, mas Aurora tinha outras responsabilidades agora. — Meu esquadrão merece suas chances. Estamos prontos para partir.

— Anotado — disse Deepak quando chegaram à ponte, suas grandes portas se abrindo para eles. — Honestamente, Aurora, os negócios estão indo bem. Eu não poderia guardar você e seu esquadrão, mesmo se quisesse.

Exatamente o que Aurora queria ouvir. Ela conseguiria as missões, conseguiria o dinheiro, e seus membros mais novos ganhariam experiência. Exceto que ela não conseguia se afastar das últimas palavras de Deepak.

— Você gostaria? — disse Aurora enquanto ficavam na plataforma elevada que se projetava na ponte, mil pessoas zumbindo em suas tarefas enquanto a *Nautilus* atravessava o espaço.

Ambos sabiam o que Aurora queria dizer com aquela pergunta. A lembrança de uma vida que parecia cada vez mais absurda, envolta em um novo começo e na esperança alegre que vinha com ela. Noites de nebulosa e dias no refeitório. Esgueirando-se pelos corredores de trás para as cabines um do outro. O fulgor do amor no espaço escuro.

— Eu nunca quero colocar meus esquadrões em perigo — disse Deepak, medido e objetivo. A mais leve hesitação depois. — Há mais alguma coisa que eu possa fazer por você, comandante?

Aurora procurou por uma pista sem dar nenhuma dela mesma. Deepak manteve sua face oficial, nenhuma pérola para encontrar naqueles olhos.

— Não, é só isso.

— Então parabéns, e nos vemos no briefing.

Como regra, Aurora não passava muito tempo em sua história. Com o Esquadrão Sever, com a DefenseCorp, passar muito tempo no passado - e muito tempo poderia ser um minuto ou menos - poderia custar-lhe o futuro. E ainda assim, correndo pelo saguão com toda a velocidade que duas pessoas espancadas e cobertas de cinzas podiam conseguir, deu a Aurora espaço para reviver tudo com Deepak, com todos os anos queimados nestes corredores espaciais. Soldados diferentes os cercavam agora, de pé em pontos de controle procurando por quaisquer agentes remanescentes, mas o visual metálico brilhante, o baque das botas no chão, esses permaneciam os mesmos.

Aurora pegou um bracelete de um soldado júnior, um que ainda não tinha estômago para dizer não a alguém com a agora muito visível dureza de Aurora. A comandante de Sever não tinha mais nenhuma patente na DefenseCorp, não vestia um uniforme, mas os olhares assustados e atordoados flutuando em sua direção provaram ser igualmente eficazes. Respaldando-os com seu olhar direto e palavras que não admitiam recusa, Aurora transformou sua determinação de ver a ponte em uma arma.

Essa habilidade, também, tinha surgido através desses corredores. Aurora tinha sido uma guarda de segurança com o gatilho leve quando chegou pela primeira vez, mas a disciplina e suas recompensas em dinheiro cinzelaram suas arestas brutas em hábitos fortes e afiados. Eles-

— Nós não atiramos nela — disse Eponi, interrompendo o avanço focado de Aurora. — A ponte, certo?

— O quê?

— Eu realmente não tinha pensado nisso, que você não saberia. — Eponi, enquanto se mantinha no ritmo da corrida leve de Aurora, tirou mais cinzas de seu cabelo com as mãos.

— Mas você disse que queria verificar a ponte. Estou te dizendo, o que quer que tenha acontecido lá, não foi culpa minha.

Aurora piscou, concentrando-se em seus passos.

— Não conseguimos contatar a ponte do centro de comunicações, então algo deu errado.

— Bem, sim — disse Eponi. — Eles começaram a atirar uns nos outros, então os caças vieram atrás de nós e nós demos o fora.

— Eles?

— Acho que os agentes? Deepak deu a ordem para reuni-los, e não acho que os da ponte receberam muito bem.

— Ótimo.

Considerando o olhar atônito de Deepak quando Aurora sacou a pistola, mostrou alguma força nas reuniões desta manhã, aquelas que pareciam ter acontecido há mil anos atrás, o almirante precisava sujar as mãos com mais frequência. O homem ainda liderava uma força de combate.

A entrada da ponte confirmava a versão dos eventos de Eponi. A porta larga estava meio fechada, com faíscas ocasionais ainda estourando nas fendas deslizantes. Manchas de sangue e explosão marcavam as paredes e o chão à frente, e dois soldados, ambos com bandagens e parecendo exaustos, ergueram os rifles para Aurora e Eponi quando elas se aproximaram.

— Somos aliadas — disse Aurora, parando e levantando as mãos. Não fazia sentido ter chegado até ali para ser baleada por um soldado nervoso. — Estou tentando descobrir se Deepak está bem.

Um soldado latiu pedindo identificação, uma ordem que soou mais como um ganido, uma tentativa desesperada de trazer alguma ordem de volta a um dia caótico. Aurora não tinha nenhuma identificação para oferecer, e começou a inventar alguma desculpa quando Eponi se adiantou.

— Identificação? — disse Eponi. — Você tem olhos, homem? Não vê que não tenho armas comigo, que ela está carregando uma pistola quebrada, e que parecemos ter passado por um ciclo de centrifugação numa máquina de merda? Quem está no comando aqui, porque é melhor que não seja você.

A boca do soldado abriu e fechou como um peixe engasgado, e então, não encontrando nenhuma resposta adequada, o homem disse ao seu companheiro para manter o rifle erguido e desapareceu dentro da ponte.

— Bem dito — observou Aurora.

— Me sinto um lixo e pareço pior — disse Eponi. — Quanto mais rápido você falar com o almirante, mais cedo eu posso tomar um banho.

O que quer que a mantivesse motivada.

O soldado retornou sem mais baixas, verbais ou físicas, e disse que Deepak esperava dentro. Aurora liderou o caminho, percebendo Eponi dando uma revirada de olhos para o soldado ao passar. Havia muitas razões pelas quais a piloto tinha encontrado seu caminho para o Esquadrão Sever, não menos porque a disciplina padrão não se encaixava na visão de mundo de Eponi.

Hoje, Aurora podia conviver com isso.

A ponte tinha pouca semelhança com a experiência anterior e desagradável de Aurora. Onde antes as estações de trabalho se estendiam para baixo e para longe da entrada como uma encosta mecânica e em rede, agora restavam apenas pedaços quebrados e queimados. As paredes imaculadas, curvando-se em um grande arco ao longo da parte de trás da ponte, exibiam horríveis marcas negras, enquanto o grande escudo de visualização... não existia mais. Todo o fogo, fumaça e danos haviam coberto o vidro com um tom cinza-esbranquiçado manchado, fazendo a ponte parecer menos o ápice estelar de uma grande nave e mais um ovo podre.

— Vai dar um trabalho — admitiu Deepak quando elas entraram. O almirante, apoiado em seus consoles de pé, ofereceu um sorriso abatido. — É por isso que fiquei tão feliz em saber que você também destruiu minha ponte reserva.

— Culpe os agentes. — Aurora se aproximou do almirante e o examinou rapidamente. — Quantos tiros você levou?

— Três. Um na perna, um no ombro — Deepak suspirou, olhou para baixo — e, de alguma forma, um no pé. Acho que o atirador disparou enquanto caía. — Voltando ao rosto de Aurora, Deepak não conseguiu suprimir uma risada. — Parece que não sou o único levando fogo hoje.

— Estamos vivos, é o que importa — disse Aurora.

Ela queria perguntar ao almirante como ele realmente se sentia, queria perguntar por que ele estava ali de pé e não indo para a enfermaria. Aquelas bandagens em seus ferimentos não podiam estar ajudando muito. Mas fazer essas perguntas não levaria o Sever aonde precisava ir.

— Você precisa mandar caças atrás do transporte que acabou de decolar — disse Aurora, acenando para além de Deepak em direção a um console mostrando varreduras de campo próximo, que tinha o transporte aparecendo como uma grande mancha no espaço profundo, caso contrário vazio. — Os agentes estão lá, e eles têm uma arma que não queremos deixar escapar.

Deepak não se moveu. — Nós? Aurora, eu dei a você seu confinamento. Eu disse aos meus soldados para reunir os agentes, um movimento que pode garantir minha remoção deste posto. Isso vai garantir que eu tenha que verificar meu quarto todas as noites em busca de armadilhas escondidas antes de dormir, para que algum agente não se vingue. Eu fiz isso por você-

— Corta essa — Aurora interrompeu. — Você não fez isso por mim. Você fez porque sabia que qualquer outra coisa seria suicídio. Os agentes não dão a mínima para seus soldados. Eu me importo, porque eu costumava ser um deles.

Deepak assentiu. — Eu vi sua mensagem. Muito boa, com todas as palavras certas. Não que isso vá importar.

— Por quê?

— Porque quando sua mensagem chegar às pessoas certas, os agentes já terão garantido sua lealdade, ou as substituído por outras receptivas às suas demandas. É isso que eu estava tentando te dizer antes. Não há como vencer aqui.

— Então por quê?

Deepak fechou os olhos, balançou a cabeça. — Porque sou um idiota que não consegue deixar pra lá, é por isso.

Não consegue esquecer? Aurora tentou analisar isso, seguir as palavras de Deepak do começo ao fim. Começou, e parou quando um oficial gritou de baixo, um que estava em uma das poucas estações de trabalho restantes ainda funcionando.

Uma nave havia deixado a *Nautilus*. Uma pequena, registrada para Renard.

— Pare aquela nave — respondeu Aurora, passando por Deepak e olhando para o oficial. — Derrube-a, se puder.

— Almirante? — O oficial fez a coisa certa e ignorou Aurora. Doloroso, mas correto. — O que devemos fazer?

— Você ouviu a comandante — disse Deepak, soando cada vez mais cansado. — Renard é um traidor e um perigo para todos aqui. Derrube-o.

Aurora pensou que Renard estivesse no transporte, já

tendo partido da *Nautilus* para outro esconderijo. A grande nave já havia fugido além do alcance dos canhões da *Nautilus*, e Aurora estaria perguntando a Deepak por que ele não tinha atirado nela. Renard, no entanto, seria um alvo fácil para os dentes da *Nautilus*.

— Eles estão nos contatando, senhor — chamou o mesmo oficial, cujo estado agitado se amplificava a cada declaração, como um pião girando. — É o próprio Renard.

— Então transmita, homem, e se acalme — respondeu Deepak. — Ele não pode nos machucar de sua pequena nave.

Aurora não podia ter certeza disso, mas deixou Deepak ter sua estação. De pé atrás dele enquanto o almirante se virava para ver a chamada entrante iluminar o console, Aurora viu não a cabeça granulada de Renard, como esperado, mas uma diferente.

— Rovo? — disse Eponi, tão confusa quanto Aurora se sentia. — Que diabos ele está fazendo com Renard?

O novato não parecia bem, e seus olhos estavam fechados. Com a cabeça pendendo para o lado, Rovo exibia hematomas, cortes e todas as evidências de um dia que tinha dado muito errado.

— Deepak! — A voz de Renard cortou, e o oficial enfiou seu rosto no quadro, com um olhar de escárnio. — Vê minha preciosa carga? Um dos membros do esquadrão de sua amiga, eu acredito. Um jovem. Atire em mim, e ele vai junto.

Renard não tinha parado, sua nave ainda cruzando para longe. Em segundos, ele voaria além do alcance da *Nautilus*. Deepak tinha que tomar uma decisão, e Aurora sabia que podia puxar o gatilho por ele. Rovo era um membro do Esquadrão Sever. Ela podia dizer a Deepak para atirar, e ele o faria.

— Um desertor e um civil — Deepak lançou um olhar solene para Aurora, seu dedo navegando até o botão de mudo, cortando as provocações contínuas de Renard. — Uma única baixa está dentro dos limites. Deveríamos atirar.

As palavras não foram altas o suficiente para provocar uma resposta, não foram dirigidas aos outros na ponte, nem de volta a Renard.

Aurora não se abalou.

— Não — Aurora respondeu. — Não atire.

— Sempre soube que você tinha um coração aí dentro em algum lugar — disse Eponi enquanto corriam pelo corredor, atrás de um soldado pronto para escaneá-los até o alvo. — Todo aquele papo sobre dinheiro e comando e aqui-

— Eponi, cala a boca — disse Aurora quando chegaram longe o suficiente para entrar nas baías do *Nautilus*.

No nível superior, os slots permaneciam fixos para as naves oficiais. Figurões da DefenseCorp e visitantes importantes. Exceto por um trio destinado a caças de acesso rápido, naves afiadas designadas como último recurso de escolta para oficiais forçados a fugir.

Deepak sugeriu a ideia, oferecendo-as como uma opção caso Aurora quisesse tentar salvar Rovo. Aurora agradeceu e saiu. Deepak sobreviveria, sem dúvida mencionaria esse pequeno momento mais tarde.

Talvez Deepak estivesse tentando a mesma coisa, empurrando Sever para todos aqueles slots seguros. Rovo, no entanto, havia sido feito refém. Não era culpa dele, não foi sua escolha. Rovo não merecia morrer por isso.

— A primeira serve — disse Eponi, e o soldado os escaneou, levando-os diretamente a uma nave amarela cintilante, abarrotada de torres de artilharia, escudos e dois motores gigantes enfiados em sua forma de meia-lua.

Para um resgate, a nave serviria.

TRINTA E DOIS

OS ABANDONADOS

Socado, baleado, até esfaqueado durante uma missão inicial da DefenseCorp vagando pelas ruas de um planeta em rebelião, mas nunca estrangulado. Não com uma mão segurando-o suspenso no ar, espremendo a vida de Sai segundo a segundo. Suas pernas ficaram dormentes primeiro, enquanto pontos negros dançavam em seus olhos. Suas mãos, que inicialmente tentavam tirar o aperto de sua garganta, ficaram flácidas, como um interruptor de energia sendo desligado.

O sangue martelava em sua cabeça, preso e circulando e morrendo.

E através daqueles pontos negros, Sai viu os brilhos dilacerantes, a falsa curvatura ligada ao estranho traje com o qual havia lutado perto do transporte e agora aqui. Através das fissuras, Sai viu Renard, o oficial no centro de tudo isso, falando com Rovo. As palavras faladas entraram nos ouvidos de Sai, onde desapareceram na cacofonia pulsante e em pânico que atormentava seu eu desesperado.

O arremesso registrou-se apenas como alívio.

Sai levou muito tempo para se mover depois de ter sido jogado de lado. Abaixo dele estavam os dois soldados arruinados, mortos em virtude de seu próprio infortúnio. Qualquer outra estação além daquele elevador, naquela hora, e eles teriam passado por todo esse dia sem problemas. Agora Sai usava seus corpos resfriando e endurecendo como uma cama de pesadelo.

Ele deveria ter se forçado a levantar. Deveria ter se forçado a pegar aquela katana e correr atrás de Rovo. Lançado tudo o que tinha contra aqueles dois bastardos.

Exceto que Sai não conseguia se mover.

Você morre mil mortes em uma carreira como essa. Vê-se no fim da vida repetidamente até adquirir uma certa atitude zombeteira. Aquele tiro, esta missão, aquelas bombas deveriam ter sido as que lançariam Sai para o grande além, mas não foram, e nunca tinham sido. Nem mesmo o vírus de Anaskya, rasgando seu corpo, ou a nave de patrulha em Wexer, ou o tiro de laser heroico na *Prisa*.

Nos últimos meses, Sai havia batido na porta da morte várias vezes e saído sem resposta.

Mas nenhum, nem um, desses momentos o havia feito se sentir tão malditamente fraco.

— Você quer ir? — ela perguntou, naquele dia de chuva de arco-íris sob o céu vítreo e artificial. — Deixar tudo isso?

Isso, como era na maioria das outras manhãs, consistia em uma corrida frenética para preparar seu filho e filha para a escola. Para colocar sua esposa em um lugar onde ela pudesse retomar as responsabilidades sempre ativas devidas a uma engenheira. Finalmente, para se colocar em um uniforme, no local designado na vasta cidade onde Sai poderia ficar de pé, sentado ou andar por horas e rezar para que nada naquele dia o tirasse do próximo.

Hoje, porém, foi mais devagar. Seus filhos, como tinham

feito ao longo dos anos, precisavam cada vez menos. Eles faziam seu café da manhã, arrumavam suas mochilas, saíam com um aceno para seus amigos que esperavam. Sua esposa se desfocou da cama para a sala de reuniões, deixando Sai preparando uma refeição com nada além dos pássaros. Hoje tinha sido como ontem, como o anterior e o-

— Quando você soube — Sai perguntou — que isto era o que você queria fazer?

As crianças ainda não estavam em casa, não estariam por um tempo. A varanda, com pássaros destemidos mergulhando dentro da cobertura para evitar a chuva, servia como território neutro. O suave cedro fiado em laboratório fazia uma bela mesa, um presente que Sai havia dado à sua esposa, com o salário de um mês que ela ganhava em um dia. As flores penduradas eram o toque dela. Parceiros iguais em um espaço igual para uma conversa igual.

— Quando vi o impacto — sua esposa respondeu.

— Você é mais caridosa do que eu — disse Sai, seus olhos se desviando para a katana. Ela estava perto da porta de entrada para a casa. Ele estivera praticando no quintal quando sua esposa chegou em casa mais cedo, depois que ele ligou. — Eles admiram você, sabe.

— Você também. — Ela sempre tinha esse jeito, sempre sabia como transformar um elogio para um em um sucesso para todos. — Você é corajoso. Forte.

— Estático — disse Sai. Ele não podia ser isso hoje, porém. A oferta tinha chegado, uma abertura para alguém com suas habilidades. — Não quero que eles me vejam envelhecer. Que me vejam fazer isso todos os dias.

Seis meses depois, após passar por mais testes e treinamentos do que Sai já tinha feito, as mentes mercenárias da DefenseCorp o passaram para o *Nautilus*. Ele havia deixado o lar com lágrimas abertas, abraços fortes e uma promessa de voltar quando Sai sentisse que havia merecido seu descanso. Enquanto isso, o dinheiro extra pagaria as escolas, pagaria para que os pais de sua esposa viessem morar com ela. Todos os benefícios.

Aqueles últimos olhares seriam o terrível custo.

— Sai — disse a voz pesada —, acorde, meu amigo.

Sai viu o saguão, sentiu os corpos sob suas mãos. Ele deve ter desmaiado novamente. Sua garganta ainda doía, aquela dor surda ressoando quando Gregor segurou um pequeno copo de água na boca de Sai e forçou o líquido para baixo.

— Tem remédio aí dentro — disse Gregor. — Você vai se sentir melhor.

Em algum momento, talvez. O tônico de Gregor não funcionou instantaneamente, mas Sai se forçou a sentar de qualquer maneira, as pernas esticadas como uma criança. Gregor pairava sobre ele, perto do elevador, enquanto outros membros do esquadrão cuidavam dos corpos atrás de Sai.

— Eles pegaram Rovo — disse Sai, a urgência voltando. — Temos que-

— Foram embora — respondeu Gregor. — Os covardes fugiram. Aurora e Eponi estão perseguindo agora.

— Para onde? Podemos alcançá-los?

Gregor balançou a cabeça, inclinou-se e ajudou Sai a se levantar. O homem lançou um olhar estranho para Sai enquanto fazia isso, sem dúvida rastreando as queimaduras dilaceradas da *Prisa*, os hematomas ao longo do pescoço de Sai.

— O que aconteceu com você? — disse Gregor.

— Muita coisa — respondeu Sai, olhando de volta para os membros do esquadrão caídos com um suspiro. — Eles não sobreviveram?

Gregor seguiu o olhar de Sai, imitando seu suspiro também. — Parece que não. Quem?

— Alguém com um traje novo, eu acho — disse Sai, pegando sua katana e segurando-a com força. — Lutei contra dois deles hoje. Bastardos invisíveis.

— Ah. Eu também — disse Gregor. — Perigosos.

— Renard também veio aqui.

— Não é surpresa. Eu os segui — Gregor conduziu Sai em direção ao elevador. — Você precisa ir à enfermaria?

— Não seria má ideia, eu acho — Sai fez uma contagem mental de suas dores antes de se fixar no olhar desapontado de Gregor. — Mas tenho a impressão de que você tem outra ideia?

— Renard deixou evidências para trás. Devemos destruí-las.

— O quê?

— Siga-me.

Seguir, neste caso, significava acompanhar Gregor até perto do refeitório, no andar inferior do *Nautilus*. Passaram pelas portas que levavam aos grandes laboratórios da nave, e finalmente chegaram a uma próxima ao final do corredor. Soldados também estavam postados ali, colocando corpos quebrados em macas para enviá-los à enfermaria.

— A mesma coisa que você viu lá em cima. Vana — disse Gregor enquanto observavam — é muito perigosa. Mais do que Renard. Mas não tenho certeza de que lado ela realmente está.

— Parece que não é o nosso lado — Sai apontou para os corpos enquanto os dois membros da Sever passavam por eles e entravam no laboratório além.

Os soldados não desafiaram a Sever, talvez porque conhecessem Gregor, ou talvez porque já tivessem problemas suficientes no momento que não precisavam ser agravados. De qualquer forma, o *Laboratório de Armas 5* exibia uma grande armadura de poder quebrada, alguns ganchos vazios e marcas nas paredes e no chão contando uma história difícil.

— Ela poderia ter me matado — disse Gregor. — Teria levado apenas um segundo, mas não o fez.

— Você parece bem difícil de matar, Gregor. Talvez ela achasse que não tivesse tempo.

— A lâmina estava em minha garganta. Eu não conseguia me mover.

Sai deu de ombros, observando enquanto Gregor adentrava mais o laboratório. O homem virou à direita, dirigindo-se para o canto da sala. Quando Gregor se abaixou, Sai viu os tremulares, a luz se dobrando. Sem hesitar por um segundo, ignorando as dores, Sai tinha sua katana de volta nas mãos. Não havia chance de ser pego desprevenido por um daqueles trajes novamente.

— Está tudo bem — disse Gregor. — Este está destruído.

Com a katana pronta, Sai se aproximou cautelosamente, observando enquanto Gregor tateava o ar trêmulo e encontrava o mecanismo de liberação do traje. Como um efeito especial ruim, a viseira do traje se retraiu, revelando o rosto de um homem, com o nariz quebrado e ensanguentado e olhos vidrados. Ainda respirando, no entanto.

— Você o deixou vivo? — perguntou Sai, abaixando a katana em direção ao alvo.

— Pernas quebradas — disse Gregor. — Não queria que os outros o encontrassem.

O homem tossiu quando Gregor lhe deu um leve tapa na bochecha. Seus olhos se abriram, injetados e doloridos.

— Nome? — perguntou Gregor.

O homem respondeu com um palavrão, direcionado a Gregor com o vigor de um mau perdedor cuspindo. Sai tinha a ponta da katana no queixo do homem antes que as palavras terminassem de sair.

— Tente de novo — disse Sai.

— Conyers — disse o homem, os olhos fixos na lâmina. — Não que importe. Vão me matar de qualquer jeito, estou pensando.

— Mas não ainda — disse Gregor, então o homenzarrão acenou para longe de Conyers, em direção ao espaço vazio da sala. — O outro é seu amigo caspariense?

— Só dois agentes que Renard conseguiu encontrar — confirmou Conyers, sua atitude se esvaindo em arfadas agudas enquanto seus ferimentos o alcançavam. — Nós o tiramos da enfermaria e o trouxemos para cá.

— Ele se foi — disse Gregor. — Agora, você pode falar.

Exceto que Conyers não podia. Enquanto Gregor falava, os olhos do agente reviraram e o homem desmaiou novamente.

— Você é assustador demais — disse Sai.

— Talvez — Gregor se levantou. — Ou talvez seja hora de irmos à enfermaria.

— Agora sim um plano que posso apoiar.

Sai e Gregor pegaram cada um um corpo com traje. Felizmente, as coisas invisíveis eram leves o suficiente para que Sai sentisse apenas pontadas agudas a cada poucos passos. O caminho de volta veio com uma mudança gradual no próprio *Nautilus*. As luzes voltaram ao branco habitual. Ordens chamando equipes de reparo soavam pelos intercomunicadores. A própria enfermaria zumbia, lotada de soldados, agentes capturados e, agora, um membro do esquadrão Sever.

Na cama, quando o robô enfermeiro perguntou a Sai se ele precisava de mais alguma coisa, o homem fez um pedido.

Puxar os vídeos de sua caixa de entrada. Aqueles de sua

família. Sai esperava que estivessem bloqueados, mas o robô enfermeiro obedeceu. Enviou uma pequena tela e, enquanto os medicamentos atingiam seus nervos, Sai viu os rostos sorridentes de uma família que havia deixado para trás por tempo demais.

TRINTA E TRÊS

PONTO DE RUPTURA

Embora o caça não tivesse nada comparado à força da *Prisa*, a nave concentrava velocidade em seus motores gêmeos. Assim que Aurora deu o sinal, Eponi fez o caça decolar e disparar para longe do *Nautilus*.

O assento se ajustava perfeitamente ao redor de Eponi, fechando-se sobre seus ombros, costas e pescoço para ajudar na estabilidade durante intermináveis giros e esquivas rápidas, seja na atmosfera ou no espaço profundo. O manche de voo, um único bastão projetando-se entre os joelhos de Eponi, respondia com sensibilidade, fazendo com que ela ultrapassasse seu alvo duas vezes antes de se estabilizar em uma abordagem firme.

A dificuldade também estava em encontrar a nave de Renard. A maldita nave ficava borrada nas telas do caça, como um sussurro em uma sala grande. Eponi teria tido dificuldade em encontrar a nave se não soubesse para onde o homem estava se dirigindo, e o grande transporte tinha tanta furtividade quanto Gregor em uma bebedeira. Rastrear a partir do barco permitiu que os scanners de Eponi encontrassem anomalias suficientes para apontá-la na direção certa.

Eponi acelerou os motores e, em pouco tempo, a furtividade de Renard não pôde mais encobrir a proximidade.

Gráficos em tons laranja surgiram no para-brisa em forma de bolha, envolvendo a nave de Renard e cercando-a com números translúcidos que contavam regressivamente até o alcance de tiro, estimando a velocidade e, com uma leve seta branca fantasmagórica, adivinhando a direção de Renard. Não que Eponi precisasse dessa ajuda: o grande transporte brilhava à distância, uma rota de fuga óbvia.

— Está pegando o jeito? — disse Eponi, a piloto enviando suas palavras de volta para Aurora, cujas mãos envolviam as alavancas da torreta principal.

— É uma torreta. Estou bem.

— Mesmo com os impactos?

Eponi sabia que não estava se sentindo tão bem. A pressa para chegar a Rovo ajudou a superar o choque persistente da ousada tentativa de resgate e da quase explosão estelar da *Prisa*, mas Aurora parecia ter sofrido muito mais.

— Estou bem.

Nada mais seguiu. O gelo veio através do comunicador. Eponi não questionou.

— Aproximando-se da marca — disse Eponi, o pequeno caça fazendo seu trabalho e se aproximando de Renard. — Se eles não começarem a atirar, você deve ter um ângulo claro para os motores. Se recebermos fogo...

— Não vou errar.

Tudo bem. Se o aço na voz de Aurora tivesse alguma influência, Renard estava acabado.

O caça entrou no alcance do laser com um som claro. Eponi ficou atenta a uma torreta, a qualquer contra-ataque, mas nada veio. Ou Renard pensava que Sever não arriscaria atacar com Rovo a bordo, ou ele havia gastado todo o dinheiro em se esconder e nada em sobreviver.

Eponi deslizou o ângulo de aproximação para baixo. Ela se aproximaria rapidamente, passando por trás e então por baixo da nave. Aurora teria uma ampla janela para se alinhar e disparar o suficiente para penetrar os escudos e queimar os motores, e embora o caça não tivesse como levar Rovo a bordo, Deepak tinha outra nave de desembarque pronta para partir.

Fácil.

Tão fácil que Eponi atendeu à chamada recebida sem nenhuma preocupação. Normalmente, não se interrompe uma corrida de ataque com conversa ociosa, mas a total falta de manobras evasivas de Renard e a confiança de Eponi nos dedos no gatilho de Aurora significavam que ela poderia atender a chamada de Deepak e dizer a ele para deixar aquela nave pronta.

— Vocês vão conter o fogo se quiserem que seu amigo viva — a voz de Renard crepitou, destruindo a abordagem tranquila de Eponi. — Se seu caça enviar um único laser na minha direção, seu homem morre.

— Se você o matar — disse Aurora —, perde sua chance de encontrar Kaia.

— Errado — respondeu Renard. — Eu apenas adiaria. Temos o planeta dela, conhecemos o pai dela. Nós a encontraremos.

Eponi observou a distância diminuir. Eles entrariam no alcance do alvo em segundos.

— Então deixamos você ir? — disse Aurora. — Com Rovo? Não vai acontecer.

— Um refém ainda está vivo, comandante. Um cadáver é apenas isso.

Eponi silenciou a chamada enquanto desacelerava o caça.

— Vamos ter que fazer uma escolha aqui, Aurora — disse Eponi. — Posso ficar atrás de Renard, mas ele está chegando perto daquele transporte, e não quero brincar de pega-pega com aqueles canhões grandes se não precisar.

— Você consegue pensar em alguma outra opção?

— Neste momento? Você e eu, estamos em uma pequena cápsula sem muita flexibilidade — disse Eponi. — Talvez pudéssemos sacudir a nave de Renard o suficiente para derrubá-lo, mas sem uma equipe de abordagem, estamos amarradas.

— Se ele chegar àquele transporte, nunca mais veremos Rovo.

A voz de Aurora tinha aquela finalidade morta. O tom que Eponi havia ouvido a capitã usar algumas vezes antes, quando as circunstâncias enviavam outro membro do esquadrão para sua volta final. Aurora poderia estar usando isso como uma válvula de segurança para sua própria psique, encerrando a corrida antes que terminasse para se poupar da dor.

Eponi já havia feito isso. Ela também havia feito tentativas imprudentes de voltar ao jogo, lutando pela vitória contra probabilidades terríveis.

A última vez que ela fez isso, acabou com a carreira de Eponi.

— Chame-nos de volta — disse Eponi — e vamos voltar. Eles não vão matar Rovo. Pelo menos não imediatamente. Podemos tentar novamente.

— Tentar novamente? Quando?

— Nós seguimos. Escolhemos o lugar, a hora, e recuperamos nosso novato.

Eponi colocou o caça suavemente atrás da nave de

Renard, flutuando atrás dos motores da nave maior. Com um toque, ela trouxe a assinatura do transporte sobre o para-brisa, um novo conjunto de números informando a Eponi quanto tempo eles tinham até que o transporte pudesse começar a atirar.

— Estou presumindo que o silêncio significa que vocês estão ponderando suas opções — disse Renard. — Se importa, eu queria todos vocês mortos. Seu maldito esquadrão arruinou Dynas, e eu achei que vocês mereciam retaliação. Mas agora vocês me deram o que eu realmente precisava e, em troca? Eu posso não matar todos vocês.

Os palavrões de Aurora ecoavam pelos cockpits. O suficiente para ambos.

— Você o machucou — disse Aurora. — Se fizer qualquer coisa contra meu esquadrão novamente, vou garantir que você nunca mais veja outro amanhecer.

— Uma ameaça? — Renard riu, um som ofegante. — Por favor. Já ouvi muito piores. Se as coisas correrem bem, vou garantir que seu novato fique com dinheiro suficiente para comprar transporte de volta para casa, onde quer que seja. Agora, por favor, afaste seu caça, ou serei forçado a fazer uma bagunça.

TRINTA E QUATRO

DESEJOS E VONTADES

Rovo reconheceu o quarto. Um padrão especial da DefenseCorp: sem frescuras, todo funcional. E a função deste quarto era recuperação. Descanso a caminho de um destino. Rovo estava deitado em uma maca fina, com uma tela preta à sua esquerda exibindo números de seus sinais vitais: frequência cardíaca, respiração, temperatura, todos captados pelo seu contato com a cama.

O quarto tinha uma cadeira fina e uma pequena tela suspensa em um canto para entretenimento ou, como Gregor chamava, preservação da sanidade. Uma única porta branca e macia, sem maçaneta ou scanner para abrir, selava Rovo dentro da câmara do tamanho de um bolso. Mesmo se Rovo tivesse um bracelete, ele não poderia sair a menos que alguém observando o deixasse.

Porque, mesmo em transportes, soldados podiam surtar. Trauma, raiva, pânico. Todas essas coisas necessitavam de espaços onde um soldado seria mantido longe de ferir a si mesmo ou a qualquer outra pessoa.

Não que Rovo tivesse que se preocupar: seu próprio corpo

ainda se sentia tão dolorido, espancado e relutante em cooperar com ações agressivas que ele ficou naquela maca e ficou olhando para o teto cinza sem características acima dele. Ele se lembrava, através de flashes dispersos, do que havia acontecido na nave de Renard. O homem tinha falado com Aurora, parecia. Com Deepak talvez. Ameaçado a vida de Rovo.

Bem, isso não era muito surpreendente.

Se você vai fazer um refém, é melhor usá-lo.

A porta sibilou ao abrir, e Rovo esperava Renard. Em vez disso, ele viu uma mulher mais velha. Uma que ele reconheceu. Uma que estava com Aurora quando ela entrou dançando no centro de comunicações para iniciar aquele tiroteio.

A agente.

— Eu estava esperando você acordar — disse a mulher, sentando-se na cadeira e cruzando as pernas, como uma terapeuta prestes a dar um conselho que mudaria a vida. — Você demorou um pouco.

— Tem sido um dia difícil.

— Para muitos — respondeu a mulher. — Por isso estou aqui. Nós trouxemos você porque esperamos que você possa fazer toda essa dor valer a pena.

Rovo rolou para o lado, seu peito dolorido protestando contra o movimento, mas ele queria olhar diretamente para a mulher.

— Dando a Renard o que ele quer.

— Chegaremos lá — disse a mulher, lançando um olhar paciente como o que a mãe de Rovo costumava dar quando ele se agitava demais. — Que tal começarmos com os nomes? Eu sou Vana.

Não havia muito mal em apresentações.

— Rovo.

Vana inclinou a cabeça. — Prazer em conhecê-lo, Rovo. Você sabe onde está?

— Em um transporte — disse Rovo — e deixe-me adivinhar, está indo para Gillane Quatro?

— Todos os membros do Esquadrão Sever são tão espertos assim?

— Somos impacientes.

— Estou vendo isso — disse Vana, sem nunca se afastar daquele sorriso agradável. — Então, deixe-me dispensar as pretensões. Estamos indo para Gillane Quatro para pegar a garota, porque ela tem o que precisamos.

— Você está falando como se fosse algum objeto que ela está carregando, em vez do sangue dela.

Vana descartou as palavras, continuando: — Você viu os trajes. Eu não acreditava que Renard pudesse conseguir, mas ele conseguiu. Células casparianas tecidas com material refletivo padrão. Mantém saudável e resiliente, como uma camada de tinta protetora. Exceto que é frágil.

— Não me pareceu tão frágil — disse Rovo.

Vana parecia bem explicando o espetáculo, e Rovo decidiu não atrapalhar. Quanto mais informação ele tivesse, melhor. Sever viria atrás dele, e quando Aurora o alcançasse, Rovo adoraria compartilhar o que descobriu.

— Pode aguentar um soco ou um tiro de laser bem o suficiente — disse Vana. — Casparanos, no entanto, são coisas sensíveis. Não podem suportar temperaturas extremas. Renard acredita que os trajes falharão fora de climas controlados. Mas misture a resistência funcional do vírus daquele cientista, e agora?

— Parabéns, vocês têm tudo o que um agente poderia querer.

— Tudo o que a DefenseCorp poderia querer — Vana corrigiu. — A galáxia é um lugar perigoso, Rovo. Apesar de nossa posição, a DefenseCorp tem que proteger seus interesses. Não podemos descansar. Um traje como este colocaria nosso poder no topo. E há espaço lá em cima.

Ah. Aí estava.

— Você entende — disse Vana. — Posso ver isso. Ajudenos a encontrar a garota, e você estará se ajudando. Esses trajes mudarão toda a nossa organização, e na mudança, há oportunidade. Com Renard e eu apoiando você, você terá mais poder, mais dinheiro do que poderia precisar.

Rovo lutou para não piscar, para não rir. Ele havia se juntado à DefenseCorp por aventura, não por dinheiro, mas talvez Vana não pudesse entender isso. Não pudesse entender por que alguém faria isso por algo além de dinheiro e poder.

E essa percepção deu a Rovo uma abertura. Uma chance.

— Eu vou ajudar vocês — disse Rovo. — Desde que ela não seja machucada. Kaia.

— Não mais do que uma visita normal ao médico — garantiu Vana. — Uma pequena picada, uma pequena amostra, e é tudo o que precisamos.

— Então, quando pousarmos, eu a encontrarei para vocês.

Vana se levantou. — Você a encontrará para você. Bemvindo à nossa equipe, Rovo. Descanse e se recupere. Receio que seus velhos amigos possam não ver as coisas da mesma maneira, e você pode muito bem ter que persuadi-los.

Rovo observou Vana sair, caminhando até a porta e olhando para um pequeno botão prateado em um canto. Viu a porta se fechar firmemente, selando o novato lá dentro.

Não, Sever não veria as coisas da mesma maneira. Rovo se certificaria disso.

TRINTA E CINCO

A ESCOLHA

O distante florescer da nebulosa surgiu através do convés de observação da *Nautilus*. Pessoal de todos os ramos estava de pé e sentado em mesas finas, compartilhando vinhos baratos e petiscos improvisados. O lugar mais bonito da *Nautilus* ainda dançava ao som da flauta da DefenseCorp em busca de lucro, mas as bolachas secas e o suco de frutas não conseguiam diminuir em nada a vista.

— Definimos o curso — disse Deepak. — Estaremos atrás de você, é claro, mas seu reforço chegará eventualmente.

Aurora assentiu, sorrindo um pouco para suas bandagens na iluminação roxo profundo do convés de observação, destinada a chamar a atenção para as variadas maravilhas do espaço sideral.

— O que te fez mudar de ideia? — perguntou Aurora. — Antes, você estava disposto a dar a Renard o que ele quisesse.

— Eu ainda daria se pensasse que isso manteria meu comando seguro — respondeu Deepak. — Seu esquadrão, no entanto, arruinou essa oportunidade.

— Oh não. Você está sendo forçado a fazer a coisa certa. Que terrível.

Deepak lançou um olhar penetrante na direção de Aurora. — Perdi tropas hoje. Muitas. A DefenseCorp compensará suas famílias, mas a dor que sentirão ao saber do destino de seus filhos, filhas ou pais não será encoberta com dinheiro.

— Melhor morrer protegendo uma galáxia livre do que viver sob o que quer que Renard esteja planejando.

Deepak não respondeu a isso. Por vários minutos, ambos observaram as estrelas, as conversas ao redor borbulhando silenciosamente. A mente de Aurora se voltou para Rovo, acelerando em direção a Gillane Quatro. Ela acreditou em Renard quando o homem disse que não mataria o novato: os agentes tinham o costume de extrair todo o uso possível de alguém antes de jogá-los mortos em um beco.

Eponi havia se postado na *Prisa*, supervisionando os reparos. Deepak prometera a Sever novos estoques de armaduras potentes e armas, algo que Gregor se encarregara de gerenciar. Sai ainda ocupava uma cama na enfermaria, queimando as horas enquanto os unguentos faziam seu trabalho. No total, eles estariam prontos para partir da *Nautilus* em alguns dias, acelerando na *Prisa* atrás de Renard, atrás de Rovo.

— Estou enviando mensagens para todos os outros almirantes que conheço — disse Deepak, quebrando o silêncio. — Reforçando as palavras que você já enviou. Isso terá peso, talvez o suficiente para virá-los contra Renard e os agentes. — A próxima frase pareceu lutar para sair de sua boca, como se ele mal pudesse acreditar que a estava dizendo. — Não sei se a DefenseCorp sobreviverá a isso.

— Talvez não deva — disse Aurora. — Talvez não devêssemos viver em uma galáxia onde uma organização tem tanto poder. Onde poucas pessoas podem decidir o destino de trilhões.

— Não é isso que seu esquadrão está fazendo agora, Aurora? Poucas pessoas decidindo o destino de trilhões?

Aurora contou as dores, os arranhões e as queimaduras que tocavam suas notas dolorosas através de seus nervos. Ela passou por Dynas, Wexer e os corredores da *Nautilus* que a trouxeram até aqui. Os cinco de Sever haviam revelado um plano secreto, haviam virado a DefenseCorp contra si mesma, uma guerra civil corporativa que poderia...

Ela não era muito de especulação.

— Acho que você tem que escolher — disse Aurora. — As ideias de Renard ou as minhas.

Deepak assentiu lentamente. — Acho que já fiz essa escolha.

Lá fora, a nebulosa rosada parecia brilhar contra a escuridão. Uma estrela enviando seu adeus final a um universo infinito, ou apenas um truque de luz?

Aurora pegou seu copo, brindou com o de Deepak. — Então vamos pegar o desgraçado.

COM UM MEMBRO da equipe feito refém e uma criança em perigo, o Esquadrão Sever persegue um agente mortal pela galáxia.

Continue a aventura do Esquadrão Sever em *Maré Sombria*:

AGRADECIMENTOS

Este romance é fruto da recusa de minha família e amigos em deixar um sonho morrer. À minha esposa Nicole, por me permitir escrever nas primeiras horas da manhã e garantir que eu não morra de fome. Aos meus irmãos e pais por seus constantes comentários, apoio e entusiasmo.

Evan Aaseng, por ser um constante ouvinte e me trazer de volta à realidade sempre que minhas ideias iam longe demais.

E, é claro, a você, leitor, por me dar um motivo para escrever.

SOBRE O AUTOR

A.R. Knight cria histórias em uma casa gelada em Madison, WI, principalmente dominada por um par de gatos. Depois de ser sugado pela rotina de trabalho na crise econômica de 2008, ele se viu passando reuniões tediosas voando pelo espaço e vivendo grandes aventuras.

Eventualmente, dedicando-se a podcasts, roteiros, contos e outros romances, ele encontrou uma história na qual poderia se perder e um elenco de personagens ao mesmo tempo divertidos e cheios de coração.

Sever Squad tem mais aventuras por vir, junto com novos enredos, cenários e histórias no futuro. A partir daí, A.R. Knight planeja saltar para outros mundos e encontrar novas histórias para contar dentro dos limites ilimitados da nossa imaginação.

Obrigado, como sempre, por ler!

Para Andy